AMÉLIE DE BOURBON PARME

EL SECRETO
DEL EMPERADOR

Traducción de José Miguel Parra

ALMUZARA

© Amélie de Bourbon Parme, 2015
© Traducción de José Miguel Parra, 2017
© Editorial Almuzara, s.l., 2017

Título original: *Le secret de l'empereur*, editado por Gallimard

Primera edición en Almuzara: enero de 2017

Editorial Almuzara • Novela

Director editorial: Antonio E. Cuesta López
Edición de Ángeles López
Diseño, maquetación: Joaquín Treviño
www.editorialalmuzara.com
pedidos@editorialalmuzara.com - info@editorialalmuzara.com

Imprime: CPI Black Print

ISBN: 978-84-16776-74-0
Depósito Legal: CO-2308-2016
Hecho e impreso en España - *Made and printed in Spain*

Para Alexandre y Constantin

¿Cómo fue aquel hombre a enterrarse en aquellas soledades serranas?

¿Qué le llevó al nieto de los Reyes Católicos, al poderoso Habsburgo, al monarca más poderoso y afortunado del mundo en un tiempo, a ir a enterrarse en aquel escondido repliegue de las estribaciones de Gredos? ¿Por qué escogió para morir aquella plegadura de verdor y de soledad?

MIGUEL DE UNAMUNO

ÍNDICE

I

24 de octubre de 1555

E sa tarde, el emperador se acercó a su taller de mecánica y relojería más tarde de lo habitual.

Todos los días iba a visitar su colección de objetos animados. Ni la guerra ni los innumerables viajes habían puesto en peligro esta costumbre. Su cuerpo, cansado por los reumatismos y las crisis de gota, se asemejaba a los mecanismos que iba a comprobar: un día algo demasiado frío, un roce excesivo del aire bastaban para descomponerlo; pero, al fin y al cabo, al igual que todas sus piezas de relojería, siempre se las arreglaba para ponerse en movimiento y llegarse hasta su taller. Los preparativos de su abdicación no habían retrasado sino media hora su cotidiana visita.

En cuanto disponía de unos momentos de tranquilidad se introducía en la escalerita que conducía hasta los bajos de su villa. Se introducía solo por entre las sombras del corredor que conducía al taller. Casi clandestinamente. Abandonaba sus estancias sin prevenir a su mayordomo y recorría con paso silencioso las pocas habitaciones que lo separaban de su taller. Nada de aventurero o de prohibido tenía ese recorrido por entre las colgaduras y tapices de la casa al fondo del parque; pero el mero hecho de ir al encuentro de esos objetos, de dejar de lado sus ocupaciones como monarca más poderoso del mundo, bastaba para deslizar el aliento de una evasión por entre sus pasos.

Llegó a la puerta de gruesa madera tras la cual se conservaba su colección de maravillas mecánicas. En otro tiempo destinado a guardar la madera con la que calentar el palacio, a una orden suya el lugar fue ligado al resto de la casa. Las piedras del suelo no eran lisas y una franja de luz se escapaba por debajo del batiente, iluminando el pasaje con un halo misterioso. Un escalofrío de emoción lo recorría cuando veía ese hilo de luz. Se concentraban en él todas sus esperanzas, sus decepciones, sus impaciencias y sus sueños de amante de los relojes y los autómatas; más que un taller, la estancia era una caja fuerte de la cual sacaba extraños recursos.

Al empujar la puerta, el familiar gemido del batiente abierto con codicia se extendió por el aire.

Giovanni, el artesano cremonés a quien había confiado su colección, estaba enfrascado con la caja de un reloj. Era un hombre pequeño, ancho y macizo, cuyas ágiles manos parecían pertenecer a otra persona.

Acercándose despacio para no romper su concentración, el emperador preguntó con impaciencia:

—¿Giovanni, nuestros relojes están prestos para sonar en la hora de mi retiro?

El hombre no se movió, absorto en un engranaje que le faltaba por colocar en su orificio. Era el único servidor que no tenía obligación de levantarse en presencia del emperador; se le había concedido una especie de excepción ligada al manejo permanente de los preciosos relojes imperiales. En el taller, los relojes eran los soberanos.

—Esperémoslo, majestad —dijo cuando hubo terminado con su manipulación. Hizo un rápido signo de la cruz, como si estuviera ante el altar de una iglesia. Conservaba la superstición italiana que le prohibía hacer la menor previsión sobre la puesta en marcha de un mecanismo.

El emperador continuó con su visita y miró embelesado los autómatas, las fuentes y los demás objetos prodigiosos que Giovanni había fabricado desde que entrara a su servicio algunos meses antes.

Se detuvo ante una nave que se puso a oscilar por sí sola en medio de la mesa como si estuviera viajando por el mar. Estos sofisticados mecanismos lo fascinaban. Ver cómo los objetos cobraban vida gracias al ingenio del hombre le devolvía siempre el entusiasmo que le había faltado durante las derrotas de esos últimos años.

Alzó las cejas al ver a los siete electores que rodeaban la figura que lo representaba:

—Dime, Giovanni, ¿no has conseguido retirar las armas imperiales?

Giovanni se giró brevemente:

—¡Todavía no he tenido tiempo, majestad!

Primero debía abdicar del trono de los Países Bajos; la corona imperial todavía podía esperar algunos meses y Giovanni tendría tiempo de sobra para borrar los restos de su imperio sobre el mundo.

Cuando dejó atrás la última pieza, dio media vuelta antes de preguntar, con aire inquieto:

—No veo los relojes… ¿Dónde los has puesto?

Giovanni murmuró con una voz que sabía lo que decía:

—Los he puesto todos juntos al fondo.

—¡Ah! —murmuró el emperador, entrecerrando los ojos hacia el final de la habitación—… has hecho bien.

Un brillo pálido iluminaba todos los objetos del interior, dándoles un relieve inesperado. El emperador comenzó su inventario. Quería asegurarse de que todas las piezas de la colección estarían en hora para la ceremonia del día siguiente. Los treinta y tres relojes de su colección tenían que sonar *todos a la vez*, justo en el instante en que pusiera su firma al pie del pergamino de la abdicación.

Habían sido colocados según su grado de sofisticación y precisión. Los había de todas las formas y todas las épocas, en la parte superior de los estantes más altos; otros, sobre la bandeja de credenciales, y los menos voluminosos sobre un taburete de cantor o sobre una silla de conversar. Clepsidras, relojes de arena, calendarios solares, astrolabios árabes, relojes mecánicos; algunos de estos últimos eran verdaderas obras de arte heredadas de los duques de Borgoña; los demás, menos sofisticados en apariencia, contenían mecanismos de gran precisión.

Acercó lentamente el oído al reloj más moderno de su colección como quien escucha un secreto. Una pieza única fabricada por uno de los maestros Habsburgo y que le gustaba especialmente.

Se podía apreciar que acababa de volver a ser montado. Al contrario que los objetos animados, los relojes eran piezas muy vivas: durante algunos días daban la hora con exactitud y después, de golpe, debido a que el resorte comenzaba a agotarse, se producía un ligero retraso. Ningún relojero de la época, ni siquiera los más brillantes, conseguía mantener el ritmo más allá de quince días. Giovanni era el único que sabía ajustar sus mecanismos para que pudieran dar la hora durante tres semanas; Giovanni era un maestro de la medición del tiempo. Le faltaba poco para poner a punto un mecanismo que diera la hora de forma exacta.

—Tengo la impresión de que en las últimas semanas hemos trabajado bien… —continuó el emperador, alejándose del reloj con pesas.

El artesano asintió con la cabeza sin responder. El emperador se fijó entonces en uno de los relojes astronómicos de mesa cuyo fondo de corladura representaba el sol, los planetas y las estrellas.

De repente, al darse la vuelta, tropezó con un cofrecillo de madera cubierto de polvo.

—Giovanni, y este estuche, ¿qué es?

Giovanni pareció no comprender.

El emperador se inclinó hacia el objeto y se agachó para limpiar la tapa. Ninguna aspereza, ni el menor resto de punzón o de sigla; no recordaba en absoluto esa caja de cubierta lisa, ni de la persona que se la había regalado.

—Es la primera vez que veo este cofre aquí. ¿Lo has traído tú? —volvió a preguntar el emperador con aire turbado.

Giovanni le echó un vistazo a la caja y murmuró, despreocupado:

—No he sido yo, majestad… Sin duda alguien os lo ha regalado recientemente…

El emperador volvió a mirar la caja. Su madera maciza y oscura como un banco de iglesia le recordaba vagamente algo.

—… Es posible…

De repente, cuando se aprestaba a coger una herramienta para levantar la tapa, se vio sorprendido por un ruido procedente del pasillo. Una silueta larga y delgada se dibujaba sobre el suelo como una armadura sin peso; sólo ella penetró en la estancia, mientras que el hombre permaneció en guardia a la entrada de la habitación.

—¡Entrad, coronel! Estaba terminando mi visita…

Sin moverse, el mayordomo dijo, con una voz que velaba su sueño como si fuera una especie de tesoro escondido:

—Es tarde, majestad…

El emperador interrumpió con rapidez el silencio lleno de reproches de su mayordomo:

—Ya voy, ya voy, coronel…

El emperador se apoyó en su bastón y se dirigió hacia la puerta. Lanzó un último afectuoso vistazo a su colección de relojes de guardia, una suerte de pequeño ejército de las sombras que lo conectaba en secreto con los misterios del espacio y el tiempo; era sobre este imperio sobre el que en adelante se proponía reinar.

II

Con las primeras luces del sol, el parque del palacio de los duques de Brabante tenía un algo de arrugado; en Bruselas, cada nuevo día se despertaba mal tras una noche repleta de cerveza, alcohol y platos demasiado pesados. Se podía ver elevarse, desde la base de los árboles, como el vapor de un estofado de caza; bajo las hojas, la tierra parecía cocinarse despacio según una receta muy antigua, y de un extremo a otro del horizonte el paisaje cobraba el aspecto de un gran caldero cuyo contenido se había dejado reducir a fuego lento.

Desde el primer piso de la casa, al fondo del parque, el emperador repasó su discurso de abdicación: el tiempo de verificar que las palabras y las frases eran las de una marcha definitiva, que los agradecimientos se asemejaban a despedidas eternas, que nada ni nadie podría obstaculizar el proyecto que preparaba desde hacía meses, desde hacía años.

Se irguió sobre la cama para ver qué luz, qué olores vendrían a mezclarse con sus adioses. Pensó entonces que no era sino el protagonista de un rito de paso, al cual sus abuelos se habían dedicado legándole los atributos de su reinado: una corona, algunos símbolos de poder, tradiciones y ese indefectible afecto por el ducado de Borgoña.

Sin duda era la vista del fondo del parque la que le daba esa curiosa sensación de alejamiento. Tras su último periplo había arreglado el pequeño pabellón de caza para no regresar al palacio de los duques de Brabante. Su instalación en la casa de la calle de Lovaina ya era una pequeña abdicación en sí misma, una primera renuncia preparatoria de la ceremonia que tendría lugar al cabo de unas horas.

—¿Vuestra majestad ha dormido bien? —preguntó el ayuda de cámara, que entró de puntillas seguido de un joven paje.

El emperador lanzó una mirada llena de reproche a las mantas que cubrían la parte inferior de su cuerpo:

—¡Hace mucho tiempo que esta cama no me descansa nada!

Y es que su lecho no había sido nunca un lugar de reposo. En cuanto pudo metió su catre en su equipaje para no dormir en esas camas *de una sola noche*. Desde hacía algunos años su salud se había deteriorado tanto que era su lecho el que lo llevaba de un lado a otro de sus reinos. Pero no había podido evitar esas camas extrañas. De todas las que lo habían acogido, la más detestada era ese jergón de mala madera de una celda del monasterio de la Sisla, sobre el cual fue a depositar su pena, el 5 de mayo de 1539, algunos días después de la muerte de su esposa Isabel; había creído que su loca carrera se detendría allí.

Pero el baile de guerras y mandos volvió a comenzar, un periplo de rutas y mares a través del Imperio. Centenares de lechos se sucedieron desde esa fecha en la que a punto estuvo de abandonarlo todo. Camas de todos los tamaños y formas, con dosel o a cielo abierto, lechos de campaña, camas que se duermen sin ti y que te expulsan de la noche. Llegado a la edad de cincuenta y cinco años, estaba harto de todas esas camas. Dentro de poco no habría sino una sola, la del monasterio de Yuste, que le esperaba en la otra punta de España.

Mientras Guillaume van Male le tendía un cuenco con caldo de pollo, el emperador percibió detrás de él su traje de ceremonia suspendido en el aire. Una especie de catafalco de telas preciosas.

—¿Qué momia es ésa? —preguntó sorprendido el emperador.

El joven paje se acercó a él, acompañado del traje.

—Majestad, he aquí vuestro traje de ceremonia —le anunció presentándole los ropajes como si se tratara de un venerable visitante.

El emperador cogió la manga de su traje para sentir la tela. Un cuello pequeño cubierto de piel negra, sobrecosturas de satén, un corte perfecto. A primera vista, el traje era soberbio. El emperador lo encontró siniestro. Era de un negro más profundo de lo habitual, de un material más rico, como si todos los duelos y separaciones hubieran ido a ahogarse en la trama del terciopelo para espesar el material, para cepillar la tela; como si el sastre hubiera querido coser juntos, en una especie de apoteosis fúnebre, todos los desastres y pesares de su existencia. Todo ello en el espesor del terciopelo.

Agarró la manga de la prenda para sentir de nuevo la tela, para ver de qué estaban hechos los últimos instantes de su reinado.

—Mi chaleco de terciopelo simple hubiera bastado —comentó el emperador, a quien ese traje acolchado intranquilizaba.

Se puso la primera manga con ayuda de su paje, después la siguiente, intentando dar forma a sus hombros y su espalda, encorvados por la gota. Luego se volvió hacia el espejo que le tendía su ayuda de cámara. Su figura pálida se había acostumbrado a vestir de negro. De hecho se había armonizado con él de un modo secreto. A primera vista, el negro era el color que mejor acordaba con su existencia, formada de demasiadas malas noticias; pero no era esa sucesión de duelos y decepciones lo que convertía al negro en algo tan familiar. Tampoco la muerte de Isabel, que había erigido un muro entre él y el mundo. Se trataba de otra cosa, de un velo colocado sobre sus rasgos, como si las circunstancias humanas no lo alcanzasen. Una melancolía que lo arrancaba de las cosas y las personas. Las corrientes profundas de su alma armonizaban con su vestido sombrío.

Engalanado con semejante prenda, era él a quien enterraban; pero estaba muy bien así: el traje sacudiría los ánimos. Y se necesitaba algo más que palabras para abandonar la escena tras tantos años en el poder.

—Con esto bastará —dijo apartando el rostro del espejo y cogiendo uno de sus pares de gafas de encima de la mesa.

El coronel Quijada acababa de entrar en la estancia, el rostro enmarcado por una gorguera blanca, la barba bien peinada.

—Vayamos… —murmuró el emperador sin dejar de observar su figura en el espejo.

Atravesó la habitación del brazo de su mayordomo, barriendo con la mirada los muros cubiertos de tela verde con su escudo de armas y su divisa: *Plus ultra*. Al franquear el umbral de la puerta esa mañana, pensó que nunca había sido tan fiel a esa divisa.

III

25 de octubre de 1555

Un pequeño grupo de gentilhombres lo esperaba abajo para caminar hasta el palacio de los duques de Brabante. Felipe lucía el rostro grave de quien va a heredar una carga demasiado pesada; Guillermo de Orange, conde de Nassau, ese joven señor de carácter tan prometedor al que había educado en la fe católica a cambio del principado de Orange, alzaba el rostro orgulloso, olfateando en el aire una nueva distinción; mientras que el primer gentilhombre de su corte, el conde de Mérode, se balanceaba pasando el peso de un pie al otro, con prisas por servir a su nuevo señor. Tras ellos, inmutable y fijo como una estatua, el coronel Quijada sujetaba la cincha de la mula sobre cuyo lomo iba a situarse.

—¡Y bien, caballeros! ¡No pongan esas caras! Van a causar inquietud en todos los dignatarios que nos esperan. La primera impresión es siempre la que queda...

Se esforzaron en sonreír ayudándolo a subirse a su montura. Incapaz de realizar ni un solo gesto, ni de levantar la pierna, se dejó empujar por los cuatro hombres a la vez y sintió cómo su cuerpo caía sobre la grupa del animal, que se deformó unos centímetros.

Una breve mirada hacia el rostro del coronel Quijada antes de ponerse en marcha, para asegurarse de que iba a algún lado. El lugar de la ceremonia se encontraba a algunos metros de la villa; mas ese pequeño trayecto había sido objeto de intensas discusiones: el coronel había abogado por hacer venir una de sus bellas monturas, sobre la cual había ganado sus últimas batallas; quería ver cómo su soberano abandonaba el mundo *como un emperador*, envuelto en esa supremacía que pretendía abandonar. Ante la negativa de su señor, como buen soldado, Quijada se había replegado entonces a la recomendación de la silla de mano decorada con las armas imperiales; pero el emperador se había vuelto a negar: finalmente iba a ser sobre un animal de tiro, una mula con el pelaje desgastado por unos fardos demasiado pesados para ella, como iba a entregar su corona. Se necesitaba el derrengamiento de un borrico, el balanceo lento y sólido de su grupa, para renunciar al mundo. La simplicidad de una bestia de carga.

Esa mañana, el rostro del coronel expresaba toda la indignación que le inspiraba la elección de esa mula sin gracia.

—No os inquietéis tanto, coronel —murmuró el emperador—. ¡Este animal me llevará a mi destino!

En equilibrio, al borde de un abismo que nadie más podía ver, penetró vacilante en la oscuridad del bosquecillo. Una especie de trayecto para remontar el tiempo entre las hojas muertas y los pequeños arbustos de otoño antes de transferir sus títulos de duque de Borgoña, de soberano de los Países Bajos y del Franco Condado a Felipe. No era sino la primera etapa. El inicio de una desposesión que, sin duda, iba a encontrar alguna resistencia, pero que era la más importante: la abdicación de la corona de los Países Bajos. Contaba con este cara a cara con todos los dignatarios llegados de los condados de Brabante, Flandes, Holanda y el Franco Condado, y con esa sala donde había sido coronado duque de Borgoña, hacía cincuenta años, para poner en marcha su retiro y su partida hacia España, prevista para el mes siguiente.

—La muchedumbre se impacienta... —dijo el coronel—. Vamos con retraso...

El emperador estuvo a punto de echarse a reír, pero se contuvo para no escandalizar todavía más a su escolta, que mantenía la solemnidad del momento.

—¡Es la primera vez que os preocupáis por la lentitud de mi abdicación! No hay prisa... Además, este pequeño trayecto con el frescor de la mañana no resulta desagradable...

A su lado, nadie dijo nada. Los rostros de los miembros de la escolta siguieron igual de serios; incluso Felipe parecía tener un nudo en la garganta debido a un temor indecible. Sólo el ruido de las hojas secas que se arrugan al caminar sobre ellas removía el aire en torno a ellos.

Cuando llegaron ante el palacio de los duques de Brabante, una numerosa multitud desbordaba la escalinata del edificio.

Para ayudarlo a desmontar, los jóvenes príncipes se volvieron hacia él. Felipe tenía las manos ocupadas por la cincha del animal, mientras que Guillermo se inclinó para cogerle el pie y darle la mano. En un instante, Felipe se liberó y fue a ayudarlo a bascular hacia el suelo. El movimiento fue apenas visible, pero había bastado un pequeño gesto para que se percibiera un asomo de rivalidad entre Felipe y Guillermo.

Al contemplar a los dignatarios de Flandes ir hacia él, el emperador se dejó deslizar hacia ese momento tan esperado. En adelante, todo eso dejaba de ser asunto suyo.

IV

Cuando atravesó la puerta de la sala de ceremonias, el silencio llenó la estancia. Las voces se callaron, ahogadas por los tapices y los vestidos de toda la nobleza borgoñona. Las palabras que acababan de ser intercambiadas estaban todavía suspendidas en el aire, un eco resonaba entre las paredes: la escena era objeto de un murmullo infinito, de una sorpresa sin límites.

La multitud de notables de la ciudad y sus alrededores estaba repartida a ambos lados de un largo pasillo central alfombrado de rojo. Al fondo de la sala habían colocado, sobre un estrado, a los príncipes, los señores y los ministros que representaban a todas las provincias de los Países Bajos y el Franco Condado, grandes terratenientes, gobernadores, burgomaestres y concejales. La mayoría de los miembros de esta asamblea jamás habían visto al emperador o sólo en la punta de sus dedos, en una moneda, donde su efigie lucía como un talismán, un perfil misterioso cuyas grandes hazañas se conocían. Se apretujaban para vislumbrarlo, para verlo salir de su medallón.

Con ayuda de su bastón, el emperador comenzó su recorrido por la estancia, siguiendo su estela un grupo de herederos prestos a disputarse un patrimonio más vasto que el cielo de Flandes: un hijo, un hermano, dos hermanas, primos y sobrinos.

—Me asombra cuánta gente es capaz de atraer un viejo enfermo y cansado —musitó ante el coronel Quijada, siempre al alcance de su voz.

—Esta ceremonia tiene de qué intrigar a la gente, majestad…

Entonces, escuchó el familiar ruido de sus hermanas, que se acercaban con gran revuelo de vestimenta. Hasta donde le alcanzaba la memoria, siempre habían estado detrás de él; hoy, cuando iba a liberarlas de su autoridad, corrían más para no perder su rastro. María también había venido a abdicar; se había negado a continuar su regencia bajo la autoridad de su sobrino, al que apenas quería. En cuanto a Leonor, que ya había renunciado a todo, no era sino la sombra de su hermana y de todos los sacrificios realizados por él. Ambas habían terminado por parecerse a fuerza de cumplir la menor de sus voluntades. María, la mujer de poder, pequeña y castaña, de pecho un tanto fornido; Leonor, rubia, toda longitud y dudas, que había permanecido viuda tras sus matrimonios con Manuel I de Portugal y Francisco I de Francia.

Apoyándose en el brazo de Felipe, atravesó el estrado cubierto por un dosel con las armas de Borgoña bordadas con hilo de oro, con paso lento y rápido a la vez, como las hormigas, que miden el mundo en centímetros. Pasó junto a los bancos de los magistrados sin alzar la cabeza, con el rostro concentrado de los eremitas que codician el silencio y la soledad. Se sentó en el sillón situado en medio del escenario y de inmediato hizo un signo al maestro de ceremonias para que comenzara su discurso. Filiberto de Bruselas, el decano de los consejeros de los Países Bajos, se encontraba en la parte delantera del estrado, como en la proa de un barco que se apresta a recorrer un océano de incomprensión.

—Majestad, señores ministros, señores representantes de las provincias de los Países Bajos… Tengo el honor de haber sido elegido para recordar, en nombre del emperador, los motivos por los cuales nuestro bien amado soberano ha decidido renunciar al gobierno de los Países Bajos.

El hombrecillo se interrumpió un instante antes de retomar un discurso que le venía demasiado grande.

—Saben ustedes en qué estado lo ha dejado su enfermedad, todos los aquí presentes lo pueden ver, no sin gran pena —dijo de nuevo con aire molesto, enjugándose el cráneo en busca de sus desaparecidos cabellos.

Junto a él, el emperador escuchaba distraído las fórmulas del discurso, cuidadosamente preparado. Sus ojos se sentían atraídos hacia la sala, hacia esa mezcla de desesperación y fascinación que el acontecimiento hacía aparecer en sus miradas. Una especie de alivio se apoderó de él a medida que escuchaba a las palabras de Filiberto de Bruselas liberarlo de su carga, romper los lazos que seguía manteniendo con el mundo; como si el reconocimiento de su enfermedad pudiera separar su sillón del estrado y llevarlo lejos de esa multitud. Entonces hizo un gesto al maestro de ceremonias para que acelerara el ritmo.

—Ciertamente, no es que el emperador tenga una edad, ¡ni mucho menos!, que no pueda gobernar —continuó Filiberto sonriendo—; pero... la cruel enfermedad, contra la cual ningún medicamento puede luchar, lo ha dejado sin fuerzas. —Dejó por un instante que el silencio se deslizara entre los pilares de piedra, para dar mayor gravedad a sus palabras—. Se trata de una enfermedad terrible, la que ha tomado posesión de su majestad, invadiendo su cuerpo de la cabeza a los pies, sin piedad ninguna...

El emperador lanzó un suspiro, vagamente molesto por todo ese cúmulo de detalles. Alzó los ojos hacia el fondo de la sala, de donde surgía un ruido. De repente vio a un hombre cuyo sombrero le recordaba algo. Se trataba del sombrero de los miembros de una cofradía secreta de relojeros que pretendían revolucionar la visión del universo por medio de los relojes astronómicos inventados por ellos. Nunca había querido encontrarse con uno de esos inventores, pues prefería continuar con la ciencia sencilla de las esferas, pero la figura mostraba un detalle todavía más insólito. Los cabellos del hombre, que se escapaban del sombrero, eran rojos, de un tono chillón. No pudo impedir ver en ellos un mal presagio.

Al instante, la figura del relojero había desaparecido tras la elevada estatura de un magistrado. El discurso regresó de nuevo a sus oídos mientras Filiberto de Bruselas buscaba su mirada para concederle la palabra:

—... Por eso, temiendo los fríos de los países del Norte, nuestro poderoso soberano ha elegido ir a instalarse a España, bajo unos cielos más clementes para su salud.

Estas palabras dieron paso a un silencio más grande que la sala.

El emperador llevaba su rollo de pergamino en una mano y se puso a hurgar en su bolsillo en busca de sus gafas. Siempre tenía a mano un par de ellas perdidas de antemano. Hacía mucho tiempo que había renunciado a saber dónde se encontraban *de verdad*. Para que no lo pillaran desprevenido, hacía desaparecer una gran cantidad de ellas, que escondía en todos los lugares posibles de su casa, los pliegues de sus ropas, los cajones y las mantas de su lecho, detrás de sus libros. Su colección de gafas perdidas rondaba la treintena de pares, todos escondidos en algún lugar.

Se irguió en el sillón e inspiró profundamente, para después articular con voz sonora:

—Nueves veces he estado en la alta Alemania, seis veces he pasado por España, siete por Italia, diez veces he venido a los Países Bajos.

Tras esta primera enumeración se interrumpió. Su atención vaciló cuando se disponía a recordar su paso por Francia: ese reino unificado, rodeado por sus territorios, que había dificultado sus proyectos y entorpecido sus sueños de reconstruir el Gran Ducado de Borgoña tal cual lo había creado su bisabuelo, Carlos el Temerario.

Un resplandor de admiración atravesó su mirada mientras la imagen de ese reino, flanqueado de un lado por sus posesiones y del otro por el océano, le venía a la mente.

Continuó con mayor lentitud:

—Cuatro veces, en tiempos de paz o de guerra, entré en Francia; dos en Inglaterra; otras dos veces descendí hasta África, lo que hace un total de cuarenta viajes...

Se detuvo al lado de Argel para recobrar el aliento: sólo con enumerar sus últimos destinos sentía que el cansancio lo invadía de nuevo, la decepción de no haber podido contar con suficientes aliados para expulsar a los turcos del Imperio; pero también la cólera de haber visto al reino de Francia, y después a Venecia, aliarse con Solimán en su contra. De perfil, incluso cuando se callaba, las palabras parecían continuar franqueando sus labios entreabiertos. Una palabra muda que se escapaba de su mandíbula inferior, demasiado adelantada, una boca que no se cerraba nunca por completo, como la de todos los Habsburgos. Quizá era ése el secreto de su consagración, el misterio de su autoridad sobre los hombres y de su abrumadora melancolía.

Retomó de nuevo el camino:

—Sin contar los recorridos más cortos, pero muy numerosos, que seguí para visitar los países y las islas de mis otros reinos. Para hacer tal, atravesé ocho veces el Mediterráneo y tres veces el océano de España... Una cuarta vez lo atravesaré para confinarme.

El emperador se interrumpió de nuevo. El resto de la hoja era indescifrable. Mientras dejaba el pergamino sobre sus rodillas, continuó:

—Además, a menudo y por mucho tiempo, me he ausentado de Flandes dejando como gobernadora a mi hermana, aquí presente—Cuando se giró hacia ella, el rostro de María se iluminó. Durante un instante fue casi bella—. Ahora me siento tan cansado que no podría seros de ninguna ayuda, como podéis ver por vosotros mismos. Tendría cuentas que rendir a Dios y a los hombres si no renunciara a gobernar.

En primera fila, el señor de La Chaulx, el duque de Alba, el conde de Boussu, el barón de Montfalconnet, que habían acompañado al emperador en sus viajes, escuchaban cómo las palabras de su señor se abatían sobre ellos como una maldición.

Al acabar, el emperador se volvió hacia su hijo, a quien estaba destinado el discurso. El busto rígido, con el cuello y los hombros más derechos que el respaldo del sillón. La figura del joven expresaba siempre la misma rigidez, la misma incomprensión ante la decisión de su padre. Habían hablado largamente de ello, pasando de un argumento a otro sin conseguir entenderse. ¿Por qué hacía su hijo tales aspavientos al recibir, sin el menor esfuerzo, una herencia que tan difícil había sido reunir?

Al cabo de un instante, Felipe se levantó. Se acercó a su padre, dudó y se inclinó para besarle las manos. Mientras él se inclinaba el emperador se levantó. El beso de Felipe se perdió en algún lugar de la manga de terciopelo de su traje. El emperador se apoyó de nuevo sobre él:

—Mi querido hijo, te doy, cedo y traspaso todos mis países de este lado, tal cual los poseo, con todas las ventajas, beneficios y emolumentos que dependen de ellos... —Se interrumpió, con los labios entreabiertos, a punto de añadir algo—. Hijo mío, te recomiendo la religión católica y la justicia.

Después cogió a Felipe entre sus brazos y lo besó. Con la mano en el corazón, su hijo llevaba un pequeño rosario de madera. Respondió con voz temblorosa:

—Señor, me imponéis una muy pesada carga; no obstante, siempre he obedecido a vuestra majestad y de nuevo me someteré a su voluntad aceptando los países que me cede.

El emperador se dejó caer lentamente sobre el sillón. Agotado por tantos esfuerzos, escuchó uno tras otro los demás discursos sin la menor emoción: el de su hermana María, que anunciaba su renuncia a la regencia de los Países Bajos; el del maestro de ceremonias, que retomó la palabra... Dejó vagabundear sus pensamientos más allá de la sala y éstos se fijaron, pese a él, en el cofre de madera que había descubierto el día anterior en su taller.

Observó con desapego al obispo de Arras acercarse hacia los diputados con su sotana roja de gala. Le vio despedir sus últimas palabras hacia ellos con un amplio movimiento de sus brazos, citándolos para el día siguiente en esa misma estancia, a la misma hora, para prestar juramento al nuevo rey.

V

Ya era de noche cuando el emperador abandonó el palacio de los duques de Brabante. La niebla había caído sobre el parque, envolviendo los árboles y las figuras que salían de la sala; cubriendo los caballos y la pequeña multitud que se alejaba, absorbiendo los ruidos, como si nada hubiera sucedido. La ceremonia se había prolongado con una especie de banquete organizado para las personalidades venidas de lejos, en el transcurso del cual el emperador había tenido que guardar las apariencias.

En cuanto le hubieron presentado los últimos respetos, cogió el brazo de su mayordomo y esquivó a los embajadores de Venecia y de Francia, así como a los representantes de las ciudades vecinas, que querían despedirse de él en persona. Tenía cosas mejores que hacer, realizar su cotidiana visita de inspección a sus relojes, comprobar que habían anunciado, sonoros, la hora de su nueva vida; pero, sobre todo, mirar con mayor detenimiento lo que contenía esa caja de madera que había encontrado el día anterior en su taller. Ese objeto daba vueltas por su cabeza desde el final de la ceremonia. ¿Quién sabe si no se trataba de un instrumento para medir el tiempo más preciso e ingenioso que cualquiera de los que poseía?

Mientras se acercaban a la casa, las luces del taller comenzaron a iluminar sus pasos.

—No me quedaré mucho —dijo el emperador cuando uno de sus servidores lo ayudaba a bajarse—. No me esperéis, subiré sólo con Giovanni.

Antes de que el mayordomo pudiera responder, el emperador cogió su bastón, que lo condujo al taller como una varita de zahorí hacia un curso de agua.

Apenas entró, se sintió aliviado por el olor de la cola y de la cera, que hacía brillar las cajas de cobre. Comenzó su recorrido por entre los muebles, olfateando el perfume de los mecanismos de alta precisión, observando las piezas más difíciles de ajustar, el movimiento ínfimo de los engranajes, el latido de las horas en el fondo de sus cajas.

—Esta tarde, ¿los relojes sonaron todos *a la vez*?

El artesano se volvió hacia el emperador y se secó la frente con la manga de la camisa.

—Tan bien como podía esperarse, majestad…

El emperador no pudo evitar dar un pequeño rodeo en torno a su colección de relojes. No las piezas procedentes de la colección de los duques de Borgoña que había heredado, sino los otros relojes, los que le habían ido obsequiando durante su reinado y eran bastante más que instrumentos de medida del tiempo; objetos un tanto sobrenaturales que reflejaban la personalidad de aquellos quienes se los habían regalado, especie de fantasmas del pasado a los que también quería decir adiós.

—¿Y cuáles son los que te han causado problemas? —preguntó curioso.

Giovanni agitó las manos, cuyos dedos se multiplicaron en el aire:

—Éste —dijo señalando un reloj precioso, repleto de pedrerías—. Pese a mis esfuerzos, persiste en conservar un retraso de media hora, majestad… Tiene por algún lado un roce que no consigo detectar.

El emperador se volvió hacia el reloj de péndulo que relucía en un hueco.

—Un roce, dices…

El reloj italiano era un recuerdo del papa Clemente VII, que se lo había regalado el día de su coronación en Bolonia para señalar su reconciliación, tras años después del Saco de Roma.

Se acercó un poco más para observar mejor ese objeto, que había desechado. Era muy sofisticado en el plano decorativo: incrustado de pedrerías, su esfera era de nácar y sus agujas de oro grabadas con versículos bíblicos. Era una pieza de gran valor artístico, pero sin el menor interés técnico: se contentaba con reproducir los mismos mecanismos que tenían los relojes del siglo XIII. En cada uno de esos detalles, tan preciosos como inútiles, veía resplandecer el brillo de los pecados de la Iglesia, la codicia y la venalidad de sus sacerdotes. El origen del cisma luterano descansando sobre un estante. No merecía sino quedarse en su caja de cristal, una suerte de confesionario del cual no lo sacaba nunca, ni siquiera para darle cuerda.

—No pierdas el tiempo con este reloj, como lo he perdido yo con esos hombres de Iglesia…

Continuó su travesía sin detenerse ante los pequeños mecanismos en forma de crucifijo que le recordaban los días pasados meditando en conventos para encontrar las fuerzas para continuar. También había relojes en forma de animal, que había traído de sus viajes por el Mediterráneo.

—¿Y éste cómo ha reaccionado… cómo ha funcionado?

Se había inclinado sobre el reloj fabricado por Benvenuto Cellini que le había regalado el rey de Francia. Ese enemigo, tan íntimo que casi se había convertido en su aliado contra el tiempo, se lo había obsequiado cuando firmaron la Paz de Crépy, algunos años antes de su muerte.

Un regalo destinado a sellar su pretendida nueva *entente*. Pese a su calidad, no terminaba de decidirse a colocarlo entre los demás relojes, como si nada hubiera pasado. Tampoco olvidar a ese rey cuyas acciones tanto lo habían contrariado. Lo mantenía recluido en un cofre de madera cuya tapa cerraba con dos vueltas de una llave que siempre llevaba consigo. Como si pudiera rehacer la historia y regresar a ese día en el cual accedió a concederle la libertad, el 17 de marzo de 1526, tras muchos meses de prisión, a cambio de la promesa de cederle en cuanto regresara a Francia el ducado de Borgoña, herencia de sus antepasados. Este reloj, encerrado en su armario, era su venganza con cajones, su represalia de salón, su castigo de última hora contra ese monarca que no mantuvo su palabra y prefirió dejar como rehenes a sus dos hijos durante tres años antes que devolver la Borgoña.

—Perfectamente bien —murmuró el relojero italiano con aire soñador—. De hecho, me ha sorprendido, recuperó el ritmo poco después de vuestra partida ayer por la tarde…

—Vaya, eso es sorprendente…

Pese a sus rivalidades y al desprecio que le inspiraba Francisco I por su modo de gobernar y sus innumerables traiciones, en ocasiones necesitaba sondear la opinión de ese rey miserable por intermedio del mecanismo de su reloj.

—No obstante, he de decir que pese a todo hizo un ruido extraño hacia el mediodía, majestad. ¿Deseáis que le echemos un vistazo más a fondo?

El emperador hizo un pequeño gesto de irritación: las incongruencias de este reloj reflejaban el espíritu tortuoso del rey de Francia.

—Esta misma tarde lo metes en el armario... —zanjó el emperador, como si temiera que se fuera a evadir.

Continuó con su recorrido, pasando sin detenerse ante los pequeños relojes de péndulo que habían marcado el ritmo de la vida de reclusa de su madre en la fortaleza de Tordesillas. Siempre experimentaba un cierto dolor al ver esos objetos minúsculos. Había preferido renunciar a comprender su mecanismo, apartando el recuerdo de esa prisionera en nombre de la cual había reinado sobre el reino de Castilla. Todo era enigmático en esa colección de pequeños relojes de péndulo: la hora que daban, las medias que no daban, la cadencia de los días. Computaban una duración desconocida, según un ritmo misterioso, como si se hubieran contagiado de la locura de esa mujer, de ese espíritu turbado que le había impedido ser reina, confinándola en una vieja fortaleza solitaria. El sonido lejano de esos pequeños carillones le hacía creer que seguía viva, encerrada en algún lugar de su cabeza.

Se alejó del mueble de madera tallada y buscó con la mirada el pequeño reloj de arena de marfil que le había dado Isabel el día de su matrimonio. Verlo siempre lo reconfortaba. Emitía una luz alegre, casi risueña, que podía atrapar con la mano. Un objeto sencillo, como la felicidad.

Impulsándose con el bastón abandonó la parte de la habitación donde se amontonaban las sombras de su pasado y se dirigió hacia la polvorienta caja que había descubierto el día anterior.

—¿Fuiste tú quien colocó ese objeto ahí? —preguntó el emperador apoyándose en su báculo.

—Sí, majestad. ¿Deseáis que le echemos juntos un vistazo?

El emperador gratificó a su artesano con una pequeña inclinación de cabeza.

La caja no tenía ni fecha, ni firma, ni estaba decorada con ningún escudo de armas: no tenía nada que hubiera podido poner sobre la pista de lo que contenía o de la persona que se lo había regalado.

Intentó abrirlo, pero los bordes estaban firmemente cerrados con una llave.

—Giovanni, voy a necesitar la lleve maestra que has hecho.

En cuanto introdujo la pequeña llave, la cerradura dejó de resistirse. La tapa se abrió con un frágil chirrido, dejando adivinar, en el fondo mismo del cofrecillo, un objeto enrollado con un trozo de tela preciosa.

El emperador dudó un instante antes de retirar el objeto de su caja y dejar caer la tela al suelo. La tela, tejida con hilo de oro, ocultaba un reloj ortogonal con muchas esferas. Giovanni, que miraba por encima del hombro de su señor, murmuró:

—Un modelo de comienzos de siglo… Sin duda uno de esos mecanismos de rueda catalina…

El emperador continuó mirando el reloj. A primera vista, no tenía nada de excepcional, parecía incluso estropeado.

—Me lo voy a llevar conmigo arriba —murmuró al fin.

Apoyándose en el bastón con una mano, cogió el reloj y se lo puso bajo el brazo. No pudo reprimir un gesto de sorpresa, pues el objeto le parecía mucho más pesado de lo que su tamaño hubiera hecho pensar.

Tras haber intercambiado una última mirada con Giovanni, llevado por una curiosidad repentina, el emperador salió entonces del taller como una sombra que huía.

VI

El emperador atravesó su habitación zigzagueando entre baúles cerrados, cuadros descolgados y el resto de sus cosas que todavía no habían sido embaladas para mandar a España. Ayer, las más voluminosas de sus cajas habían sido cargadas en los navíos amarrados en el puerto de Flesinga, a pocas leguas de Bruselas. Todo estaba listo para partir de un día para otro, en cuanto hubiera despedido a su corte.

Pasó por encima de varias baratijas que había tiradas por el suelo, restos inútiles de un inventario que había permitido elegir y desechar las piezas que formarían parte del gran viaje.

Estaba tan concentrado en el descubrimiento del nuevo objeto que no vio venir hacia él a Guillaume van Male, parecido a un espectro que viviera entre los pliegues de los tapices a la espera de que pasara.

—¿Majestad, deseáis que os suba la cena?

Se había sobresaltado en medio de la habitación, entrecerrando los ojos para reconocer a esa figura. Todavía no se había acostumbrado al silencio y la discreción de esa guardia estrecha de los servidores que había elegido para que lo acompañaran a España. Figuras encorvadas y silenciosas, que parecían destinadas a proteger un misterio, el de su retiro. De los setecientos sesenta servidores que comprendía su casa, había elegido a cincuenta por su fidelidad y abnegación. No les había dado opción: serían arrastrados a su soledad, del mismo modo en que antaño lo fueron a sus viajes y sus guerras. Y ya sus figuras no se asemejaban a las de los demás servidores: la inclinación de sus hombros, el ritmo de su caminar, el arrastrar de sus pasos sobre el entarimado de madera, muchos eran los detalles que los distinguían del resto de su séquito, como si su fidelidad hubiera abolido sus cuerpos. Sus hombros estaban curvados, inclinados hacia las órdenes que impartía desde su sillón, sin levantar la voz; evolucionaban en un lugar estrecho: el espacio angosto e íntimo de su cercanía a ellos.

El emperador continuó su camino y desde el pequeño pasillo que conducía a su habitación le dijo:

—Está bien así, Guillaume. No necesito nada.

En su habitación, iluminada por algunas lámparas y las llamas del fuego de la chimenea, el emperador colocó delicadamente el objeto sobre su escritorio. Después se sentó sobre su sillón de trabajo para contemplar mejor su hallazgo. Lanzó un largo suspiro y dejó que sus hombros se deslizaran por el respaldo. Era su momento preferido. En ese instante podía imaginarse cualquier cosa: un mecanismo montado del revés, un reloj que sólo diera las horas de la Luna, un balanceo de rueda catalina muy antiguo que no se correspondiera con la tecnicidad del mecanismo. O incluso un reloj cuyo movimiento era capaz de distribuir las horas con una nueva precisión.

Tanteó sobre el escritorio en busca de otro par de gafas y de unas pinzas para abrir la caja.

—¿Desea vuestra majestad que le ayude a ponerse la camisa de dormir? —sugirió el ayuda de cámara de figura transparente.

Absorto en el sueño de un reloj singular, el espíritu del emperador se encontraba lejos.

—¡No es necesario! Que no se me vuelva a molestar.

Esperó a que el ayudante de cámara hubiera salido de sus estancias, a que la puerta estuviera cerrada, y verificó de nuevo el silencio. Seguidamente cogió unas pinzas. Comenzó a quitarle el sello a la caja, haciendo saltar los cerrojos situados en su perímetro. Se inclinó entonces encima del recipiente y observó desde lo alto el objeto situado en el fondo: la primera imagen era siempre la más aguda y duradera, la que fijaba los detalles.

Estaba acercando las manos para retirar el objeto cuando escuchó un crujido detrás de él. El ruido amortiguado de unos pasos que se quieren disimular. Sin volverse, aguardó a la oscuridad que parecía ir hacia él. Era tarde, el gran reloj de la torre de la ciudad acababa de dar las diez de la noche. Felipe era el único que podía entrar a esas horas sin anunciarse.

—¿Felipe?

En ese momento, reconoció un ruido familiar: más que un paso, el roce de una tela satinada perteneciente a un vestido de gala; pero se trataba sobre todo de ese modo de mover el aire deslizándose por el suelo, sin avanzar claramente, ese paso lleno de dudas, reconocible entre todos.

—¿Padre —preguntó Felipe, ansioso por saber cuándo iba a llegar el barco español—, habéis tenido noticias del comandante Della Vega?

Sin disculparse por esta visita tardía, Felipe pasó ante el retrato de Francisco I a caballo, que había sido separado junto a otros libros y adornos, listo para ser llevado al retiro imperial.

—Ya veo que al menos os lleváis el retrato de vuestro eterno enemigo —musitó con aire de envidia.

El emperador dejó la pinza sobre el escritorio y apartó la caja. Felipe se colocó delante de él, sin duda buscando las próximas palabras que iba a decir. Su rostro pálido, su gorguera blanca y sus collares de gala destacaban en la oscuridad. Siempre, desde que era un niño, había tenido esa apariencia distante y lejana que le daba un aire arrogante y creaba malentendidos entre sus cortesanos.

—Sí, el barco partió del puerto de Laredo, debería llegar aquí en una decena de días a todo lo más…

Felipe había lanzado un profundo suspiro, que expresaba toda la desaprobación que le inspiraba esa partida. Sin esperar preguntó:

—¿Seguís deseando abandonar Bruselas en las próximas semanas?

El emperador sonrió con aire amable para intentar que su hijo hiciera lo mismo.

—Así lo espero, antes del invierno. Me gustaría atravesar las llanuras de Castilla antes de que estén cubiertas de escarcha.

Felipe estaba de pie delante de la mesa y preguntó brutalmente:

—¿De modo que el retraso en vuestra villa no os ha desanimado?

El emperador realizó un gesto vago con la mano, como si espantara una mosca. Los contratiempos de su retiro no eran más que eso. Insectos sin importancia.

—No te preocupes… Siempre podría ir a vivir algún tiempo junto al monasterio, a Jarandilla, en la villa del conde de Oropesa.

Felipe no respondió. Desde hacía algunos meses, las palabras que intercambiaban en el transcurso de sus entrevistas eran cada vez más raras; sus discusiones quedaban salpicadas de silencios cada vez más largos: la distancia del retiro ya se había comenzado a instalarse entre ellos. Todas las explicaciones y los consejos relativos al papado, a los hostiles movimientos de Francia en la frontera norte y en la de Navarra, al trato a los conquistadores y al uso del oro de América, a la vigilancia del tío Fernando, futuro emperador, se habían prodigado y todas las situaciones posibles imaginadas en el transcurso de largas sesiones de trabajo con los embajadores: ahora no faltaba más que hacer el viaje, intercambiar adioses eternos, compartir la ausencia.

Al cabo de un instante, Felipe terminó por sentarse en la cama.

—¿Seguís sin querer que os escolte al menos hasta el puerto de Laredo?

El emperador lo miró con curiosidad. Había algo un tanto extraño en esa insistencia: Felipe había renunciado a convencerlo, pero persistía en hacerle las mismas preguntas. Hacía resonar la esperanza de verlo renunciar a su partida como una especie de campana, a horas fijas, para que no desapareciera del todo.

—Como ya te he dicho, prefiero que te quedes en este reino, que todavía no conoces lo bastante bien como para abandonarlo. Sólo has conocido España… Las poblaciones de Flandes se mostrarán sensibles a tu interés por ellas.

En la penumbra, el emperador creyó ver que el rostro de Felipe expresaba algo como una aquiescencia. Había observado que los rostros parecían más prudentes en la oscuridad y que el negro los volvía más obedientes.

Mientras los sonidos del incensario agitado en la capilla aneja se extendían por la habitación, haciendo resonar su silencioso encuentro, el emperador se irguió sobre su sillón:

—Hoy has recibido un reino dividido: a Flandes y el Franco Condado le falta el ducado de Borgoña. Mi deseo más caro era legarte el ducado al completo, tal cual era antes de que Luis XI se anexionara Borgoña…

Hizo una pausa antes de proseguir:

—Nadie puede pretender gobernar tales reinos, unos territorios con unas gentes tan diversas, sin comprender el alma de los duques de Borgoña.

En ese instante, el emperador percibió el reloj de péndulo de Felipe el Bueno. Era una caja de cobre y oro, muy trabajada, que medía unos cuarenta centímetros de alto aproximadamente, con forma de catedral gótica con dos torres coronadas por leones.

Sus agujas ya no giraban y el mecanismo se había detenido, del mismo modo que el sueño de la reconquista de Borgoña. Ya que no decía la hora, al menos el reloj hablaba de un recuerdo: el de la brillante corte de los duques borgoñones, de esos territorios entre Francia y los países germánicos que se convirtieron en la mayor potencia de Europa en el siglo XIV, lo cual le valió tantas guerras; el de la colección de relojes creada por Felipe el Bueno y que él había heredado.

Los ojos de Felipe se desplazaron hacia el reloj gótico cuya caja refulgía a la luz de las llamas del fondo de la chimenea.

—¿Qué hay que hacer entonces? —preguntó, interesado de repente en un eventual consejo, en el desvelado de uno de los secretos gracias a los cuales su padre había gobernado el mundo con tanta autoridad y justicia.

El emperador dudó unos instantes: ¿debía darle el reloj que tanto le gustaba, convertirlo en el heredero de esa pasión ancestral?; ¿tras la trasmisión de la corona debía haber también cesión de los relojes? Escrutó a su hijo, que parecía estar haciendo un esfuerzo por interesarse en el recuerdo de los poderosos duques de Borgoña. Jamás había manifestado el menor interés por esos objetos. Llevaba el reloj de bolsillo que le había regalado para las grandes ceremonias, pero nunca le daba cuerda. Al ver que la mirada de Felipe seguía insistente en él, continuó:

—Para comprender el espíritu de Borgoña debes esforzarte en permanecer en estas tierras muchos meses, aprender francés, probar las costumbres locales.

Vagamente consciente de que algo acababa de escapársele, Felipe se puso en pie. Mientras dudaba en abandonar la estancia, el emperador hizo el esfuerzo de levantarse e ir a sentarse sobre la cama. Apagó la vela junto a su lecho sin decir una palabra más.

—Volveremos a hablar de esto más adelante, si lo deseas... Tengo mucho que hacer mañana por la mañana...

El emperador escuchó los pasos de Felipe alejarse por la antecámara antes de tenderse vestido, como antaño, cuando sólo reposaba algunas horas entre dos batallas.

Junto a él, el reloj de los leones de los duques de Borgoña seguía reluciendo con su brillo particular. Suspiró antes de dormirse, acunado una vez más por el sonido de ese objeto cargado de demasiada historia.

VII

S entado en su sillón de guerra, una pequeña cátedra regalada por un monje durante uno de sus retiros, esperaba a
Martín de Gaztelu, que ocupaba el cargo de secretario particular. Sobre esta silla, sin embargo modesta, siempre se había sentido de ánimo conquistador y belicoso. Ya no eran órdenes militares las que dictaba desde este sillón desgastado, cepillado por
los viajes, la tela raída por el roce de sus miembros retorcidos
por la gota; libraba otra batalla, un combate cuyas armas eran
testamentos, cartas de sucesión y devolución, consignas y listas.

Tenía que actuar con rapidez: si dejaba Bruselas dentro de
una decena de días, estaría en España dentro de dos semanas
y en Yuste en un mes. No había un instante que perder si quería deshacerse de la corona imperial y entrar así en el monasterio, liberado al fin de esa desmesurada carga. Los siete príncipes electores que debían registrar su abdicación se reunirían
en menos de una semana para tratar asuntos corrientes.

La corona del Santo Imperio Romano Germánico no era
más que un símbolo, un recuerdo, apenas una sombra por
encima de su cabeza; pero era más difícil separarse de las sombras que de las cargas más pesadas. Hacía diecisiete años que
Fernando dirigía en su nombre los asuntos del Imperio: sólo
le faltaba el título para ser el nuevo emperador de Occidente;
pero no convenía subestimar ni el inmovilismo ni la resistencia
de Fernando, que se había quedado mudo desde el anuncio de
su decisión de deshacerse de ese último emblema.

—Martín, ¿estáis ahí? —preguntó el emperador, alejando su
mirada del mapa de sus desposesiones, una especie de geografía
de su abdicación.

En el mapa había anotado cada una de las etapas de su retirada como antaño hacía el inventario de sus conquistas. Al mirarlo con atención se dio cuenta de que el continente seguía estando en gran parte bajo su autoridad. Estos últimos meses se había convencido de que era más sencillo hacerse con el poder que deshacerse de él; pero no tenía la menor intención de conceder respiro alguno a ese nuevo enemigo invisible y lejano. Había que preparar un texto perfecto, irreprochable, para explicar ese gesto a quienes hacía treinta y seis años lo eligieron como emperador, esos siete príncipes electores que decidían los destinos del Imperio desde que la dignidad imperial se volviera electiva en 1356.

—Voy, majestad —respondió el secretario, que se desplazaba siempre arrastrando los pies.

Martín de Gaztelu parecía siempre acabar de terminar una muy larga caminata, incluso cuando venía de la habitación del al lado. Llevaba algunas semanas en las que nunca había escrito tantos correos, redactado tantas órdenes, confeccionado tantos inventarios y listas. Esta abdicación era peor que las misiones que efectuaba como funcionario en la curia romana, donde registros, pergaminos, archivos y libros de derecho canónigo se amontonaban sobre su escritorio, en los áticos del palacio de la cancillería pontificia. Al saber de la partida del emperador hacia un monasterio, al principio había creído que al fin podría descansar sus dedos, extenuados por los avatares de la política; pero, como resultaba evidente, un emperador retirado seguía siendo un emperador. Quizá incluso más que antes.

—¿Tenéis noticias de Fernando?

—Me temo que no, majestad —respondió Martín, que siempre se sentía culpable de los silencios que infligían a sus correos.

El emperador permaneció silencioso un instante, con aire de estar pensando en alguna estrategia, antes de preguntar:

—¿Encontrasteis lo que te pedí?

Martín de Gaztelu bajó la cabeza con aire desconsolado.

—Majestad, me temo que en la cancillería imperial no he encontrado ningún documento que pueda servirnos como modelo de testamento de abdicación...

—Es una molestia —dijo el emperador mesándose las barbas.

Martín de Gaztelu lanzó un profundo suspiro mientras abría los brazos en signo de impotencia, sin decir nada más. Permaneció en silencio para señalar el respeto que le inspiraba esa soledad imperial en medio de los archivos, ese aislamiento de registros y pergaminos que permitía juzgar la gloria de las personas ilustres y su poder. Martín de Gaztelu sólo creía en lo que hojeaba, escribía o leía; sólo confiaba en los pergaminos cuarteados por el paso del tiempo, en el polvo de los armarios que encerraban viejos manuscritos y en una eternidad de documentos, folletos o cuartillas.

El emperador se puso a sacudirse las migas de pan caídas sobre su jubón mientras desayunaba.

—Pero, ciertamente, un acontecimiento tal tiene antecedente, ¿no es cierto?

—Me temo que seáis el único emperador, majestad... que se deshaga así de sus cargos...

Con aire molesto, el emperador entrecerró los ojos, como si estuviera rememorando un recuerdo lejano.

—Recuerdo a un tal Ladislao V de Hungría... en 1305, me parece.

Martín de Gaztelu frunció el ceño y murmuró con voz llena de desdén:

—No penséis en ello... Ese rey, que apenas dejó rastro en la historia, en nada es comparable a vuestra majestad...

El emperador cabeceó con aire ausente.

—Pese a todo, habrá alguno en el cual podamos inspirarnos...

Martín de Gaztelu bajó los ojos hacia su carpeta de cuero antes de cerrarlos, con gesto de desolación en el rostro.

—Sólo veo al emperador Diocleciano como el igual en poder a vuestra majestad; pero su abdicación tuvo lugar en el 305 y me temo que no podremos echar mano de ningún escrito, al menos no con la rapidez suficiente como para que podáis inspiraros en ese texto antes de... vuestra llegada a Yuste.

Ambos quedaron en silencio. De repente el emperador parecía soñador: una leve sonrisa en la comisura de los labios al contemplar, pese a él, esa soledad de la historia a la cual siempre había tenido como vara de medir. No le resultaba desagradable ser el único de su época en abandonar voluntariamente el mundo.

—¡Pues bien, improvisaremos!

Durante largos minutos, el secretario Martín de Gaztelu redactó las grandes líneas de la abdicación al dictado de su señor. Reinaba un curioso silencio en la casa del fondo del parque. Sólo se escuchaba el ruido de los cirios que se colocaban en la pequeña capilla para la celebración del mediodía y los pasos de los monjes junto a la estancia.

Un tanto emocionado, el emperador escuchó resonar sus palabras, dejando que los últimos fragmentos de su poder sobre el Imperio romano de Occidente se deshicieran en el aire; meditando sobre la vanidad de los cargos terrestres que tanto le había costado conseguir y que el rasgado de una pluma sobre un pergamino bastaba para disolver. Se acordó entonces del anuncio de la muerte de Maximiliano, una noche helada de enero de 1519, la cual había señalado el verdadero comienzo de la elección imperial, especie de carrera por el Imperio contra el rey de Francia, que había osado postularse al título de emperador frente a él.

Curiosamente, todavía se acordaba de la cantidad exacta que había tenido que gastar para comprar a los siete electores: 846.000 florines de oro.

Francisco I se había gastado mucho más. Y esa sencilla idea todavía lo llenaba de alegría. El rey de Francia había cometido la torpeza de entregar la cantidad en metálico; mientra que él había condicionado la entrega al resultado de la elección. El canto de un mirlo que acababa de posarse sobre el borde de su ventana vino a interrumpir sus ensoñaciones.

Ante la mirada interrogante de Martín de Gaztelu, retomó entonces su dictado para recomendar a su hermano a los príncipes electores. Al cabo de un momento se interrumpió:

—Martín, creo que tenéis bastante información como para redactar un testamento preciso.

—El tiempo de darle forma y ponerle vuestro sello. Os lo presentaré para la firma mañana, majestad.

—Preferiría que me lo presentaras hoy a la tarde. Partirá de inmediato, en un carruaje especial —respondió el emperador—. Nunca se sabe con esos caballos de posta…

Frente a él, Martín de Gaztelu soltó aire en señal de aquiescencia.

El emperador siguió con la mirada a su secretario hasta que hubo cerrado la puerta tras él, y esperó a que el eco de sus pasos desapareciera por la escalera: quería asegurarse de que Martín de Gaztelu había regresado a su despacho para dedicarse al trabajo. Desconfiaba de todo, de la desvergüenza de los electores del Imperio, de la pereza de su secretario, incluso de las puertas que pudieran cerrarse sobre malentendidos.

Cuando escuchó el arrastrar de pasos de Martín de Gaztelu en su despacho de la planta baja se sintió aliviado. Con un movimiento enérgico se levantó de su cátedra de guerra para dirigirse a un sillón más confortable. Instalado cómodamente, por fin iba a poder mirar con más detalle ese nuevo reloj ortogonal que había dejado de lado desde la visita de Felipe.

VIII

C ubiertas las manos por unos guantes de algodón, con un par de gafas-lupa sobre la nariz, una pinza en la mano y una tela extendida sobre su escritorio, el emperador había instalado sus herramientas y sus gestos en torno al nuevo reloj como un médico que se apresta a diseccionar un cuerpo. No correr el riesgo de dejar escapar el más débil de los latidos, el menor aliento de vida, seguir concentrado en ese momento tan especial, ese instante en suspenso en el cual se aprestaba a *ver* fluir el tiempo.

Todo un ceremonial rodeaba el descubrimiento de un nuevo reloj, incluso del más banal. Había cerrado la puerta y abierto las ventanas para dejar pasar la débil luz que atravesaba el cielo demasiado bajo de esa mañana. Era una de las razones por las cuales había elegido retirarse a España: aprovecharse de una luz fuerte para ver mejor qué pasaba en el fondo de las cajas.

Cuando sacó el objeto rectangular de su receptáculo, notó un extraño olor a ungüento e incienso mezclados, como si procediera de una iglesia.

Con un brazo a cada lado de la caja no vio de inmediato las esferas del reloj. Sólo por el peso ya podía evaluar la antigüedad o la modernidad del mecanismo que tenía entre las manos.

Le dio la vuelta y musitó en voz baja, como un encantamiento:

—Un reloj astronómico...

Conocía este tipo de relojes astronómicos de diseño complejo que describían los movimientos de la Tierra, los del Sol, la Luna y otros muchos cuerpos celestes. Al contrario que la mayoría de los relojes que tenía en su colección, éste contaba con una gran esfera poco elaborada. Estaba rodeada de otros tres pequeños círculos que señalaban las diferentes fases de la Luna, de Marte y de Júpiter. Lo observó minuciosamente antes de depositarlo ante él. La caja era de una bonita madera de nogal, pero no tenía nada de extraordinario.

De repente, vio algo que lo intrigó.

En el centro del reloj que tenía entre las manos, allí donde tendría que encontrarse la Tierra, no había nada. O, más bien, la pieza que debía coronar el mecanismo llevaba mucho tiempo perdida. Algo de herrumbre había carcomido los bordes del metal. El hueco dejaba ver claramente los balancines que antaño debían encargarse del complejo movimiento del conjunto. Frunció la frente antes de dejar suavemente el reloj de péndulo sobre la mesa. A pesar suyo no pudo dejar de sentir una pequeña decepción.

Cuando se disponía a desmontar la caja para inspeccionar el mecanismo interno, sus ojos se fijaron sobre los planetas repartidos en torno a la esfera que representaba el sistema solar. Uno de ellos también había desaparecido.

De pronto, oyó un susurro cerca de él. Llevaba algunos minutos oyendo ruidos de pasos por sus habitaciones, pero no había querido prestarles atención.

—¿Qué pasa ahora? —gritó volviéndose bruscamente hacia la puerta.

El coronel Quijada apareció en el marco.

—Majestad, don Martín de Guzmán está aquí… pide ser recibido en cuanto sea posible.

—¿Está aquí? —respondió el emperador, perdido en un sueño de agujas y constelaciones.

—Sí, está abajo, majestad —murmuró el coronel haciendo un signo con la cabeza hacia la puerta tras la cual todos los enviados de las cortes de Europa se amontonaban desde hacía meses para presentarle su adiós o mendigar alguna distinción—. No se ha hecho anunciar porque se dice portador de un mensaje muy apremiante. Puedo decirle que regrese después, o incluso mañana si lo preferís…

—Hacedlo entrar, ya que ha hecho tan largo camino —respondió el emperador sin soltar las pinzas.

Antes de desaparecer, el coronel se dirigió hacia la ventana del emperador:

—¿Puedo cerrarla, majestad? Tengo miedo de que la corriente de aire despierte vuestra gota...

—Hacedlo, pues —articuló el emperador, alzando apenas la cabeza ante la entrada de Martín de Guzmán, cuyos zapatos se arrastraban sobre la alfombra como los de un prelado. Éste se arrodilló profundamente cerca de él antes de susurrar unas palabras de deferencia inaudibles.

Desde que el emperador había anunciado su retirada del mundo, todos cuantos venían a visitarlo penetraban en sus habitaciones de puntillas. Se dirigían a él en voz baja, le rendían homenaje y le presentaban sus respetos como murmullo, murmurando palabras que desaparecían volando nada más ser pronunciadas: parecía que todos se acercaran a la cabecera de un enfermo.

—¿Qué habéis dicho? —preguntó el emperador, molesto, sin levantar la cabeza.

Tras algunos rodeos, el hombre articuló con voz suave:

—Vuestro hermano Fernando os ruega perdonéis su ausencia; le hubiera gustado venir él mismo, pero graves acontecimientos se lo han impedido.

El emperador no había levantado la cabeza. Conocía de memoria a este servidor que Fernando había reclutado siguiendo su consejo. Tras haber hecho fortuna en las Indias, ahora ponía todo su talento de intrigante y negociador al servicio del Sacro Imperio. Era el hombre de las misiones delicadas. Su porte era discreto, sus expresiones y maneras tranquilizadoras: toda su apariencia confinaba discreción y disimulo. Él mismo era quien le había enseñado esas embajadas tranquilas, esas visitas sin aristas: incluso esas que venían a fastidiar tus disposiciones.

—Tomad asiento... —dijo el emperador mientras el coronel Quijada señalaba el pequeño taburete de madera que servía para escuchar las palabras de los visitantes inoportunos. Esperó un instante antes de continuar—: ...pero, sobre todo, ¿podéis hablar más alto? Me temo que mis oídos no sean tan finos como para escuchar todas las sutilezas de vuestras palabras...

Habiéndose puesto tan rojo como su jubón, el embajador se acercó un poco más. Lanzó una mirada hacia la puerta que el coronel Quijada acababa de cerrar y murmuró con voz todavía más baja:

—No quisiera, majestad, que el mensaje del que soy portador resultara escuchado por otros…

El emperador, que acababa de llevar su mirada al reloj, hizo un gesto con la mano para referirse a su cuarto:

—Como ves, ya no estamos en la corte de un emperador, sino en la modesta vivienda de un hombre retirado. ¡No tienes nada que meter!

El emperador había comenzado a levantar la caja que encerraba el mecanismo del reloj sin prestar más atención al emisario que tenía ante sí, que murmuraba vestido de terciopelo y cuyo cuerpo de amplias curvas parecía hecho para restar aristas a las malas noticias.

—Decidme, mejor, qué os trae por aquí.

Don Martín de Guzmán tosió ligeramente:

—Majestad, he venido para haceros partícipe de las dificultadas a las cuales su majestad Fernando se encuentra enfrentado hoy día… El rey ha tenido que hacer frente, justo el día de mi partida, a una revuelta de los burgueses de Worms. De hecho, sospecha que el instigador fue el elector de Wurtemberg.

Al cabo de un cuarto de hora de palabras solitarias, el hombre terminó con una frase susurrada:

—Majestad, he venido hoy a hablaros con el fin de que renunciéis a esta abdicación o, cuando menos, que consintáis en retrasarla lo más posible…

Delante de él, el emperador a punto estuvo de dejar caer el reloj al sentir que la tapa se le resbalaba de las manos:

—¿Qué decís?

El pequeño embajador había soltado la frase con tanta rapidez que todavía estaba sorprendido. No conseguía deshacerse de la expresión un tanto atónita que se le había impreso en la cara.

—Estoy un tanto sorprendido de que mi hermano no haya venido él mismo en persona para pedirme algo tan grave… —continuó el emperador con aire solemne.

El silencio se apoderó de la estancia; la mejilla derecha del embajador era campo de pequeños estremecimientos. El emperador había levantado la mirada de lo que hacía y miraba al embajador sin siquiera verlo. Fernando había soñado siempre con ocupar los principales cargos y, hoy, cuando se encontraba a punto de acceder a esa distinción suprema, reculaba.

—Pero, ¿de qué tiene miedo? ¡¿Acaso no es el jefe de la rama austriaca de los Habsburgo y mi sucesor designado desde mi coronación en Bolonia?!

El embajador se rehízo ligeramente, hinchiendo de nuevo su torso, cubierto de terciopelo con hilos de oro.

—Majestad, permitidme exponeros los argumentos de vuestro hermano...

El emperador no aguardó a las explicaciones del embajador para quejarse.

—¡No tiene ningún sentido! Si no le faltan más que el nombre y el título de emperador.

Frente a él, el embajador aprovechó ese momento de respiro para cobrar ánimos.

—Majestad, como sabéis, la Paz de Augsburgo, mediante la cual vuestra majestad puso fin a la guerra contra los protestantes, sigue fresca y los problemas podrían recomenzar con el anuncio de vuestra partida. Sin contar con que el voto de los príncipes electores en favor de vuestro hermano no está asegurado. Podrían aprovechar tal ocasión para negarle su confianza y poner en cuestión la preeminencia de los Habsburgo sobre la corona imperial...

Al escucharle recordar la división religiosa del Imperio en una multitud de estados luteranos, la llegada de esa pretendida Reforma que quería ese monje, ese iluminado de Lutero, el recuerdo de las derrotas y las innumerables decepciones, se le revolvió el estómago. Los discípulos de Lutero no eran sino una secta hereje que la Iglesia había sido incapaz de convencer por la fe. Y que él no había sido capaz de disolver mediante las armas.

El hombre que estaba delante de él acababa de interrumpirse; continuó con voz dulzona y llena de esperanza:

—¿Majestad, os encontráis bien?

Con la mano todavía ante la boca, el emperador negó con la cabeza.

—En fin… —prosiguió el embajador, que creía estar a punto de convencer al emperador—, no se puede excluir que el papa se niegue a ratificar la elección de vuestro hermano…

El emperador consiguió articular con un hipido:

—¿Eso creéis?

El embajador se apresuró a responder a lo que creyó había sido un modo de animarle a continuar:

—Según nuestro embajador en Roma, podría estar tentado a hacer valer que los príncipes electores protestantes son culpables de herejía y, por lo tanto, no pueden elegir a un nuevo emperador… al menos sin que esta renuncia haya pasado por entre sus manos.

El emperador inspiró profundamente antes de soltar un largo suspiro; no pudo evitar una sonrisa:

—Un ejército bien entrenado debería bastar para volverlo más conciliador.

Se interrumpió un instante antes de retomar un aire soñador, acordándose de repente de este recuerdo:

—Roma ya fue saqueada una vez. Por entonces, el papa tuvo que rebajar un tanto sus pretensiones.

El embajador tosió ligeramente.

—Majestad, no pensaréis en…

—Estos curas sólo comprenden la amenaza de la espada…

El emperador sintió cómo, de inmediato, el recuerdo del papa Clemente VII, obligado a fugarse del castillo de Sant'Angelo disfrazado de pastor para escapar a sus tropas hacía veintiocho años, lo ponía de buen humor. Si tuviera que volverlo a hacer, no lo dudaría ni un momento. El papa y su lujoso tren de vida, sus costumbres disolutas, fueron la causa de la Reforma y de la mayoría de sus fracasos. Sin sus maniobras hostiles habría ejercido su autoridad en toda Italia y los protestantes habrían quedado como lo que siempre hubiesen debido ser: una secta herética destinada a la extinción; pero, hoy día, ya no era cosa suya. Y el nuevo papa no osaría oponerse a su abdicación.

Inquieto por el giro que estaba dando la entrevista, el embajador suplicó:

—Majestad, consentid, si no, en retrasarla algunos meses, al menos mantener en secreto por el momento vuestra decisión. Vuestro hermano os pide encarecidamente, con todo el respeto que os debe, no informarlos de inmediato.

El emperador, que no había conseguido retirar uno de los pequeños tornillos que cerraban el motor del reloj, se irritó al ver que la figura del embajador le hacía sombra. Lanzó de nuevo una mirada al interior de la esfera, buscando una luz en el fondo de sus piezas, creyendo entrever una dirección en su organización tan precisa y sutil. Se disponía a levantar la cabeza cuando de repente se dio cuenta de las inscripciones del fondo de la caja. Giró el reloj para ver mejor. Grabada con hilo de oro, una frase parecía girar en torno a la caja redonda, como si fuera una guirnalda. Podía distinguir la parte superior de las palabras, en latín: *Sol numquam decidentis.* ¿Qué significaba? Nunca había visto nada parecido en los relojes de su colección.

Abstraído en su contemplación, se había olvidado del embajador, que se puso a toser.

Se sobresaltó ligeramente al verlo por entre los cristales de sus gafas:

—Bueno, parece que he escuchado vuestra embajada y es el momento de que me dejéis.

Enrojeciendo dentro de su jubón espeso, el embajador articuló con voz baja, como para atenuar el alcance de sus palabras:

—Fernando desearía que esperarais algunos meses antes de hacer saber de vuestra abdicación a los príncipes electores... No se fía de ellos y preferiría contar con un mejor ambiente para hacerse elegir por ellos.

El embajador estuvo a punto de dejar caer la caja redonda.

—¿Eso creéis? —exclamó finalmente, sintiendo de nuevo que se le escapaba la pequeña pieza de latón.

El embajador abrió la boca para decir algo, pero el emperador fue más rápido que él:

—No se trata de comenzar mi retiro con esa carga; deseo no ser emperador cuando llegue a Yuste, que, como sabéis, es algo que tendrá lugar dentro de menos de un mes.

El coronel Quijada entró en la estancia para indicar el final de la entrevista al visitante.

—¡Ya basta, don Guzmán! ¡Hacedle saber mi decisión a Fernando!

Don Martín de Guzmán se levantó, estupefacto ante el fracaso de su embajada. Para no mostrar su turbación, llevó a cabo mecánicamente la serie de reverencias y prosternaciones que tenía en reserva entre los pliegues de sus ropajes; rozó con su gruesa boca orlada por los discursos demasiado obsequiosos la mano del emperador y abandonó la habitación.

Cuando se quedó solo, el emperador alzó los ojos de lo que estaba haciendo y miró la puerta con inquietud, pero sus palabras seguían flotando como un mal presagio.

IX

C omo cada invierno, el emperador había sentido despertarse los dolores de la gota. Había creído que las ceremonias de la abdicación, al aligerar su alma, aliviarían su
sufrimiento, mas no había sido así. Habló con su médico,
que le repitió las mismas recomendaciones de siempre: no
comer tanto azúcar ni platos demasiado pesados; no beber
cerveza, hacer ejercicio y no quedarse sentado todo el día
desmontado relojes... A cada consejo le asociaba una poción
de plantas para tomar después de cada comida. El emperador escuchó con aire sumiso la sesión de reproches, un poco
como cuando se confesaba. El discurso de su médico era
una purga en sí mismo: bastaba con escucharlo una vez al
día para estar curado. De modo que en cuanto se fue se sintió mejor.

Podía volver a dedicarse al reloj desconocido y sobre esa fórmula latina que no dejaba de intrigarlo.

El ayuda de cámara, con el que se reunía dos veces por
semana para redactar sus memorias, quizá pudiera ayudarle a
comprenderla mejor.

—Decidme, Guillermo, vos que habláis latín, seguro que
podéis ayudarme...

El servidor se acercó con un pergamino enrollado en una
mano, la pluma en la otra, listo para recoger la cosecha cotidiana de los recuerdos de su señor.

—¿En qué puedo serviros, majestad?

El emperador lanzó una mirada a la puerta e hizo un gesto
al ayuda de cámara para que fuera a cerrarla. Nunca había
sabido hablar latín y había conseguido mantener esa laguna

en secreto. Pese a retirarse del mundo debía seguir manteniendo algunas ilusiones.

Cuando los ruidos de la escalera hubieron desaparecido, colocó la mano sobre el reloj negro dejado sobre su escritorio y murmuró en voz baja, con un soplo de voz:

—¿Podríais decirme qué veis en el interior de este reloj? ¿Se trata de una fórmula o de una serie de palabras?...

—Permitidme, majestad —dijo escrutando el interior del objeto.

Articuló con aire sabio:

—Sí, en efecto. Se trata de una cita muy sencilla...

Pese a todo, inclinado sobre la caja, tardó algún tiempo en descifrar la frase latina:

—Sólo veo estas tres palabras: *Sol numquam decidentis.*

—¿Y qué significa?

—*El sol no se pone jamás...*

Frente a él, el emperador había cogido la caja y miraba de nuevo en su interior.

—¿Estáis seguro?

Sin esperar la respuesta, consideró de nuevo el objeto. Era la primera vez que veía una inscripción que, en vez de adornar la caja, estaba escrita en el interior del reloj, como si su autor hubiera querido esconderla. Una repentina curiosidad se apoderó de él. Olvidándose de la presencia de su ayuda de cámara, pegó la oreja a la caja. Inmóvil, esperó. Con la mirada vacía y la boca entreabierta, sin preocuparse de la mirada inquieta de su servidor, se quedó cerca del objeto, a la espera de un ruido o un sonido, algún indicio sobre esa misteriosa frase.

—¿Majestad, deseáis que verifique alguna otra cosa?... —dijo Guillaume van Male, que pasaba el peso de su cuerpo de una pierna a otra.

—¡Chist! ¡Calla! —murmuró el emperador, que seguía con la oreja pegada al reloj—. Tengo que escuchar el ruido del resorte...

Al cabo de un momento se irguió. Miraba al reloj con aire de reproche.

—¿Habéis... escuchado algo? —preguntó el brujense con aire dubitativo.

—Un reloj es como un ser vivo... —Había levantado un dedo como una especie de oráculo, repitiendo las lecciones impartidas por su primer maestro de relojería, Wenzel Jamnitzer. El anciano lo había iniciado en la ciencia de los cuadrantes durante su estancia en Nuremberg—. Hay que esperar su respiración, es el único medio de penetrar en su secreto; pues cada uno de ellos posee su propio misterio... En cuanto a éste, ¡parece mudo! —Se encogió de hombros antes de continuar—: Sin duda un monje que le pareció apropiado compararme con el sol y regalármelo... pero esta vez me temo que el sol esté poniéndose...

En ese instante, el ayuda de cámara puso un pequeño rictus extraño.

—Justamente, majestad, permitidme regalaros un libro que podría gustaros... Se trata de la obra de Séneca, *De la tranquilidad del alma...*

El emperador examinó el libro antes de hojearlo sin dejar de observar a su servidor. Desde que le había pedido que lo acompañara a España para continuar ocupándose de su bienestar diario, Guillaume van Male se creía investido de su último sueño, ese del cual no se levantaría: había decidido convertirlo a la sabiduría estoica.

—Gracias, lo leeré cuando estemos en Yuste... —dijo cerrando el libro.

Después lo colocó sobre la repisa donde agrupaba todos sus libros de cabecera, aquellos que no leía, pero que infundían en la sombra mientras dormía, una especie de tisanas del espíritu en las cuales empapaba sus sueños: la Biblia en latín; un misal, dos salterios y una obra en castellano, *Doctrina cristiana*.

—Majestad, estábamos en el capítulo de vuestra segunda visita a Roma, donde os enseñaron los más apasionantes descubrimientos arqueológicos de este siglo...

—Tienes razón —dijo el emperador levantando el reloj y colocándolo de cara a la pared.

Por una vez, no quiso cambiar el orden de sus recuerdos. Procedió entonces a narrar con voz un tanto monótona su coronación en Bolonia, cuando recibió la corona imperial de manos del pontífice, tres años después del Saco de Roma. El episodio en cuyo transcurso el condestable de Borbón encontró la muerte de forma estúpida, durante el primer día del asalto a la ciudad, le vino a la mente. Pensó entonces un instante en el curioso destino de ese joven guerrero, encerrado en sí mismo, del cual había intentado sacar provecho, sin conseguirlo del todo. Y, como siempre que remontaba el tiempo, una cierta lasitud se apoderó de él.

Al cabo de algunos minutos, terminó por abandonarse al sueño, disfrutando del placer de dejarse llevar a otro mundo.

Escuchó entonces la campana de la torre de la iglesia de la ciudad sonar contra el bronce. Se acordó de improviso de Marcus de Flessinge, el relojero de Brujas al que encargó antaño el reloj del palacio de Bruselas, y de quien se decía, había perdido un tanto el ánimo. Los rumores pretendían que estaba obsesionado y que sólo quería hablarle a sus relojes. Sin embargo, ese artista era un sabio y, más allá de lo que se podía contar a la sombra de los campanarios, conocía a la perfección la larga historia de la relojería.

Algunos instantes más tarde, justo antes de quedarse dormido, el emperador consideró que, pese a todo, debía recurrir a ese *fabricante de relojes* que, entre ataque y ataque de demencia, quizá pudiera decirle quién era el autor de este misterioso reloj y con qué objeto había sido fabricado.

X

Toda suerte de extraños sueños se sucedieron durante la noche. Esferas y agujas giraban en el vacío, olvidándose de marcar las horas, regresando sin cesar al mismo punto, como si el tiempo no pasara. Un resorte perdido hacía que un reloj sonara de modo inquietante, al fondo de una gran habitación desconocida. Poleas que giraban sobre ellas mismas sin accionar el mecanismo de las horas. El emperador se había despertado hacia las seis de la mañana, agitado por las obsesivas visiones nocturnas de los relojes locos, con el cuerpo empapado de sudor pese al frío y la lluvia que no dejaba de caer.

Justo tras el paso de su confesor, que venía a recoger sus remordimientos a los pies de su lecho, quiso bajar a su taller de relojería para consultar con Giovanni.

Se fijó en el reloj negro, que había depositado en un rincón. Pese a estar todo en sombra, su caja destacaba extrañamente en la oscuridad. Algo tenía de masivo y sutil a la vez ese objeto. Quizá lo había dejado de lado demasiado deprisa. En la penumbra, de pronto le pareció inverosímil que la frase latina le estuviera dedicada. Debía de tratarse de otra cosa: un código, un mensaje de una sociedad, un signo misterioso que había que dilucidar. Seguramente en alguna parte había un indicio, una firma que explicaba esa divisa. Con un movimiento brusco apartó la manta y se puso la bata.

Tenía que preguntarle a Giovanni inmediatamente.

Rozando apenas el suelo para no despertar a los demás ruidos que dormían en la sombra, el emperador penetró en la pequeña estancia abovedada.

Giovanni estaba sentado bajo un halo de luz, cansado tras una noche sin dormir, la cabeza inclinada sobre una de esas figuras articuladas a las que sabía dar vida.

El emperador murmuró:

—Sois muy matinal, Giovanni… ¿Cuándo descansáis?

Sin girarse, con una voz sin timbre, musitó:

—Majestad, temo haberme vuelto el esclavo de estas piezas: son ellas las que deciden sobre mi sueño…

El emperador pasó junto a sus últimas creaciones antes de sentarse junto a él. Colocó el reloj negro sobre una de las tablas que servían de laboratorio. Al no saber qué decir para que le prestara atención, permaneció en silencio un momento antes de acordarse de que los relojes sufrían los mismos males que él.

—De hecho, Giovanni, quisiera que le echaras un vistazo más profundo al reloj negro que encontré en el taller el otro día… Me parece… curioso.

Giovanni alzó su frente curvada, tan ancha como una paleta de herramientas.

El emperador permaneció cerca de él, señalando con el mentón la esfera donde faltaban los dos círculos principales.

—No veo nada extraño… —continuó Giovanni alzando el rostro hacia el emperador—. Sólo faltan las dos esferas de la Tierra y el Sol. Se trata de un reloj custodia.

El emperador se inclinó y le hizo un signo para que continuara con sus observaciones.

—Mira en el interior, hay algo escrito…

Cogiendo una de sus herramientas, Giovanni comenzó a desmontarlo.

—Vaya, tiene gracia; nunca había visto una inscripción semejante en un reloj tan sencillo.

Con las cejas alzadas y aire fascinado, el emperador se acercó un poco más, como si la solución al enigma estuviera muy próxima, a punto de caer sobre la mesa.

—¿Que puede significar?

Giovanni pareció reflexionar algunos instantes antes de responder.

—Creo recordar a un artesano relojero de Friburgo que realizaba inscripciones dedicadas a los destinatarios de un reloj o una ofrenda. Firmaba todas sus obras así, a petición del patrocinador...

Giovanni había ofrecido la explicación con el aire seguro de quien domina el tiempo; pero, esta vez, una duda persistía.

—¿Eso creéis?

—Sí, majestad —dijo Giovanni tras su sonrisa con mueca—. ¿Y qué otra cosa pudiera ser tal frase sino un homenaje hacia vuestra majestad, que gobierna un imperio en el cual *el sol nunca se pone?*...

El emperador alzó levemente los hombros. No sabía si le irritaba la seguridad de su artesano o la propia frase, de una grandilocuencia inútil y cuyo significado no comprendía.

Al cabo de un momento se puso a deambular por entre las mesas, dando vueltas por el taller apoyándose en su bastón sin saber qué buscaba. Después se detuvo ante el registro donde estaban consignados los nombres de los relojeros que habían fabricado los mecanismos de su colección. Cada reloj era un pequeño milagro cuyo autor había que conocer para dilucidar el misterio del objeto, encontrar ese hilo invisible al que siempre estaba conectado mediante las ruedas dentadas, la rueda catalina y las poleas. Sacó entonces un par de gafas del bolsillo y frunció los ojos sobre la hoja.

—Decidme, Giovanni, ¿se trata del mismo maestro que fabricó los relojes del tesoro imperial?

Dubitativo un instante, Giovanni alzó los ojos.

—Se le parece mucho, majestad. Además de la manufactura imperial ha tenido que trabajar en algunos objetos destinados a particulares que querían hacer regalos a personalidades de muy alto rango...

El emperador regresó con paso lento hacia el reloj negro. Lo observó de nuevo antes de alzar la cabeza hacia Giovanni.

—Si es una costumbre suya, habrá debido grabar los relojes del tesoro imperial del mismo modo, ¿no?

—Seguramente —respondió el relojero, un tanto sorprendido ante la deducción—. No cabe duda.

El emperador sonrió ligeramente con la comisura de los labios, apenas visible entre los pelos de su barba gris. Era ahí donde sepultaba sus maquinaciones más sutiles. Verificaría los relojes del tesoro imperial para ver si en el interior de sus cajas había otras dedicatorias semejantes. Cogiendo su bastón, se dirigió hacia la puerta del taller, impaciente por convocar a las piezas de su tesoro. Una pequeña ceremonia a la cual invitaría a los miembros de su corte; pues no le desagradaba convidarlos a una especie de descoronación imperial y leer por última vez en sus rostros el reflejo de su propia soledad.

XI

La sala del tesoro imperial era aneja al taller de los relojes. A ojos del emperador, el más banal de los relojes de péndulo era mucho más precioso que todo el oro y las pedrerías que en ese momento se aprestaba a transmitir a Fernando. De pie frente al cofre, se apoyó con las dos manos contra el montante de madera y se inclinó sobre los ornamentos, que no había vuelto a contemplar desde su coronación en Bolonia, hacía veinticinco años. Una luz casi sobrenatural iluminó su frente, la de todo un linaje de emperadores que había gobernado el mundo, desde el mar del Norte hasta el Mediterráneo: tiaras, coronas, capas y capillas resplandecientes, cinturones, cadenas pectorales, cruces incrustadas de pedrerías. El ideal de un imperio universal, de un reino gobernado por un único hombre, descansaba allí, presto a retornar al servicio, a desgastar otra vida.

Permaneció retrasado, con el rostro inclinado, con el busto un tanto retraído ante esta marmita infernal, como si todos los símbolos de este sueño imposible le fueran a saltar a la cara.

El tiempo de acostumbrarse a su luz y alargó el brazo para coger uno de los objetos con sus manos retorcidas por la gota. Repleto de pedrerías, inflado de perlas, el trozo de armadura dio vueltas en el are, impulsado por sus propios reflejos. El emperador abrió mucho sus ojos azules y lo observó durante algunos segundos.

—¿Y esto qué es?

Los dos guardajoyas que se encontraban de pie a los lados del cofre, vigilando las miradas que se posaban sobre el tesoro, no respondieron; guardaban silencio, con miedo a que se escapara.

Estaban rodeados por dos alabarderos, felices de haber entrado de servicio, más inmóviles que nunca. Uno de ellos separó apenas los labios, como si poseyera una especie de secreto demasiado bien guardado.

—Una media calza, majestad.

Los mayordomos, residentes, mayordomos y los personajes más importantes de la casa imperial se habían colocado alrededor, formando una especie de semicírculo en medio de la sala.

El duque de Alba, gran mayordomo, la persona más destacada de la corte, se encontraba en primera fila. El rostro pálido mostraba en la cara todo el rencor y la amargura de sus derrotas. La Paz de Habsburgo, seguida del anuncio del retiro imperial eran los dramas cuyo peso cargaba sobre los hombros. Quiso pronunciar algunas palabras:

—Majestad, estamos dichosos de tener hoy la ocasión de volver a ver con vos, antes de vuestra partida hacia Yuste, las piezas del tesoro imperial.

Cuando les hizo un signo para que se acercaran, los miembros de la casa imperial avanzaron todos a la vez, como si fueran un solo cuerpo; pero más que un grupo se trataba de una mezcla de deseos y ambiciones contrariados por su deseo de abandonar el mundo.

Justo detrás del duque de Alba, el conde de Meghen, capitán de los arqueros, abría sus grandes ojos grises ante el aburrimiento que le producía la existencia.

Un paso tras él, Odart de Bersaques, capellán mayor, miraba delante de él con el rostro ligeramente inclinado. Desde hacía algunas semanas, su figura parecía llevada por una cólera indecible: capellán mayor desde hacía una veintena de años, tenía hoy sesenta años. Dejado a un lado en beneficio del maestro de capilla, sentía contra él rencor profundo. Demasiado joven como para haber supervisado la ceremonia de enterramiento de Maximiliano de Austria, había contado con la mala salud del emperador para recuperar ese honor que era legítimamente suyo. El anuncio de su retirada había aniquilado sus esperanzas de celebrar los funerales imperiales. Disimulaba mal su despecho ante la idea de que unos monjes españoles incultos y de baja cuna le robaran la muerte de su señor.

—¿Cómo se siente vuestra majestad esta mañana? —preguntó el capellán mayor, que no había perdido del todo la esperanza de verlo fallecer en Bruselas.

—Bien. ¡De hecho, jamás me he sentido tan bien!

Estaba también un gentilhombre de boca, el barón de Montfalconnet, cuyo rostro redondo y jovial sobresalía de una gorguera de gasa blanca, a quien dirigió una sonrisa amable. Montfalconnet había quedado sinceramente afectado por el anuncio de su retirada, pero por motivos completamente diferentes: su huida a una tierra de bárbaros, donde sólo se alimentaban de cerdos y frituras con ajo, le resultaba incomprensible.

Tras él, Jean de Hennin, conde de Boussu, caballerizo mayor, y los señores de La Chaulx y de Rye, ambos coperos mayores, que controlaban el servicio de las bebidas, ya se tratara de vinos o cervezas, y que no habían tenido ocasión de iniciarlo en las bebidas de plantas más digeribles. Tras ellos, el secretario personal del emperador, Martín de Gaztelu, se aprestaba a inventariar cada pieza para sus archivos.

Antes de tomar la palabra, el emperador reflexionó un instante sobre el pretexto que le permitiría buscar los dichosos relojes ante sus ojos sin desvelar el verdadero motivo del inventario. Ante la expresión sorprendida de sus servidores, terminó por tomar la palabra con aire solemne:

—Vosotros, que sois mis más cercanos servidores, os agradezco que hayáis venido. Desearía, antes de mi partida hacia España, que seáis testigos de la revista de estos símbolos y de mi voluntad de deshacerme de ellos. Y porque de este grupo de objetos... quizá pudiera dejaros un recuerdo.

En el momento en que pronunció esas palabras, el emperador captó las miradas del capellán mayor y del conde de Meghen, que se felicitaban en silencio ante esta imprevista distinción.

Volvió la mirada hacia Quijada. Los guardajoyas, que habían dispuesto un segundo cofre para traspasar los objetos que se llevarían a Fernando, comenzaron a hacer desfilar las piezas.

Las capas, capillas, calzas, cinturones y cadenas surgían ante él antes de desaparecer en el cofre destinado a Fernando. Asintiendo con la cabeza en signo de aprobación, frunciendo de repente el ceño cuando los guardajoyas dudaban y le preguntaban si no quería guardar algunos platos de oro para *su viaje*. Tampoco quería ese ejército de pequeñas copas de oro cincelado, ni esos cubiertos incrustados de perlas. Luis Quijada pidió entonces a los guardajoyas que no se volvieran a detener. El desfile de piezas continuaba bajo el silencio de las miradas.

Sin emoción, el emperador hizo un signo con la mano para que continuaran, cuando vio aparecer la espada y la vaina sobre la que estaba escrita la divisa: *Austria gobernará sobre el mundo entero*, la tiara y el globo imperial de oro.

Se sintió atrapado por la inútil belleza de esas piezas: no habían impedido que la cristiandad se rompiera, ni que su poder fuera contestado incluso por aquellos que hubieran debido estar a su lado contra los infieles.

Al cabo de un momento, comenzó a inquietarse al ver que el tesoro estaba casi vacío, sin ningún reloj. Apoyándose en su bastón, se inclinó entonces sobre el cofre y alzó los ojos hacia los guardajoyas.

—Tengo el recuerdo de que en el tesoro había dos relojes. ¿Dónde han ido a parar?

El hombre de cara pequeña, casi infantil, miró a su acólito, que parecía ser el único con la autoridad necesaria para responder al emperador:

—Majestad, queda otro cofre pequeño que no hemos traído, pues contiene objetos de menor valor.

—¡Id a buscarlo inmediatamente!

El guardajoyas partió a recuperar el resto del tesoro adecuadamente escoltado por un alabardero.

El emperador alzó entonces los ojos hacia los miembros de su corte, que no se habían movido, petrificados por el espectáculo.

—Y bien, mis queridos amigos —dijo para rellenar el extraño silencio—, quiero asegurarme de que no nos olvidamos de nada y que Fernando disfrutará de todos los artificios del poder.

Cuando el guardajoyas hubo traído el pequeño cofre, el emperador no pudo ocultar su impaciencia. Hizo que abrieran la caja de madera y miró dentro murmurando en voz baja:

66

—¡Aquí está lo que buscaba!

El guardajoyas le tendió dos piezas de relojería; las cogió y las colocó cuidadosamente delante de él. Entonces exclamó, alzando el rostro hacia los asistentes antes de que el guardajoyas hubiera terminado con su trabajo:

—¡Por ahora basta! Continuaremos mañana. Caballeros, ¡podéis retiraros!

Se había girado hacia sus servidores, esbozando una sonrisa amable. Al ver que éstos parecían un tanto decepcionados y sorprendidos, continuó:

—En adelante estos ornamentos pertenecen a mi hermano Fernando. —Se interrumpió un instante antes de continuar, con una voz más firme—: Es a él a quien regresa este cofre. Quizá acceda a concederos un regalo como bienvenida a su servicio. No puedo tomar la decisión por él.

Con expresión desolada, el emperador había alzado las manos en señal de impotencia. El duque de Alba, a quien su rango de primer gentilhombre de la casa imperial autorizaba a hablar, hizo un intento, con una voz tan queda que los demás servidores hubieron de inclinar la cabeza para escuchar sus palabras:

—Pero su majestad no ignora que su corona todavía no ha pasado a su hermano. De modo que su poder sobre estos ornamentos continúa… intacto.

Mientras fingía escuchar al duque de Alba, el emperador había hecho sonar una campanilla.

—Me temo que sea ya muy tarde —dijo señalando a un hombre delgado que se dirigía hacia ellos—, el ujier que llega va a sellarlo.

Observó un momento los movimientos del hombre en torno al cofre.

Mejor que nadie, el emperador sabía poner en sus labios la última palabra. Los tres hombres intercambiaron una mirada. No había nada que añadir. Inclinándose profundamente ante el soberano, retrocedieron lentamente hacia la puerta, donde los esperaba Quijada.

Cuando finalmente se quedó solo, de tú a tú con sus relojes, el emperador pudo dedicarse a esos delicados objetos cuya existencia prácticamente había olvidado. Eran de plata maciza, con diamantes y piedras preciosas marcando las horas. Las agujas, estriadas de esmalte, brillaban a través de la esfera de oro. Al contemplarlos de nuevo, quedó impresionado por su belleza, fascinado por esas piezas, que parecían señalar horas más preciosas y más raras. Marcaban el ritmo de días más ilustres, la duración de un poder universal, venido de Dios.

Durante un instante, pensó que era una pena no llevarlos consigo a su retiro, no conservar esa mecánica preciosa introducida por Maximiliano en el tesoro imperial, con un reglaje tan sutil, heredero de un orden muy antiguo. Después se acordó de la calma que iba a buscar allá, de su búsqueda de un tiempo sin tormento, sin el temor de ver otras horas, las de su pasado, retornar a mortificar sus días, horas inquietas que vendrían a infiltrarse en su soledad y a perturbar el silencio de las montañas.

Lanzó un suspiro. Después cogió los dos relojes y caminó unos pasos hasta su taller, al fondo de la habitación.

Al llegar cerca del banco de trabajo, dejó encima los dos objetos antes de inclinarse sobre ellos para verlos mejor.

Tras volver a coger su pinza de trabajo y su lupa, comenzó a desmontar el primero retirando con precaución los tornillos de la caja. Al levantar la esfera pudo deshacer el primer círculo y, seguidamente, acceder al interior, donde debería de estar la famosa firma.

Miró el interior, haciendo girar el mecanismo. Lo miró desde todos los ángulos, antes de iluminarlo con la llama de una vela. Después lo dejó y pasó por la plata sus dedos retorcidos para ver si notaba algún relieve. Ni siquiera sus manos entumecidas notaron nada, ni el menor rastro de grabado. Se puso otras gafas para asegurarse de que no se le hubiera escapado nada: la circunferencia de la caja estaba vacía. Renunció a verificar el segundo reloj.

El emperador dejó reposar su espalda contra el sillón con la mirada en el vacío y los ojos cansados por haber fijado la vista de forma sostenida.

Al cabo de un momento se giró hacia el reloj negro, colocado sobre la repisa de su armario. Aparentemente, era derecho y simple, con su esfera de cobre. Sentía una mezcla de desconfianza y curiosidad. La verificación confirmaba su intuición. El maestro de Friburgo no era su autor; pero, ¿quién había podido fabricar semejante objeto, carente de ninguna gracia particular, cuyo mecanismo parecía obedecer a otras leyes? La fórmula inscrita en el fondo de la caja podía, sin duda, ponerlo sobre la pista, pues no era un simple homenaje a su gloria: decía algo más misterioso, más enigmático. Estaba convencido de ello.

Pero no era cuestión de realizar aquí las averiguaciones, la gran partida hacia España iba a tener lugar en los próximos días. Era el momento de consagrarse a esta última aventura y a su retiro al monasterio de Yuste. Y no aspirar sino al reposo.

XII

La luz del día estaba baja, casi lejana, como si anduviera ocupada en iluminar otro mundo. Sólo podía fiarse de los relojes para saber por dónde andaba la jornada, para desenredar esa niebla de la lluvia y del barro.

En su habitación, las cortinas todavía no se habían abierto al día. El fuego de la chimenea había sido avivado por el ayuda de cámara. Todavía quedaba noche en los objetos donde se podían ver los restos de una pequeña aventura nocturna, esparcidos por entre los muebles: frascos de agua para las plantas, vaso para las medicinas, palanganas y otros accesorios para aliviar toda clase de dolores persistentes.

Un mensajero llegado de España había surgido hacía algunos instantes de entre la niebla. Una visita tan matinal no podía ser sino portadora de malas noticias. El barco cuyo cargamento debía permitir pagar sus sueldos a los setecientos servidores de la corte imperial no había salido de España. Si bien su llegada estaba prevista para ese mismo día, el galeón había permanecido en su puerto gallego a la espera de un cielo más clemente.

En su carta, el capitán del navío afirmaba que no podría abandonar la península antes del mes de marzo.

Una expresión de estupor se había abatido sobre el rostro del emperador. Tras haberlo puesto todo en marcha para estar en Yuste antes del invierno, veía retrasado su proyecto, su retirada monástica; la transmisión de su testamento imperial, aplazada. Con un soplido, dejó caer la misiva sobre sus rodillas.

—Habrá que esperar...

El cielo siempre había decidido su existencia. Muy a menudo, los acontecimientos más importantes no dependían sino de una tempestad, de un rayo de sol y en ocasiones incluso de una corriente de aire. ¿Cuántas veces se había visto obligado a posponer sus proyectos por culpa de una nube? Pero esta vez... nunca había tenido tanta prisa por ir allí donde nadie lo esperaba.

Mientras el coronel Quijada acompañaba a la puerta al caballero dándole el pago por su carrera, el emperador exclamó con voz derrotada:

—Heme aquí prisionero de Bruselas... ¡Sabe Dios cuándo podremos embarcar hacia España!

Con un gesto desilusionado abrió la cortina de la ventana y vio a los dos alabarderos que vigilaban el parque. Algo más lejos se distinguían las figuras de un pequeño grupo de hombres que iban y venían, al acecho del menor movimiento de la más simple embajada en las inmediaciones de su casa. Arqueros, alabarderos, pajes, gentilhombres, músicos, carpinteros, tapiceros, barberos, boticarios, sastres, lavanderas, servidores de mesa; todos esos grandes señores de los Países Bajos y de España continuaban circulando, pavoneándose ante los árboles, cultivando rivalidades ancestrales, observándose los unos a los otros. Era grotesco.

—¡¿Por qué demonios no habré despedido a esta corte tiempo atrás, cuando tenía los medios?!

—Vuestra majestad se olvida de que nunca ha tenido con qué separarse de sus servidores y que es esa falta de dineros la que tantas veces lo ha puesto en apuros —comentó el coronel acercándose a él.

El emperador se mordió el labio. Ese pequeño ejército inactivo, esa tropa de servidores inútiles, persistía en hacer de él un emperador. Su mera presencia, bajo las ventanas de su casa, era una provocación, un extraño desafío a su autoridad. Soltó un largo suspiro dejando caer la cortina.

—¡Cada día que pasa aumenta el precio de sus sueldos!

El mayordomo había comenzado a instalar los cubiertos y las pequeñas copas del desayuno. Intentó calmar su decepción:

—Si vuestra majestad lo permite, pienso que de todos modos es preferible viajar en primavera, cuando el tiempo es más clemente.

El emperador escrutó a su mayordomo: sus palabras eran cosa rara, lo que les daba un aire de sabiduría. Los bigotes y la barba oscura del coronel Quijada, sumados a su jubón de terciopelo negro, le conferían un aire serio y solemne en cualquier circunstancia. Incluso cuando disponía los platos y cubiertos sobre una mesa, parecía ordenar algo mucho más importante.

—No parece que eso os disguste, en efecto… —murmuró el emperador siguiendo con la mirada a quien sería su más cercano servidor durante su retirada, una especie de compañero de soledad.

Don Luis Méndez Quijada, señor de Villagarcía, había entrado como paje a su servicio hacía más de treinta y dos años. Había participado en todas las guerras y se había distinguido por su bravura. Siempre tenía la misma energía en sus gestos, esa mezcla de audacia y mesura que permite ganar batallas. Con él, la muerte se mantendría a distancia. Por ese motivo le había pedido que lo acompañara hasta el monasterio y quizá más allá. Y ese *más allá* nunca había sido objeto de discusión. Le había asegurado que sería liberado de su tarea en cuanto su instalación en el monasterio hubiera terminado y no había vuelto a abordar la cuestión. Más que un mayordomo, el coronel Quijada sería el guardián de su retiro, un velador de soledad e infinito.

Al cabo de algunos instantes, le vio esbozar un gesto vago con la cabeza, uno de esos movimientos por el borde de los cuales se vierte todo el desprecio del mundo.

—Vuestra majestad sabe lo que pienso de todo eso…

El emperador se abstuvo de volver a tratar ese tema, del que tan a menudo habían hablado. Sobre ese punto, no deseaba convencer a su ayudante de campo. Su incomprensión frente a su voluntad de alejarse del mundo, de retirarse junto a una comunidad de monjes *ignorantes y perezosos*, era una de las razones por las cuales lo había escogido.

A lo lejos, el sonido tan peculiar del reloj del palacio de los duques de Brabante le recordó una vez más que seguían estando en Bruselas. Era un carillón triunfante, el de su poder sobre Flandes, que el relojero de Brujas había confeccionado cuando se lo pidió muchos años atrás. El sonido le trajo recuerdos más viejos que su memoria, como si pudiera tener otra edad además de la suya. No había vuelto a ver a ese mecánico desde la entrada de Giovanni a su servicio: ¿qué quedaba de su ciencia ilustre de las esferas?, ¿qué diría de la esfera del cuadrante negro? El retraso del navío cargado de oro le dejaba más tiempo para dilucidar ese mecanismo y el significado de la inscripción. Y Marcus de Flessingue era el único relojero que podía ayudarlo. Bastaba con convocarlo.

XIII

Instalado al fondo del taller, había colocado el reloj cerca de él. Se había dispuesto en emboscada detrás de su mesa de trabajo para esperar al relojero de Brujas, que debía llegar de un momento a otro.

Había hecho que lo buscaran durante muchos días, pero no era persona fácil de encontrar: estaba ocupado yendo de un trabajo a otro, viajando por las grandes ciudades de Flandes, ajustando los carillones de todos los relojes del país a partir del reloj del palacio de los duques de Brabante.

El relojero no obedecía sino a su propia voluntad. Al convertirse en duque de Borgoña en 1515, le había encargado que se asegurara de que todos los relojes de las ciudades de sus territorios señalaran la misma hora. Era el único modo de mantener su control sobre esos pueblos que amenazaban con contestar su autoridad en cuando se les concedía la menor libertad. Para extender su poder por el espacio era necesario dominar el tiempo que corría a través de esos reinos e imperios tan diversos que había heredado. La misma hora para todos: la suya. Para ello, en cada nueva ciudad conquistada había reclutado a los mejores *constructores de relojes* de la región.

Procedente de una familia de armeros, Marcus de Flessingue había instalado los relojes de los palacios reales, de las torres de las alcaldías y de las puertas de las ciudades fortificadas: era el artesano de ese tiempo público que había contribuido a liberar a Flandes del tiempo religioso que antaño marcaba el ritmo de la vida de los hombres.

—¡Caramba, me parecéis un poco nervioso esta mañana, Giovanni! —señaló el emperador al escuchar sonar por tercera vez de forma muy seguida el carillón de un reloj de mesa.

Giovanni se enjugó el sudor de la frente con la manga. Tuvo problemas para disimular su irritación.

—Voy a conseguir acabar con este sonido inútil, majestad…

El emperador no pudo evitar una sonrisa al ver al hombre sudar con ese reloj de mecanismo bastante simple. De hecho, Giovanni toleraba mal la intrusión de otro artesano en su pequeño reino de relojería.

—Parece que vuestra eminencia llega con retraso —terminó por musitar al fondo de la caja que desarmaba por enésima vez.

El emperador soltó un suspiro. Según los habitantes de Bruselas, Marcus de Flessingue se había hundido en una forma de arte obsesiva: no había inventado ninguna pieza nueva desde hacía años y se contentaba con repetir los mismos modelos de relojes góticos.

—Sé lo que piensas de ese artesano, Giovanni; pero me place, justamente, consultar a un hombre del gremio que conoce los relojes monumentales…

Justo entonces se escuchó el ruido de una puerta que se abre con precaución. Con sombrero en la cabeza, barbita en el mentón, un hombre penetró en las habitaciones imperiales con aire desconfiado. La frente abombada, las mejillas coloreadas por el aguardiente, ojos pequeños arrugados por los millares de piezas que no terminaban de escudriñar, llevaba un morral de cuero, un manto gris y avanzaba con paso lento, con la espalda doblada bajo el peso de todas las horas de las que estaba encargado en la ciudad y sus alrededores.

El hombre había envejecido mucho, como si las horas pasadas ajustando las piezas minúsculas que permitían medir el tiempo se hubieran multiplicado entre ellas. Había perdido la mayor parte de sus cabellos, y su cráneo, casi por completo despoblado, parecía una capitulación. No le quedaban sino dos matas ralas a ambos lados, mechones sin convicción que subsistían por pura fidelidad, más que por estar interesados en ese destino sin luz. No obstante, dos pequeñas llamas seguían brillando al fondo de su mirada, como restos de una pasión siempre viva.

—Venid por aquí, querido maestro…

El hombre inclinó brevemente la cabeza, alzando apenas su sombrero. Después, atravesó el taller echando vistazos inquietos en torno a él. Los dos cristales de sus gafas, colocadas en equilibrio sobre su nariz, se asemejaban a dos espejos donde se reflejaban los gestos de la medida del tiempo.

Vagamente molesto por ese silencio, el emperador dijo con una deferencia poco habitual:

—Estoy encantado de que hayáis podido llegar a mí a pesar de todas las tareas de las que os encargáis....

Delante de él, el hombre había dejado su morral y sombrero y, agachándose, dijo en voz baja, como si hablara para sí mismo:

—Como sabéis, majestad, mi nombre es Marcus de Flessingue...

Enderezándose, contempló en silencio los relojes del taller. Una expresión hostil apareció en su rostro mientras avanzaba hacia Giovanni. Uno estaba al servicio del tiempo público y universal, mientras que el otro pretendía reducir el tiempo a la talla humana en el interior de esos relojes de cámara. El relojero de Brujas se giró bruscamente hacia el emperador y exclamó con voz fuerte, la mirada exaltada y un dedo extendido hacia el techo:

—Antes de nada, majestad, sabed que las horas que nos atraviesan no pueden dejarse encerrar ni reducir mediante relojes en miniatura como los que coleccionáis... ¡El tiempo pertenece a todos!

A pesar suyo, sentado en medio de su colección de relojes, los unos más ricamente decorados que los otros, el emperador se sintió vagamente culpable.

—Tenéis razón, querido maestro —resopló el emperador, que acababa de ver la mirada alarmada de Giovanni.

Para calmarlo, continuó:

—Por ese motivo os he hecho llamar... Observad este reloj astronómico, me parece que algunas de sus características lo asemejan al reloj monumental de Praga... ¿No encontráis eso... extraño?

Algunas gotas de transpiración habían aparecido en el rostro del relojero, que se secó la frente con un pañuelo. Se puso a mover los labios sin emitir el menor sonido. Después, mirando por encima de su hombro, se acercó con paso hundido y se puso a susurrar:

—¿Habéis cerrado bien la puerta tras de mí? Temo que me estén siguiendo…

El emperador se echó para atrás en la silla y esbozó su sonrisa más tranquilizadora.

—No os preocupéis por nada, querido maestro, mi guardia vigila la villa. Nadie puede penetrar aquí sin que me avisen. Estamos solos.

El relojero se enjugó la frente de nuevo con el revés de la manga. Verificó una vez más que la puerta no se hubiera movido y pareció vagamente tranquilizado. Se giró entonces hacia la montura negra y la observó durante un largo momento. Seguidamente comenzó a agitar los brazos como si estuviera espantando un insecto. El emperador creyó entonces que quizá quería deshacerse de su manto; pero los movimientos se prolongaban, volviéndose cada vez más amplios. Al verlo girar en torno a la mesa, se preguntó si este hombre estaba completamente en sus cabales. Seguidamente le vio cerrar los ojos. Un silencio de relojería se extendió por toda la habitación. No se escuchaba nada, pero se podía imaginar el ínfimo *clic* del resorte motor que había almacenado la fuerza mecánica necesaria para la buena marcha del instrumento.

—Lo habéis vuelto a montar hace ya diez días, ¿no es cierto? —preguntó el relojero al terminar su meditación.

—Justo eso —respondió el emperador, impresionado por la precisión del relojero, que había sabido encontrar por el sonido de la rueda dentada la fecha en la que había tenido lugar el montaje.

Sin responder, el hombre del cráneo calvo ralentizó sus gestos y comenzó a inspeccionar el oscuro reloj de péndulo con sus pequeños ojos en forma de lupa. Retiró los primeros tornillos e inspeccionó las entrañas de la caja, efectuando una serie de movimientos que demostraban su saber e iban del reloj a su morral.

—¿Veis algo? —preguntó el emperador—. Se diría que los planetas no siguen el mismo ritmo que el de otros relojes…

El hombre se había sentado en una silla. Había sacado una cinta de medir de su morral y se puso a comprobar las dimensiones del objeto.

—Es muy extraño, en efecto, no reconozco el sistema habitual...

El relojero echó el cuerpo hacia atrás, con un resto de temor mezclado de asombro. Su voz se había calmado, su mirada vuelto luminosa y derecha, cuando continuó:

—Estos mecanismos no se corresponden con nada conocido... No sólo el cigüeñal que debía distribuir las horas no está en el sitio adecuado, sino que parece funcionar a la misma velocidad para todo el conjunto de los planetas del sistema. No obstante, señala la hora con precisión.

Volvió a colocar el reloj negro sobre la mesa y se quedó inmóvil un momento, mirando a través de la lupa el cielo astral grabado en la esfera de cobre. Después se fijó de nuevo, en el fondo de cofre, en la distribución de las esferas de las horas con respecto a la de los planetas.

—¿Y eso qué quiere decir? —preguntó el emperador repentinamente inquieto.

—Temo no poder ayudaros a comprender el mecanismo... No es un relojero lo que necesitáis...

El emperador le observó guardar sus herramientas en el morral y buscar con los ojos su manto, aparentemente con prisas por acortar la entrevista y la discusión.

—Si no sois vos, ¿quién podría entonces explicarme este reloj?

Mientras encajaba el sombrero en su cabeza, el hombre pareció dudar. Permaneció silencioso, con la mirada perdida, antes de avanzar hacia el emperador y murmurar con aire de confidente:

—Hay un hombre que quizá pudiera ayudaros a esclarecer este mecanismo...

Con las manos aferradas al borde de su sillón, el emperador sintió cómo un calambre le atravesaba la espalda. Pese al dolor, intrigado por el diagnóstico del relojero, un arrebato de curiosidad impulsó hacia delante la parte superior de su cuerpo.

—¿De quién se trata?

Para que no le escuchara Giovanni, que espiaba sus palabras, el relojero murmuró apenas moviendo los labios:

—El maestro relojero andaluz de Córdoba...

El emperador había percibido el encogimiento de hombros de Giovanni. Tampoco él pudo esconder su decepción.

—¿Un mecánico árabe? Tenía entendido que no habían inventado nada nuevo en materia de relojería, a parte del perfeccionamiento de los astrolabios…

Viendo que el relojero de Brujas comenzaba a recoger sus cosas, preguntó:

—Bueno, si pensáis que es un maestro… ¿Dónde podría encontrarlo?

El relojero lo miró entonces con una intensidad molesta. Parecía no haber escuchado su objeción.

—Es bueno para la paz de las almas que algunas puertas queden cerradas para siempre…

Tras haber lanzado esas palabras al vuelo, su mirada cayó de nuevo en el vacío. El emperador lo vio acercarse a la ventana para verificar los alrededores, situarse cerca de la puerta y acechar cualquier ruido inventado por su delirio. De repente, sin una palabra más, el maestro relojero se esfumó por la pequeña puerta de la antecámara y desapareció más rápido que sus propios pasos.

El emperador no se movió, no sabiendo si debía felicitarse por esas revelaciones o inquietarse por la extraña visita. El carillón de la pieza montada por Giovanni apenas turbó sus reflexiones. Posó la mirada sobre el reloj negro, vagamente incómodo. Le surgían toda suerte de cuestiones para las cuales no tenía ni un principio de respuesta: ¿pudiera ser que el reloj encerrara un mecanismo todavía más intrigante de lo que imaginaba?, ¿existía realmente ese maestro andaluz de Córdoba? Había muchas figuras disidentes en el seno del gremio de relojeros, mecánicos con los que no había que relacionarse, medio brujos, medio astrólogos, que no tenían cabida en su taller. Además, el nombre de ese personaje sonaba en el vacío, no creaba ningún eco en sus estancias en España.

Se levantó de golpe para ir a su habitación sin decir nada a Giovanni; avanzando por entre los objetos de su colección, huyó a su vez para escapar a esa figura sin contorno, a la imagen de un relojero desconocido.

XIV

Algunos días después, el emperador sintió que se diseminaba por sus miembros el anuncio de un ataque de gota. Provocada por los retrasos y las contrariedades, la crisis, se dio cuenta de inmediato, sería más fuerte que las precedentes, como si necesitara también saldar la cuenta del dolor y la impotencia antes de abandonar la escena.

Al principio no fue sino una cierta rigidez en la muñeca, una especie de reumatismo persistente. Una pluma que se le caía de la mano, una pequeña pieza de relojería que resultaba imposible atornillar... los objetos se le resistían. Luego el sufrimiento buscó amparo en su cuerpo, instalándose por un período indeterminado. Hinchazón de los dedos, de las manos, las piernas se le momificaban, un dolor insoportable. La fiebre, como un trueno sin relámpago, invisible y silencioso, lo aplastaba sobre la cama.

El mal había llegado a su vida poco después del Saco de Roma, como si fuera una maldición, llevando cada año a su cuerpo hacia dolores desconocidos, especie de orografía lejana de la fiebre, de la cual en cada ocasión descubría un paisaje nuevo. Se había acostumbrado a estos viajes internos, excursiones al extremo de sus miembros. Lo habían atrapado a menudo en plena acción, cuando se dirigía a caballo en primera línea de los combates.

Con el tiempo, frente a la impotencia de sus médicos, había terminado por pensar que esos dolores no procedían únicamente de la humedad del aire, de sus incesantes viajes, sino que tenían un origen interno y moral.

Sentado en el banco de la capilla aneja a sus habitaciones, escuchaba distraído los cantos de los sacerdotes salir volando por encima de los órganos y el incienso cuando vio cómo su pierna y su brazo derecho se crispaban en una posición extraña. El dolor siempre llegaba después. Como una emanación de esa postura anormal.

Su ayuda de cámara, que se dio cuenta de que sus miembros se ponían tan rígidos como su bastón, se inclinó hacia él:

—Majestad, ¿deseáis que vaya a buscar al doctor Cornelius?

—¡En modo alguno! Llama a mi confesor. ¡Que venga de inmediato!

Durante un instante, el servidor permaneció inmóvil, antes de responder:

—¿Cuál, majestad?

El emperador dudó. Siempre se había sometido a la confesión, pero desde hacía unos meses había acelerado la cadencia. Muchas veces por semana, un baile de sacerdotes, prelados y monjes se sucedía en sus habitaciones. Un tráfico de absoluciones y arrepentimientos tenía lugar a diario en el primer piso de la casita del fondo del parque. Abdicaba de continuo de sus crímenes, de sus últimas debilidades, pues era necesario también que se deshiciera de sus arrepentimientos y sus errores, de esa mezcla de rencor y resentimiento que abrumaba su alma. Antes de llegar a Yuste debía asimismo legar esa herencia.

Cada uno de los teólogos expertos en derecho canónico movilizados se había visto designado para un pecado diferente, según su especialidad: al italiano, Marcelo da Croce, los pecados de la carne; al español, Fernando Álvarez, las dudas religiosas; al flamenco, Henri de Helde, su glotonería e impaciencia; al francés, Benoît d'Anselme, su falta de prodigalidad; al alemán, Jacob Franzer, su ambición política, y al portugués, cuyo nombre había olvidado, todavía no le había confiado ninguna falta mayor.

—Llama al portugués. Se llama Santo Espírito, creo. ¡Date prisa!

Con los ojos medio cerrados, tras haber abandonado su cuerpo al sueño, percibió al sacerdote sanador a contraluz, Biblia en mano, la frente baja, rezando ya por las faltas que le iban a ser confiadas. Y, con un roce de tejido aterciopelado y precioso, le vio hacer el signo de la cruz encima de él.

—Me han dicho que vuestra majestad sufre —susurró cuando le vio entreabrir los ojos—. Habéis hecho bien en llamarme. Los males del cuerpo son el espejo del alma...

Con el sonido de su voz tranquila, la atmósfera de la sala se había oscurecido. Los ayudas de cámara no habían corrido las cortinas, pero las sombras de la confesión habían ocupado su sitio ellas solas, acercando sus rostros, engrosando los muros. Un rayo de luz llegado de ninguna parte iluminaba el rostro del emperador, sumergiendo el del cura en la penumbra de un confesionario invisible.

—Antes de nada, padre, pues es la primera vez que me confieso ante vos, os voy a pedir que me llaméis *hijo mío.*

El cura cerró los ojos, dejando ver dos anchos párpados tan blancos y redondos como dos hostias. Con el santo sacramento al borde de los ojos, una sonrisa sumisa en los labios, realizó un nuevo signo de la cruz en el aire.

—Os escucho...

—Sabed, padre, que estoy convencido de que estos dolores me han sido enviados para castigarme por mis incesantes viajes, por esa carrera a través de mares y tierras...

Lanzó una mirada sesgada hacia el cura portugués. Como éste continuaba inmutable frente a su confesión, continuó alzando una mano retorcida ante él:

—¡Mirad! Ya ni siquiera puedo ir de un lado a otro de esta habitación, ni siquiera alzar el brazo, yo, que me he pasado quinientos días de campaña, doscientos de ellos en el mar. No obstante, es una enfermedad cruel para un hombre como yo. ¿Qué creéis?

Ante esas palabras, el cura consideró adecuado asentir:

—Puede ser, en efecto, majestad... —se corrigió—: ... hijo mío. Puede ser que nuestro Señor haya querido advertiros de que sólo hay un viaje, el que todos nos preparamos para emprender hacia el otro mundo...

Al pronunciar estas últimas palabras, el cura había cerrado los ojos.

—¡Es eso, justamente! De hecho, pensando en ello, me doy cuenta de que mis crisis de gota han aparecido siempre al regresar de uno de mis desplazamientos. No es culpa mía si hube de aceptar esa herencia y dividir mi existencia entre España, los Países Bajos y Alemania; vivir en Italia, Inglaterra y África cuando no aspiraba sino a la calma y el recogimiento.

Inmerso en sus remordimientos, bajó la cabeza, incapaz de soportar la mirada del padre confesor.

—¿Estáis seguro? —preguntó una voz cargada de sospecha—. ¿No fue por la grandeza de vuestra ilustre casa por lo cual os lanzasteis a semejantes aventuras? ¿En vuestro corazón sólo existía la defensa de la religión de nuestro Señor?

El emperador se dejó deslizar sobre su sillón, sintiendo que sus dolores se atenuaban. Era su fase preferida de la confesión, la de la acusación, cuando el precipicio de la culpabilidad se dibujaba al borde de la habitación, cuando los suspiros eran confesiones. Sopló sobre la nube de faltas que se apelotonaban en torno a su boca como el vaho en época de fríos:

—Siempre me he esforzado por dejarme guiar por mi fe… pero es cierto que las expediciones a las Indias no tenían como único motivo difundir el Evangelio. Necesitaba oro para financiar la construcción de esta monarquía que debía permitir a nuestra fe gobernar el mundo.

Con el rabillo del ojo percibió la reacción del cura. En ese momento, éste hubiera debido abrumarlo con reproches o lanzarle una mirada reprobatoria en su cara a cara; pero el prelado no decía nada. Acompañaba sus palabras con un pequeño signo de la mano, como un director de orquesta que midiera batuta en mano el tamaño de sus confesiones, la cabeza inclinada. El emperador continuó:

—No me bastó con la conquista de México, necesité también la del Perú, Chile; el resto de Nueva España… —Al ver que el cura no reaccionaba, continuó—: Y, después… la más orgullosa de todas las empresas, la expedición de Magallanes, la vuelta al mundo. —En ese instante, el cura interrumpió su gesto. Hizo el signo de la cruz y susurró una corta oración—. —No tenía sino diecinueve años, padre… Al principio no se trataba sino de competencia con el Imperio portugués, no de mezclarme con la ciencia… Y sólo financié la mitad…

—La falta de prodigalidad no os exonera de vuestros pecados de desmesura, hijo mío. Acordaos de que en el día del Juicio vuestras faltas no se restarán las unas a las otras, se sumarán. —Ante su rostro inquieto, el padre tosió ligeramente—. Tranquilizaos, hijo mío, el día del Juicio las conquistas y expediciones de las que me habéis hablado no pesarán en vuestra alma... —El padre suspiró en silencio antes de continuar en voz baja—: ... excepto en lo concerniente a la expedición de Magallanes. ¿Acaso no tuvo como desafortunada consecuencia hacer creer a los hombres que la Tierra era *redonda*?

Al escuchar esas palabras, el emperador tuvo problemas para ocultar su decepción. Este examen de conciencia comenzaba a inquietarlo. Ninguna de sus confesiones había emocionado al cura. Por más que lo había puesto sobre la pista, el servidor de Dios se obstinaba en no ver nada. La absolución se perfilaba mediante pequeños goteos de palabras. Esta confesión no le proporcionaría ningún solaz. Miró dentro de sí, en busca de una idea, una falta o un crimen en los que no hubiera pensado. Estaba claro que era el diablo si no encontraba en las turbulencias de su existencia algo con lo que hacer penitencia. Posó la mirada sobre el aparador pegado contra la pared, la pasó rápidamente sobre el reloj negro antes de detenerse en una pequeña estatuilla llegada de las Indias. Mejor regresar a la cuestión de los indios, de la cual Bartolomé de las Casas le había hablado como algo de la mayor importancia:

—Bueno, padre, otro pecado pesa mucho sobre mi conciencia...

Esperó algunos instantes para que se hiciera el silencio.

—Os escucho —murmuró el confesor.

—... Los colonos que envié a las Indias han reducido a la esclavitud a millares de indios: ¡numerosos son los que han perecido en las minas! Sin contar todos esos conquistadores desaparecidos en combate y durante la travesía de los mares...

Junto a él, el cura no movía ni una pestaña, con rostro afable, como bañado por un halo de indulgencia. Articuló con voz dulce, casi esponjosa:

—¿Acaso no habéis publicado las Leyes Nuevas, que otorgan alma a los indios, limitando así la esclavitud?

El emperador lo miró, cada vez más sorprendido por estar ante un confesor tan comprensivo. No consiguió ocultar su irritación:

—¡Pero no se han aplicado nunca! ¡Dejé que los colonos explotaran a esos hombres porque las minas de plata y oro me permitían mantener los mejores ejércitos para defender nuestros territorios en el continente!

Con un gesto del que parecía haber hecho provisión entre los pliegues de su manga, el cura barrió a esos muertos del fin del mundo.

—Gracias a vos, hijo mío, muchos han sido convertidos a la ley de nuestra santa Iglesia romana... En ocasiones hay que pagar el precio de la verdad.

El emperador se quedó silencioso. Se había dado cuenta de nuevo de los párpados en forma de hostia que brillaban en las sombras, como dos fanales que guiaran a la humanidad por entre la penumbra de la historia.

—Es posible...

Ni un solo pecado mortal, ni la menor sensación de culpabilidad. Nunca había sentido su alma tan ligera y su cuerpo tan dolorosamente aquejado. Sólo escuchó a medias las últimas palabras de su confesor, sus pestañeos inconsecuentes. Puso cara de prestar atención a sus prescripciones religiosas.

—Rezaréis dos avemarías y cuatro padrenuestros por las conquistas de México y el Perú; y diez misas por la expedición de Magallanes. Dos padrenuestros por la conquista de Chile...

Por una razón que ignoraba, el padre se cebaba con Magallanes, muerto en la mar, y Chile, que sin embargo le proporcionaba menos oro que las otras dos compañías. El emperador renuncio a interrogarle sobre esa cuestión. El padre se dio cuenta de su aire contrariado.

—Parecéis decepcionado, hijo mío...

—No tiene importancia... —dijo el emperador sacudiendo la mano derecha.

Cuando se disponía a salir, el cura detuvo su mirada sobre la cómoda donde reposaba el reloj de la caja oscura. Pareció intrigado.

—¿Qué objeto es ése?

Por primera vez desde que comenzara la confesión, el emperador tuvo la sensación de haber cometido una verdadera falta.

—Se trata de un reloj astronómico. Ignoro su procedencia…

El confesor se dio la vuelta, con aire grave, antes de decir con voz amenazadora:

—La posesión de semejante objeto me parece mucho más inquietante y susceptible de causar mal que el resto de faltas que me habéis confesado…

El emperador retrocedió un paso.

—Pero ¡¿cómo es eso?! Ese reloj no es sino un objeto banal que ni siquiera da la hora de un modo adecuado.

El sacerdote se había levantado y estaba dando la vuelta a la mesa. Se inclinó sobre el reloj y lo observó durante unos instantes antes de enderezarse, con el rostro petrificado por el horror.

—Debéis deshaceros de él, majestad. Algunos relojes concretos no son piezas como las demás. Confiad en la hora de los monjes del monasterio de Yuste…

El emperador se había erguido sobre su lecho. El interés del sacerdote por el reloj lo había sacado de golpe de sus dolores. Inclinó la cabeza con aire molesto.

El sacerdote dio unos pasos, haciendo ondular los bajos de su sotana: su movimiento exhalaba la sabiduría y el misterio de una existencia dedicada a la oración y las fuerzas invisibles. Después, con gesto teatral, abrió por completo los ojos antes de decir:

—¡Este objeto no os traerá sino maldiciones y tormentos!

Llevado por su predicción, se escabulló entre las corrientes de aire que conducían a la escalera, barriendo el vacío a golpe de zapatillas bordadas y abandonando al emperador con esos sombríos presagios.

Quedado solo en su habitación, con el corazón latiéndole un poco más deprisa, el emperador se alzó apoyado en un codo. Le habían invadido de nuevo los dolores de la gota. Dejó que la cabeza se hundiera en la almohada de plumas, la mirada perdida. Los dolores eran tan horribles que lo alejaban del mundo, apagando el paso de sus servidores y volviendo muy lejanos los sonidos y ruidos exteriores. Incluso las palabras del coronel, que había venido a preguntarle si necesitaba algo de él, parecían proceder del exterior.

Sólo la voz del sacerdote resonaba aún en el fondo de su consciencia. Era la segunda persona en pocos días que hacía planear una amenaza sobre él por medio de ese objeto. Su advertencia sonaba como una evidencia. Nada debía perturbar su retiro. Ni siquiera un reloj de mecanismo incomprensible.

De súbito se irguió sobre la cama. Una repentina energía llegada de no sabía dónde le hizo incorporarse. Su figura, como despegada de su cuerpo dolorido, se levantó y fue, titubeante, hacia el reloj. Lo cogió y, sin siquiera echarle un vistazo, lo llevó hasta el armario para acto seguido depositarlo sobre un estante. Con un movimiento seco le dio la vuelta a la llave y luego hizo desaparecer ésta en su bolsillo. El alejamiento debía comenzar hoy mismo. No debía esperar a abandonar Bruselas para sacar de su vida ese objeto enigmático.

Regresó a su cama, donde se dejó caer, con el rostro sudoroso. Agotado por el esfuerzo, cerró los ojos y fue aspirado por un sueño sin sueños.

XV

Mediado el invierno, la espera continuaba. Las semanas se deslizaban como nenúfares en un estanque, dulcemente, sin hacer ruido. El dolor de la gota había cesado casi por completo, cansado él también por la interminable espera. En cuanto se hubo sentido mejor había considerado la posibilidad de abandonar Bruselas por tierra antes de acordarse de que el reino de Francia era el último país que quisiera atravesar antes de morir.

Para no retrasarse más y disipar el aburrimiento de sus días interminables abdicaría de las coronas de Castilla, Aragón y Sicilia en Bruselas, de acuerdo con su hijo Felipe, cuyos silencios eran siempre un buen consejo. La ceremonia tendría lugar hoy, como estaba previsto, no en el palacio de Valladolid, sino en sus habitaciones de la villa. Para ello, todos los grandes de España habían sido convocados en Bruselas; de una visita a otra este pequeño ceremonial le daría la oportunidad de tener noticias del arzobispo de Sevilla, Fernando de Valdés y Salas, el inquisidor general al que había nombrado él mismo para que ningún núcleo luterano naciera en España.

Ofendidos y desdeñosos, los representantes de la nobleza castellana y aragonesa penetraron en sus modestas habitaciones con aire solemne: el conde de Feria, los marqueses de Aguilar y de las Navas, el gran comendador de la Orden de Alcántara, don Juan Manrique de Lara, don Gutiérrez López de Padilla y don Diego de Acevedo se alzaron un instante ante él como fortalezas inconquistables antes de saludarlo uno tras otro. Doblando la rodilla, recogían su reverencia en el pliegue de una oleada de tejidos oscuros; una fila de hombres con grandes ropajes de gala se deslizaba hacia él.

Sobre el pecho, las insignias de sus órdenes militares brillaban con todas las batallas que habían ganado, con toda la sangre de los moros ahogados en los ríos por sus antepasados, con todos los combates llevados hasta los confines de Andalucía. Anunciaban con orgullo el oro extraído de minas impías, santificado por sus sacerdotes, purgado de los dioses incas. Todos habían venido con ropas más negras que la muerte, de un negro tan profundo que uno podía ver su reflejo en él.

Refugiados al fondo del taller, los dignatarios flamencos que asistían a la escena parecían haber capitulado desde hacía largo tiempo. Junto a ellos, Leonor, María y Felipe esperaban a que los abandonaran por segunda vez. Guillermo de Orange, el duque de Saboya y el duque de Alba cerraban el círculo de esta abdicación de cámara. Una renuncia escrita sólo para algunos testigos.

El emperador les hizo una señal para que se acercaran y pidió a Francisco de Eraso, el jefe de la secretaría imperial, que trajera el acta de renuncia, la cual había redactado en español.

Tras haberlas buscado en el bolsillo, se calzó las gafas. Iba a comenzar a leer cuando se cruzó con las miradas casi hostiles de los viejos nobles castellanos y se acordó de que no habían intercambiado las cortesías de rigor.

—Os agradezco que hayáis hecho el camino hasta mí. ¡Ya sabéis la prisa que tengo por llegar al monasterio de Yuste!

Frente a él, el duque de Medinaceli, que era el portavoz de los grandes de España, pareció aliviado al poder darle algo de solemnidad a esta renuncia improvisada.

—Después de todas las veces que su majestad ha venido a nuestro encuentro, es natural que hoy seamos nosotros los que nos acerquemos a ella.

El emperador asintió, con una media sonrisa en los labios. Convertirse en rey de Castilla, él, el borgoñón, el hombre de las llanuras llenas de bruma que a su llegada a Valladolid no hablaba español y que había gobernado en nombre de su madre, encerrada en el castillo de Tordesillas, era una de las cosas de las que estaba más orgulloso.

—Bien —dijo aclarándose la voz y acercándose el acta a las gafas—. Voy a proceder a la renuncia de las coronas de Castilla y de Aragón, tras lo cual me daréis noticias de mis antiguos reinos…

Alzó la cabeza una última vez, distinguiendo apenas el muro de hidalgos de mil cuarteles de nobleza hundido con su mirada. Fue a buscar aliento a lo más profundo de su pecho, el aliento de las grandes partidas y desapariciones. Después miró a lo lejos, como si sus interlocutores no estuvieran ya en la habitación y necesitara asistir a otras asambleas. Prevenir a las sombras, ir a buscar a todos los fantasmas de su reinado para decirles que se iba, que dejaba su mundo, que no los quería en Yuste. Alertar a los pesares, los adioses, las tristezas infinitas. Si hubiera podido hacer más ruido, anunciar el acontecimiento a golpe de tambor, habría colocado a uno de sus soldados de pacotilla a la entrada del pabellón. Pero el coronel Quijada mostró sus dudas al respecto. Y las dudas de Quijada eran peores que objeciones, eran verdaderas maldiciones que arrojaba sobre algunas ideas como un brujo sensato. El emperador sólo había conseguido que dos infantes alzaran el estandarte de los Habsburgo cerca de la puerta para informar a la tropa de espectros que este discurso también les estaba dirigido.

Articuló con voz sorda:

—En tanto que rey y señor que no reconoce superior al poder temporal, queremos que la abdicación sea recibida, celebrada y respetada con fuerza de ley, exactamente igual que si hubiera sido hecha por nosotros ante las Cortes a petición y ruego de los diputados de las ciudades, villas y burgos de los antedichos reinos, estados y señoríos de nuestra real corona de Castilla y León, y como tal hecha pública en nuestra corte y otras villas y ciudades de nuestros reinos y señoríos como se tiene, según el uso, costumbre de hacer.

Recordando brevemente las razones de su abdicación, como ya hiciera ante los Estados Generales de los Países Bajos, interrumpió el comienzo de la intervención del duque de Alba, que había alzado la cabeza para decir algo:

—Renuncio a los reinos y señoríos de Castilla, de León, de Granada, de Navarra…

De repente sintió que todos los reinos se le amontonaban al fondo de la boca, sin conseguir pronunciar ni una sola palabra. Carraspeó una vez. Cambiando de línea pasó al imperio de las Indias. Ese continente tan lejano había sido conquistado gracias al espíritu aventurero de algunos hombres. Un tesoro en el fin del mundo que también legaba a Felipe.

Bebió tres tragos del vaso de agua que le tendía su mayordomo para aclarar la voz, Quijada le posó discretamente una mano sobre el brazo. Lo alejó de él con un movimiento:

—¡Traedme una palangana!

El coronel Quijada, que estaba acostumbrado a las congestiones de su señor, siempre tenía una pequeña palangana de plata al alcance de la boca.

Los marqueses de Aguilar y de Las Navas arquearon una ceja, sin dejar ver su sorpresa.

Se sintió mejor. Consiguió entonces deshacerse de las Indias occidentales tragándose las últimas letras. Esos territorios le habían causado molestias hasta el final. En cuanto a las islas y tierra firme de África y las Américas, pasaron sin dolor.

Aliviado, el emperador bebió otro vaso de agua mientras los testigos de la primera renuncia se acercaban a poner su nombre en los documentos. En ese instante, Francisco de Eraso se inclinó sobre él:

—La renuncia no ha terminado todavía, majestad… —susurró colocando otros documentos sobre su escritorio.

—¿Qué falta todavía?

—…Aquí están las actas de renuncia a las coronas de Aragón y de Sicilia.

Una expresión desolada apareció en los rasgos del emperador. Lanzó un profundo suspiro y cogió los documentos que incluían la lista de todas las posesiones de las coronas de Aragón y de Sicilia. Volviendo a ponerse las gafas, se inclinó sobre las actas antes de levantar con viveza la cabeza hacia el jefe de la secretaría:

—¡¿En latín?!

—Es lo acostumbrado, majestad… —se disculpó el secretario sin separar los labios, tan finos como el pergamino.

—Sí, sí, lo sé… —le cortó el emperador poniéndose a rebuscar en su traje negro.

Buscaba otro par de gafas, pero su mano se perdió entre los pliegues de sus ropajes, que se le habían quedado grandes tras su última crisis de gota, que lo había dejado flaco. No obstante, necesitaba echar mano a la montura con los cristales más gruesos para comprender esa lengua indescifrable. Al no encontrarla, anunció:

—Lo diré en francés como las otras.

Tras un pequeño discurso enumeró las posesiones de la corona de Aragón. Pronunció esas palabras con una voz apenas audible, por superstición, para no despertar la susceptibilidad identitaria de esos territorios conquistados con fuertes luchas. Ante él, los hidalgos se habían aproximado a la mesa, en equilibrio, con el busto hacia delante, acechando las palabras que se deslizaban por el aire sin tocar sus oídos.

El emperador se colocó un dedo ante la boca. Continuó con voz aún más queda.

—Renuncio a los Reinos de Aragón, de Valencia, de Cerdeña, de Mallorca…

El coronel Quijada le hizo un signo al emperador para que cogiera el cofrecillo donde se encontraba la cesión de poderes. Le entregó la caja finamente cincelada a su hijo, que estaba arrodillado delante de él. Tras las firmas y el protocolo habitual, todos los testigos de la escena besaron la mano del emperador y después la de Felipe, nuevo rey de Castilla y Aragón.

Cuando hubieron terminado, el emperador lanzó un suspiro de satisfacción como al terminar una buena comida. Curiosamente, estas sesiones de renuncia lo dejaban tan saciado y contento como un plato de anguilas ahumadas.

Dijo entonces con voz falsamente despegada:

—¿Cómo va el trabajo de Fernando de Valdés y Salas? ¿El arzobispo de Sevilla ha descubierto nuevas herejías sobre nuestra península?

El duque de Medinaceli y los marqueses de Aguilar y de Las Navas, que habían sido siempre sus más estrechos apoyos frente a las Cortes, respondieron a una sola voz:

—Majestad, nuestra Santa Inquisición lleva mucho meses trabajando en perseguir a algunos herejes aislados. Afortunadamente, no hay ningún rastro de herejía protestante… El lugar de vuestra retirada está protegido.

El emperador sintió que sus hombros se relajaban; la entrevista hubiera podido terminar ahí si don Pedro de Córdoba no hubiera alzado el mentón por detrás de los hombros del duque, siempre dispuesto a hacerse valer, a dar su punto de vista sobre el mundo, por más que su escasa altura le impidiera situarse en la vanguardia de las conversaciones. Como una vez no es costumbre, quiso cederle la palabra:

—¿Tenéis algo que añadir, don Pedro?

El hombre se deslizó entre las figuras y los trajes de gala como una especie de alborotador mal educado, desencadenando a su paso una salva de miradas despectivas.

—Majestad, yo añadiría que la herejía protestante no es la única que ocupa a nuestro santo inquisidor…

La mandíbula del emperador se entreabrió para dejar pasar su sorpresa.

—¿Qué quieres decir?

Don Pedro preparaba la continuación de su discurso poniéndose colorado por su audacia.

—Resulta, majestad, que algunos objetos heréticos han sido confiscados en casa de un monje relojero de reputación demoníaca. Se dice que fue iniciado en prácticas científicas dudosas en el antiguo reino de Granada…

Bruscamente, se hizo el silencio en las habitaciones. Una especie de abismo de preguntas, al fondo del cual el espíritu podía perderse. Mencionar los relojes era el modo más sencillo de picar su curiosidad. También el más peligroso, pues tenía pesadas consecuencias para quien hablaba. Todas las personalidades de la corte lo sabían y algunas no se privaban de hacer uso de ello.

Observó el rostro de don Pedro de Córdoba: una sonrisa enigmática flotaba en su semblante, que destilaba el misterio de sus palabras con un perfume licencioso. En cuanto a los dignatarios presentes, bastaba con oír sus suspiros, escuchar el roce de sus ropajes para saber que estaban furiosos con este pequeño gentilhombre del interior de Extremadura, este recién llegado cuyos antepasados criaban cerdos, pero que en un instante había conseguido captar toda su atención.

Frente a él, don Pedro parecía haber perdido la palabra.

—¿Un monje relojero… al que se sospecha de herejía? ¿Cómo lo sabéis?

El duque, que era quien tenía la autoridad sobre esa ciudad, se adelantó:

—Majestad, creo que don Pedro se haya dejado llevar por su imaginación… Yo nunca he escuchado hablar de semejante personaje y…

El emperador levantó un brazo.

—¡Dejadle hablar!

El emperador se giró hacia don Pedro, en torno al cual la nobleza española, sus testigos, formaban un semicírculo amenazador.

—¿Estáis seguro de lo que decís?

Don Pedro se lanzó entonces a unas explicaciones atropelladas sobre la Inquisición española, mezclando las palabras sobre la relojería y el curso del sol. Su relato era tan confuso que resultaba difícil seguir su razonamiento.

No fue necesario más para que los hidalgos se pusieran a toser y comenzaran a sacarlo fuera de las habitaciones del emperador.

—Majestad, si lo permitís, vamos a unirnos al banquete organizado por Felipe para celebrar la cesión del poder.

Inclinó la cabeza, vagamente decepcionado por no haber conseguido más detalles sobre este asunto.

Don Pedro intentaba remontar la corriente hasta él, empujando a quienes querían llevarlo hasta la escalera, y terminó exclamando con voz suplicante:

—Permitidme que os haga una pregunta, majestad, al respecto de ese nuevo cargo que me queréis confiar…

Con tono confidencial, murmuró:

—Me temo, don Pedro, que es con mi hijo con quien en adelante deberéis hablar de eso.

El silencio se llevó sus últimas palabras fuera de la habitación.

XVI

Habían pasado algunas semanas desde su abdicación de las coronas españolas. Sus diferentes renuncias comenzaban a causar efecto. Al principio no se trató sino de detalles ínfimos. El chirrido de las puertas se hacía escuchar menos a menudo. Las entrevistas se volvían más raras, los despachos se espaciaban, raramente se solicitaba su opinión. Los embajadores tomaban otro camino. Se los veía detenerse en el palacio de los duques de Brabante, donde se había instalado Felipe para tratar los asuntos del día mientras esperaba su partida. En resumidas cuentas, que ahora escuchaba el ruido del silencio entre las paredes, y esa calma le ayudaba a dejar el mundo antes incluso de haberse embarcado en su navío.

Ocupaba sus días en tareas simples. Pasaba de su taller de relojería a su reclinatorio; recibía a algunos embajadores despistados, venidos a mostrarle su lealtad una última vez; y así mantenía —mediante una entrevista con el duque de Alba, un consejo a Felipe y a su primo, una carta al legado del papa— el recuerdo de su autoridad; cuidaba la sombra que dejaría tras él.

Entre dos misas, tenía en adelante el espíritu libre para interesarse en otras cosas, reflexionar sobre cuestiones de menor importancia. Sólo en apariencia. Como ese asunto de la herejía española. Al principio no había concedido demasiado crédito a las palabras pronunciadas por ese don Pedro de Córdoba que hinchaba el pecho mientras hablaba de la Inquisición. Pero su relato inconcluso le rondaba por la cabeza, porque se trataba de relojes. ¿Qué podía significar ese rumor? ¿De qué objetos heréticos se trataba? Cuanto más pensaba en ello, más le intrigaba la cuestión. Le había pedido a Quijada que llamara a

Córdoba para charlar con él, pero el pequeño español ya había partido hacia su país.

—¿Su majestad ha cenado bien? —preguntó inclinándose el ayuda de cámara, Guillaume van Male.

El emperador no respondió. No le había oído. Con un palillo de madera en la boca, procedía a la extracción de trozos de col y conejo a la cerveza atrapados entre sus dientes. Al ver a su servidor retirar las bandejas de su cena y desatar la servilleta en torno a su cuello, se acordó del reloj que había encerrado en el armario. Quería llegar al fondo del asunto. ¿Qué secreto escondía ese objeto? Para ganar tiempo, dijo al azar:

—Ha estado perfecta.

Siguió con la mirada a su servidor, que pasó por delante de la mesa en la que estaban colocados sus libros de noche, los que dormían en su lugar: una recopilación de cánticos, la Biblia en latín y otras obras religiosas.

—¿Su majestad desea alguna cosa más? —preguntó el ayuda de cámara, que insistía siempre para salvarlo de algún pliegue o una vela mal apagada.

Como su título indicaba, el ayuda de cámara no se preocupaba sólo de que la ropa de cama estuviera limpia y de organizar las distintas comidas tomadas entre esas paredes, sino en general de que el emperador estuviera a gusto en los alrededores de su lecho. Como aquél pasaba mucho tiempo en su cuarto, Guillaume van Male había adquirido una importancia considerable en estos últimos meses, una especie de gran chambelán de las abluciones y otros accesorios de acicalamiento. Este brujense cuyo nombre se perdía entre las brumas de los canales había suplantado a todos los miembros de la casa imperial, en especial al duque de Alba, mayordomo mayor del emperador, y al barón de Montfalconnet, mayordomo, cuyas funciones habían quedado literalmente fundidas bajo el efecto del nuevo resplandor imperial, una especie de magnetismo que destruía todos los atributos de su grandeza. Tales eran las nuevas leyes naturales que regían la casa imperial.

—No, gracias.

Sobre todo, el emperador quería ganar tiempo ante los retrasos de su servidor. No prestarle atención mientras buscaba el camino más largo para alcanzar la puerta. Otros lo habían intentado antes que él, no sabiendo cómo prolongar una entrevista: las alfombras estaban marcadas por esos pasos, esos complicados trayectos escritos en las fibras de esos tapices. Decidió dejar que se perdiera en el laberinto de las alfombras; para darle una pequeña lección, pues desde hacía algunos meses, su aumento de importancia le había hecho perder la medida de sus atribuciones. Velando su cuerpo acostado, el brujense Van Male estaba convencido de estar encargado de otro sueño, del cual no se despertaría. De gran cultura, iniciado durante el transcurso de un viaje a Roma en los ritos de una academia platónica, el ayuda de cámara se había propuesto alejarlo de la religión cristiana y convertirlo a la sabiduría estoica: *enseñarle a morir*, ésa era la misión de la que se creía investido. Se tomaba un trabajo loco para depositar por las noches extractos de Marco Aurelio y Cicerón sobre su cama, salpicando su almohada con esencia de camomila procedente del Peloponeso, proponiéndole por la mañana pequeños acertijos de mitología griega, suerte de adivinanzas en forma de hermenéutica platónica.

El emperador no pudo deshacerse de la arruga que acababa de formarse en su frente. El fervor de su ayudante de cámara lo irritaba con rapidez. Se aferraba a los tormentos de su alma y no tenía intención de morir como filósofo, desprovisto de sus deseos e ilusiones.

—¿Alguna cosa más? —preguntó el emperador a su servidor, que parecía a punto de pedirle un favor.

No obstante, sabía lo que su ayuda de cámara tenía en la cabeza. Todos los días le dictaba un episodio de sus memorias. Y Guillaume van Male no descansaría hasta conocer el final de esa historia que ya conocía.

—¿Su majestad no desea que continuemos con la redacción de sus memorias? No habéis trabajado en ellas desde hace más de dos días y creo que…

El emperador le interrumpió:

—¡En modo alguno!

Se contuvo al ver relucir en el fondo de los ojos del brujense esa luz un tanto loca, especie de piloto de las pasiones antiguas que podía resurgir en cualquier momento. Puso una sonrisa en la mirada implorante de su servidor antes de añadir:

—Quiero decir… continuaremos cuando estemos en Yuste… Ahora me gustaría estar solo.

Guillaume van Male dudó un instante.

—Como desee su majestad —murmuró falto de aliento antes de irse, arropado por la sombra de la noche como si fuera una toga romana.

El emperador le observó abandonar la habitación llevándose consigo todos sus reproches y sus corrientes de aire de servidor. Esperó un instante a que no hubiera resto alguno de su paso, ni una sola de esas sombras que habrían podido hacerlo aparecer de nuevo pocos minutos después.

XVII

En cuanto su ayudante de cámara hubo abandonado la estancia, el emperador se giró hacia el armario de nogal. Con la boca entreabierta se puso a mirar fijamente el mueble donde dormía el reloj negro. Se le había ocurrido una idea: ¿pudiera ser que se encontrara en posesión de uno de esos relojes heréticos de los que había hablado don Pedro de Córdoba? Un objeto prohibido, perdido hasta acabar en su taller. Tenía que estudiar eso más de cerca. Permaneció inmóvil, con la mirada fija. La voz del sacerdote que le había recomendado permanecer alejado de todo lo que pudiera perturbar su retiro resonaba todavía en sus oídos. Un eco tanto más claro al estar en medio de la tranquilidad de la villa. Jamás había estado rodeado de tanta tranquilidad. Toda suerte de nuevos ruidos surgían del vacío, sonidos que no había escuchado en mucho tiempo. El ruido de una rama que golpea contra la ventana, el viento que se cuela bajo una puerta. Lanzó una mirada sesgada hacia el armario, como si temiera que lo vieran. La curiosidad era más fuerte que la culpabilidad. ¿Acaso no seguía en Bruselas? ¿En una especie de purgatorio donde podía alejarse de todo lo que lo retenía en este mundo? Después de todo, su retiro *de verdad* comenzaría en España...

Decidiéndose de pronto, se apoyó sobre los brazos del sillón para levantarse. Avanzó con su bastón.

Giró la llave en la cerradura del armario y con suavidad tiró de la puerta hacia él.

Fue entonces cuando lo vio. La odiosa bestia, agarrada a la esfera, con sus enormes patas girando en el vacío como las agujas de un reloj animado: un reloj transformado en araña.

Puede que fuera una araña capaz de dar la hora. En cuanto la vio, cerró la puerta con tanta brusquedad que la llave cayó al suelo.

Falto de aliento, se quedó inmóvil un instante, con la mano derecha sobre el corazón. La visión de esos bichos siempre le había resultado insoportable. Él, que tantas batallas había ganado, retrocedía ante una simple araña. Le recordaba las largas galerías del castillo de Gante, la escalera de piedra enrollada en torno al vacío hasta causar vértigo, los rincones de la habitación oscura donde nunca se entra. Estaba también el rostro lejano de Juana, perdido en la sombra, al fondo de la fortaleza de Tordesillas, una celda iluminada por varias telas de araña que giran como estrellas en la noche. Una madre desconocida, prisionera de un muro.

De repente tuvo una idea, como si el miedo hubiera abierto un camino en su cabeza. Quizá esa araña fuera la causa de todo. Había tejido su tela dentro de la caja, inmovilizando el resorte, atrapando las agujas, corriendo sobre la cadena, jugando con las pequeñas piezas de cobre. La Luna y el Sol perseguidos por un insecto. Una araña que iba más deprisa que el tiempo.

Todavía más silencioso, para no hacer gritar al silencio, entreabrió el batiente del armario. La noche era completa en esa vieja carcasa de madera que se aprovisionaba de oscuridad para toda la casa. No se veía nada. Cogió la lámpara de vela de la mesilla y proyectó la pequeña llama al fondo de la estantería. El reloj seguía allí, pero la araña había desaparecido. Imposible ver por qué agujero se había colado.

En ese instante llamaron a la puerta. Se sobresaltó antes de cerrar el batiente con rapidez.

—¡Adelante!

El secretario, Martín de Gaztelu, se coló hasta él de puntillas.

—Majestad, los miembros de la delegación francesa han llegado, quisieran encontrarse con vos...

Con la mano todavía posada sobre el pomo del armario, el emperador no respondió de inmediato. El tiempo de recordar que estaban en Bruselas para encontrarse con Felipe y firmar una de esas treguas sin futuro que ya no le concernían. No duraría sino unos meses. Justo lo bastante para que Felipe se acostumbrara a sus nuevas responsabilidades. En modo alguno tenían necesidad de pasar por su villa para ratificar nada.

—¿¡También ellos quieren despedirse de mí!?

Martín de Gaztelu no consiguió ocultar la excitación que le causaba la visita.

—Dicen que tienen un regalo que hacerle a su majestad.

Hizo un pequeño signo con la cabeza y soltó con desgana el armario. Cogió el brazo de Martín de Gaztelu para instalarse en el escritorio donde recibía a los visitantes: también a ellos había que decirles adiós en recuerdo de esos años de guerra y rivalidades interminables. Un pensamiento le atravesó el espíritu; los adioses no terminarían nunca, cada renuncia provocaba nuevas demostraciones, cada separación efusiones inesperadas, como un eterno comienzo.

XVIII

Algunos instantes después, los pasos de los miembros de la delegación francesa resonaron en las escaleras. Al ruido de su marcha, a su silencio recogido, vagamente dubitativo, supo que no habían venido sólo a rendirle un último homenaje; tenían algo que pedirle.

Entraron por la puerta grande y atravesaron las habitaciones hasta su escritorio, con los rostros cargados de preguntas, listos a librar una última batalla, la de la sospecha y la incredulidad.

Una vez ante él, Gaspard de Châtillon, señor de Coligny, almirante de Francia y gobernador de Picardía, se inclinó profundamente, arrastrando con él las reverencias de los demás miembros de la delegación, suerte de debacle de sombreros e insignias reales caídos por tierra.

Con un gesto simple, sentado tras una gran mesa cubierta de terciopelo negro, el emperador les hizo signo de que avanzaran:

—Sentaos...

Visiblemente honrado por su amable acogida, el embajador se lanzó con voz almibarada, las palabras suspendidas en el aire, como una interrogación:

—Majestad, es un honor especial ser recibido por vos cuando estáis en medio de los preparativos para vuestra partida... Sabed que os estamos agradecidos por el privilegio que nos concedéis.

Dejando que sus miradas se posaran un poco por todas partes, los enviados franceses estaban al acecho del menor signo. Incluso sus sombras parecían suaves, sinuosas, como vagando por los tapices y los muebles, en busca de un indicio, un resto de guerra del que apoderarse, de una ofensa que vengar. Pero no había nada, nada sino alfombras inofensivas, baúles entreabiertos y algunos cuadros. Ni el menor signo de hostilidad.

Frente a ellos, el emperador abrió los brazos.

—¿Cómo habría podido abandonar mis reinos sin recibiros tras todos estos años de... desacuerdos? ¿Acaso no se necesita mucha estima recíproca para conseguir seguir siendo enemigos con tanta perseverancia?

Los miembros de la delegación asintieron con la punta de las pestañas, con aire levemente molesto, sin saber si debían sonreír o parecer ofendidos. Gaspard de Châtillon continuó con voz más baja:

—Quería decir, en nombre de esta embajada de la que estoy al cargo, que estamos felices de ver que vuestra majestad está con buena salud...

Gaspard de Châtillon observó su reacción. El rostro siempre desconfiado, buscando la fisura en ese anciano cuyo cuerpo amenazaba con derrumbarse ante sus ojos.

Casi se encogió de hombros. El rumor de su muerte cercana circulaba por Francia desde el anuncio de su abdicación: sus embajadores esperaban sin duda encontrarse con un moribundo. Esbozó una sonrisa amable antes de preguntar:

—¿Qué tal se porta vuestro rey Enrique?

No podía evitar sentirse inquieto por él. Tras haberlo tenido prisionero durante tres años, a cambio de su padre, como garantía de la promesa de devolverle la Borgoña, se sentía responsable de los problemas surgidos tras el encierro. Había terminado por devolverle la libertad a ese niño enfermizo de siete años al que asustaban los pájaros y la oscuridad.

—Bien, majestad, y si nuestro rey tiene ya los cabellos blancos es porque los sufrimientos lo han envejecido con más rapidez que los años.

La conversación giró durante algunos instantes en torno a la cuestión de los cabellos blancos, cargada de sobrentendidos sobre la buena salud de los monarcas y su capacidad de dirigir a sus hombres. Pero, con mucha rapidez, el silencio se hizo de nuevo. Gaspard de Châtillon aprovechó para girarse hacia su mayordomo, que se giró a su vez hacia su servidor.

El embajador colocó entonces un cofrecillo de madera de nogal sobre la mesa:

—Majestad, antes de abandonaros, nuestro rey desea ofreceros este regalo como símbolo de amistad eterna...

El emperador miró la caja sin responder, vagamente sorprendido por la ofrenda. Al ver que sus manos seguían crispadas por la gota, Gaspard de Châtillon se acercó:

—Permitidme que la abra por vos...

Tras retirar la tela de terciopelo que había en el interior, colocó el objeto delante del emperador, que acababa de coger uno de sus pares de gafas. Se inclinó hacia delante, apoyando sus manos deformes sobre el borde de la caja. Hizo un movimiento de retirada al ver sobre la tela un reloj de bolsillo de plata finamente cincelada.

—Estoy seguro de que habéis reconocido este objeto, majestad, vos, que sois tan gran amante de la relojería... —El emperador lo miró con sospecha—. Quisiéramos intercambiar este objeto precioso a cambio del otro, casi idéntico, que ya poseéis y que reviste, a ojos de nuestro rey, un valor mucho mayor. ¿Consentiríais a restituirnos el reloj que os dejó nuestro rey Francisco cuando lo liberasteis?

Tomándolo en sus manos, una imprevisible oleada de pesar llevó sus pensamientos al pasado. Era una copia perfecta del que le había dejado el rey Francisco cuando lo dejó partir a su reino por miedo a verlo sucumbir en su encarcelamiento, el 17 de marzo de 1526. Al marcharse, el rey le había jurado que mantendría sus promesas: ¿acaso no le confiaba lo que más querido le era a cambio de su libertad? Sus dos hijos y este reloj. Uno de los primeros modelos de reloj de bolsillo; pero no había mantenido ninguno de sus compromisos: Borgoña había continuado siendo francesa y la guerra había comenzado de nuevo. Sus dos hijos habían permanecido encarcelados durante tres años. En cuanto a su reloj, lo había conservado consigo, llevándolo en sus viajes antes de guardarlo en su taller. Como una garantía inútil. Pero la rabia seguía existiendo, al igual que el deseo de contrariar los deseos de los franceses, todavía hoy, cuando no iba a tardar en retirarse y pese a que estos pobres emisarios habían realizado todo ese camino para recuperar la pieza de relojería.

—El reloj de vuestro rey también reviste para mí un valor muy especial. Me temo que me sea difícil cederlo, sobre todo tras una promesa rota.

Gaspard de Châtillon quedó silencioso, un poco retirado. Estaba listo para soltar otro triunfo. Se acercó más, como si quisiera revelar un secreto:

—Vuestra majestad quizá no haya tenido tiempo de observarlo, pero este reloj ha sido fabricado por un maestro de Córdoba de gran talento para la relojería y este objeto dice la hora de un modo mucho más exacto que el que nuestro rey os confió...

El emperador levantó una ceja.

—¿Un relojero del que no sé nada?

Gaspard de Châtillon esbozó una sonrisa maliciosa.

—Somos muy conscientes de que no posee el mismo valor sentimental que aquel que os dejó nuestro rey... y que vuestra majestad posee en su colección piezas que exceden en valor al realizado por un monje desconocido.

La figura del emperador se inmovilizó.

—¿Un monje, decís? Ningún monje realiza relojes individuales...

Los embajadores intercambiaron miradas inquietas. Ninguno de ellos había sido informado del intercambio de relojes. Y la ciencia del emperador en materia de ellos excedía con mucho sus conocimientos. No obstante, Gaspard de Châtillon no se dejó intimidar por la mirada plena de sospechas que caía sobre él:

—Sí, un monje con una reputación un tanto particular, que antaño se dio a conocer por sus objetos para medir el tiempo y que habría dejado tras él piezas de gran valor...

Las últimas palabras de Gaspard de Châtillon difundieron un efluvio de misterio por la habitación. El emperador dejó que su mirada se posara al otro lado de los muros. Era la segunda vez que en unas pocas semanas que le mencionaban a un maestro de Córdoba. El relojero de Brujas, y ahora el representante de la corte de Francia. Después de todo, puede que ese maestro de Córdoba no fuera el invento de una mente perturbada. Su figura evanescente, como el soplido de una palabra, empezó a fluctuar dentro de su cabeza, a ir y venir, cercana y lejana a la vez. Imposible de atrapar. Dudó, después preguntó con voz neutra:

—¿Por qué... ya no está en este mundo?

Gaspard de Châtillon dejó que el silencio respondiera por él. La desaparición de ese monje aportaba de pronto un valor inesperado al objeto. No, obstante, terminó por murmurar:

—Lo desconozco, majestad. Nadie sabe nada, o casi, al respecto de este moje. En cualquier caso parece que después de éste no produjo ningún otro reloj...

El emperador lo cogió entre sus manos y lo estudió. Ninguna inscripción, ni señales características. A primera vista, no poseía el menor punto en común con el reloj negro que había guardado en su armario; pero, si ambos objetos eran del mismo autor, pudiera ser que al desmontarlo apareciera algún indicio que explicara el misterioso mecanismo y la cita. Cada relojero tenía su modo de engastar las piezas, como una especie de pequeño acertijo del que sólo él conocía la solución, y todos los mecanismos fabricados por él formaban una única y sola familia cuyos miembros estaban unidos por una similitud secreta.

Se tensó sobre su asiento y sintió que su corazón latía un poco más deprisa. Tras haberse aclarado la garganta, alzó los ojos hacia Gaspard de Châtillon y dijo con voz suave:

—Después de todo, si tanto apreciáis ese objeto...

El coronel Quijada, que observaba la escena en silencio desde lo alto de su figura de soldado, se dirigió hacia el taller sin esperar la orden de su señor. Al cabo de un momento, regresó con el reloj y se lo tendió al emperador, para que se lo entregara él mismo a Gaspard de Châtillon.

El embajador lo cogió y lo colocó con respeto en el cofre, extendiendo por encima la tela roja, como si se tratara de un fragmento de un rey venerado. Los miembros de la delegación se felicitaron en silencio por el éxito de su embajada y la alegría que esa restitución iba a generar en su monarca.

Se vieron sorprendidos en su júbilo por la exclamación del emperador:

—¡Bien, caballeros, ya basta! ¡Los mejores adioses tienen un final! Tengo aún preparativos a los cuales he de consagrarme antes de mi viaje... ¡Os deseo que os vaya bien!

Vagamente sorprendidos por tal precipitación, reunieron con prisas sus últimos gestos antes de dejarse empujar por el coronel Quijada fuera de los aposentos imperiales.

Cuando estuvieron solos, el emperador pidió al coronel que no lo molestaran. Se apoderó de una pinza para desmontar relojes y se encerró en su habitación, como en el fondo de una caja fuerte inexpugnable.

XIX

E n las habitaciones del emperador reinaba una atmósfera de conciliábulo militar; pero esta vez no estaba prevista ninguna guerra, ninguna anexión. No había ningún príncipe que destituir. Ninguna alianza que forjar, ningún traidor que desenmascarar, sólo un reloj que limpiar, algunas ruedas dentadas que desmontar, un misterio que elucidar.

Inclinado sobre la mesa, contenía el aliento.

Acababa de sacar el reloj negro del armario para compararlo con el regalo del rey de Francia. Al observarlo de nuevo se dio cuenta de algo extraordinario. Junto a él, Giovanni Torriano pataleaba en silencio, como un soldado solitario convocado para una batalla contra esferas y planetas.

—¿Has visto, Giovanni? ¡Es increíble! La Tierra se empeña en dar la vuelta al Sol a marchas forzadas.

Se giró brevemente hacia el artesano cremonés sin siquiera verlo antes de interpelar al vacío:

—Sólo dos meses han transcurrido desde la visita del relojero de Brujas y el astro ya está ¡a mitad de camino! Semejante avance es inexplicable.

Giovanni se encogió de hombros sin ni siquiera echar un vistazo:

—¡Un reloj fabricado por un monje no puede funcionar con normalidad!

El emperador volvió a sumergirse en la contemplación de las esferas. De golpe, el comentario de Giovanni le parecía llegar desde muy lejos, casi desde otro mundo, mientras que el reloj enigmático le parecía infinitamente cercano. Era evidente que no había sido ensamblado al azar ni de forma imperfecta, sino que poseía su propia lógica. Quizá estuviera a punto de saber quién era el autor.

Con un golpe seco levantó la tapa y abrió la caja del reloj de bolsillo traído por los embajadores del rey de Francia. Si hubiera una cita latina tendría que encontrarse aquí. Acercó el objeto a la lámpara que ardía sobre la mesa. Pero nada. El fondo de la caja era liso y relucía como un espejo de bolsillo. La giró en todas direcciones; este relojero no hacía las cosas como los demás, era necesario verificar los lugares más insólitos; el borde del reloj, por ejemplo: hizo rodar el círculo entre sus dedos. De repente sintió algo en la superficie de la pieza, una especie de rasguño o dibujo.

Se colocó sus gafas más gruesas, las que le permitían ver el mundo en miniatura, y observó unas letras de oro entrelazadas, ilegibles para él.

—¿Puedes decirme lo que hay escrito aquí?

Giovanni, que esperaba la orden de su señor para retirarse, se inclinó haciendo una mueca:

—*Della Torre...*

El emperador permaneció un instante boquiabierto. Una pregunta, sólo una, le ardía en los labios como si estuviera a punto de pronunciar una palabra prohibida.

—¿Crees que ese monje sea el autor también del reloj negro? Estos dos objetos no tienen nada que ver, pese a lo cual me parece que poseen algunas similitudes...

Giovanni se ajustó las gafas sobre la nariz un poco más cerca. Adoptó su aire más serio, el que acababa con los grandes enigmas.

Acercó ambos relojes y entrecerró los ojos mientras manipulaba el negro, cuya madera relucía y la calidad del bronce esculpido en el fondo de la caja hacía pensar que era más reciente. Después, con aire profundo, se puso a mesarse las barbas, dejando que sus ojos fueran de un reloj a otro sin decir una palabra.

—¿Y bien?

Para animarlo, el emperador continuó:

—En el segundo no hay fórmula latina, sólo una firma; pero el estilo y las características de las letras de oro me parecen muy similares, ¿no?

El artesano cremonés lanzó un suspiro y murmuró con aire afligido:

—Es probable, majestad.

El emperador frunció el ceño. Toda esa puesta en escena llevaba a una conclusión demasiado evasiva.

—Gracias, Giovanni, déjame solo ahora…

Permaneció sentado algunos instantes sin moverse: *El monje della Torre.*

Había pronunciado el nombre como se susurra un encantamiento. Un misterio demasiado codiciado cuyo velo se alza sin revelar el menor secreto. El autor del reloj negro era sin duda ese monje de figura escurridiza. Eso no le aclaraba demasiado. Quizá llevara muerto o desaparecido desde hacía mucho.

La sombra de la tarde acababa de caer sobre sus habitaciones. Las formas y los objetos parecían reposar tras un largo viaje a través de la luz del día. La nostalgia se apoderó de él. Una de esas tristezas que sobrevienen al final de un gran acontecimiento, o al final de esas batallas que parecen irrisorias una vez terminadas.

XX

La partida flotaba en el aire, como una especie de música dulce y triste a la vez. Bastaba con abrir una puerta, con respirar los efluvios ligeros de la primavera, sentir la luz del sol que se desliza sobre la mano, para saber que el barco cargado de oro no tardaría en llegar. Todo estaba listo, en las nubes y el cielo, en algún punto por encima de los árboles, en esa mezcla de perfume y polvo.

De modo que esa mañana, cuando el coronel Quijada le había anunciado la llegada del navío al puerto de Flesinga, no había manifestado la menor sorpresa. La noticia se había posado como un pájaro en el borde de su mesa, frágil e impaciente: no convenía hacer demasiado ruido, para no permitir que saliera volando lejos de su villa.

Martín de Gaztelu ya había sido convocado para proceder a los arreglos y el inventario de los últimos objetos que se llevaría a España. Sólo él sabía cómo llevar sus asuntos sin usar demasiadas palabras, cómo hacer pasar sus decisiones a la chita callando como si fueran silencios, inclinado sobre uno de sus pergaminos.

Como tenía por costumbre, el secretario llegó de puntillas, para no atraer la atención de malos espíritus.

—¿Vuestra majestad ha pedido verme? —preguntó plegado en torno a sus gestos de *scriptor*.

—Debo proceder al pago de mi casa; pero no quiero convocar a mis sirvientes en este estado.

Se había erguido sobre la silla acolchada donde había intentado instalar su cuerpo, invadido de nuevo por los dolores de la gota. Éstos habían vuelto a perseguirlo, como un fantasma del pasado, mientras se preparaba para salir al mar.

—¿A quién deseáis conservar?

Consultó con la mirada al coronel Quijada.

—Sólo me quedaré con ciento cincuenta servidores para que me acompañen a Yuste, de modo que puedes darle sus sueldos a los otros seiscientos. —Después murmuró, mientras el coronel iba a buscar el registro de la corte—: Una vez allí, Martín, reduciremos todavía más el contingente... —Tras un suspiro, añadió, con aire misterioso—: Prepara las sumas que hay que dar a cada uno en razón de su antigüedad.

El secretario, Martín de Gaztelu, cerró los ojos y musitó con su voz más sumisa:

—Haré lo necesario para satisfacer a vuestra majestad en esta cuestión. Ya he redactado una lista de los servidores que tienen derecho a los atrasos.

El emperador se mordió el labio, como para atrapar ese oro que amenazaba con desaparecer de nuevo, salir como un chorro de agua de su boca. No le gustaba hablar de dinero ni de sus deudas. Todavía menos le gustaba separarse de ese cargamento tan duramente conseguido y recogido por los funcionarios del reino del otro lado del mundo.

Se había pasado la vida reuniendo el tesoro necesario para establecer la supremacía de su casa sobre Europa, por el bien de todos; pero siempre se había sentido pobre. Había velado por los ingresos que le procuraban sus reinos como si fueran un tesoro personal. Al final se había encontrado con las manos vacías, con apenas lo suficiente como para que sus servidores tuvieran con lo que vivir.

Cogió el documento y lo firmó sin siquiera leerlo antes de devolvérselo a Martín.

—Con esto bastará, no hablemos más.

El secretario inclinó discretamente la cabeza.

Al final de su reunión, el emperador terminó por disponer:

—Martín, quiero que anules todas mis audiencias.

Al escuchar esas palabras, la pluma del secretario se quedó suspendida en el aire. Siempre había sentido un cierto placer al anular las entrevistas de su señor. El anuncio de su retirada lo había regocijado durante un tiempo, permitiéndole proceder a una serie de anulaciones de visitas o invitaciones, así como a la redacción de cartas de despedida; pero desde hacía algunas semanas sus compromisos eran menos numerosos: la abdicación de su señor iba, sin ninguna duda, a privarle de la ocasión de anular sus obligaciones. Sin disimular en absoluto la sonrisa que le afloraba a los labios, preguntó:

—¿Qué audiencias, majestad?

El emperador posó una mirada ausente sobre su secretario.

—Anula todo lo que encuentres…

Había señalado la puerta de su antecámara como si bastara con agacharse para recoger visitantes desparramados por la escalera.

Martín de Gaztelu se inclinó sobre su escritorio, donde estaban recogidas las entrevistas de su señor. Con cada crisis de gota necesitaba su dosis de visitas anuladas, de embajadores o emisarios rechazados. Esos aplazamientos le proporcionaban un alivio inmediato. Los embajadores de los que prefería deshacerse eran los de Francia y los de la Santa Sede. Cuando suprimía sus entrevistas en el último momento, la remisión andaba próxima. El secretario recorrió febrilmente el calendario. Ni un cardenal, ni un hijo de rey, ni siquiera un duque o ese viejo capitán flamenco que quería verse con el emperador cada semana para informarle de un complot valón de la mayor importancia.

—Está el recaudador de los bienes inalienables de Namur —dijo pronunciando las palabras con desdén—. Y también el comisario general de las revistas de las gentes de guerra, de a pie y de a caballo, y el capitán-castellano del pequeño castillo de Gante… que viene a petición vuestra para ser recompensado por los servicios prestados.

Entre dos líneas, el secretario se dio cuenta del rostro enervado del emperador y se volvió a concentrar en la lista.

—…también tenemos a Federico Badoer, ¡el embajador de Venecia!

Había blandido esta audiencia que señalaba su pluma como si hubiera sido la hoja desnuda de un puñal afilado.

—Dile que lo veré más adelante… —El emperador permaneció silencioso antes de responder con un tono más solemne—: Martín, ha llegado el momento de enviar mi carta de renuncia a la corona imperial…

El secretario inclinó la cabeza sin decir nada. El pliego esperaba desde hacía muchos meses en un rincón de un armario. Lo había dejado de lado a la espera de una verdadera fecha de partida, para dejar a Fernando tiempo para prepararse para esa carga.

Cuando se estaba levantando para abandonar la estancia, Martín de Gaztelu se detuvo ante los últimos baúles que debían ser cargados en el barco. Uno de ellos parecía listo para recibir los últimos recuerdos, utensilios o manuscritos que el emperador se llevaría a su retiro.

—Vendremos mañana por la mañana para cargar este equipaje, majestad. ¿No tenéis nada más que guardar?

El Emperador se volvió hacia los grandes cofres de cuero, todavía abiertos, a la espera de un manuscrito erudito, de un enésimo reloj que examinar. Observó el mecanismo de la caja oscura colocado sobre la mesa. Ni siquiera se había preocupado de meterlo en el armario. De situarlo fuera de su vista para no volver a pensar en él. Tendría que conformarse: nunca sabría por qué su esfera solar era defectuosa mientras el resto del mecanismo funcionaba a la perfección. Mejor sería dejar ese misterio tras él y abandonarse a la calma del monasterio.

—No, podrás cerrarlos. No quiero cargar más nuestra caravana.

Una existencia tan vasta como la suya, cargada de tantas historias, batallas y conspiraciones, debía ahora de aligerarse de ese pasado que rebosaba por todas partes. Muchos intentos serían necesarios para deshacerse de lo que había sido y reducir su nueva vida a una dimensión humana.

XXI

Septiembre de 1556

El día de la última visita había llegado al fin. El de los últimos adioses también.

Ya era tarde y la luz había comenzado a colarse bajo los árboles, haciendo desaparecer poco a poco las formas de la casa, borrando los muros, no dejando aflorar sino las sombras de una partida inminente. Las habitaciones estaban vacías: sólo quedaban las cortinas verdes, una cama y el retrato de Isabel realizado por Tiziano, que sería embalado en el último momento.

Sus últimas cosas habían sido cargadas en el barco amarrado en el puerto de Gante; en cuanto a sus servidores, ya no eran sino un grupito ligero, listo para marchar hacia España. La partida tendría lugar al día siguiente, hacia las once, para aprovechar los vientos favorables.

Había asistido a la misa de la tarde y había pedido a los monjes que cantaran uno de sus aires preferidos de Cristóbal Morales. Estaba de un humor nostálgico. Llevado por su ensoñación, percibió la silueta un poco borrosa de su hijo en el quicio de la puerta. Este chico tenía un aspecto extraño, como si le faltara algo o *alguien* a su silueta de medio soberano, a quien el emperador había transmitido la mitad de sus posesiones.

Incluso cuando eran cortas, las visitas de su hijo eran largas en silencios. Para acelerar sus discusiones, siempre tomaba la palabra él primero:

—Buenos días, Felipe, no te esperaba tan temprano...

Su presencia le causaba un cierto malestar. Al final de la jornada, tras la cena, siempre se hacía servir un plato de anguila ahumada, para surcar la noche sin temor a que el hambre lo atrapara cuando estuviera solo y aislado, lejos de todo alimento y toda la servidumbre. Era una mala costumbre, un pecado de glotonería que escondía a su médico, pero sobre todo a su hijo, que ejercía su juventud como un deber desde lo alto de sus vestidos oscuros y sus miradas mordaces.

Se sentó sobre la cama y miró a Felipe por encima de las gafas. Su rostro era tan pálido como su gorguera. Si bien desprovisto de ligereza, esa tarde presentaba un rostro más inquieto que de costumbre. Antes de hablar dio tres vueltas por la habitación, como si persiguiera las palabras justas; quería estar seguro de colocar sus palabras delante de las suyas.

—No deberíais comer eso, el doctor Cornelius te lo ha prohibido en numerosas ocasiones... —era un comentario previsible: el emperador apenas lo escuchó—. Quisiera hablaros de los trabajos en vuestra villa... —continuó—. Algunos no estarán terminados antes de vuestra llegada... Sin duda deberíais dormir varios días en el castillo de Jarandilla antes de mudaros a Yuste.

Dejó el tenedor. Cuando Felipe llegaba a cualquier sitio, siempre había que empezarlo todo de nuevo. Remontar el transcurso de la jornada, hablar de las mismas cosas. Sin embargo, era de una gran inteligencia y de un ingenio afilado notable; pero era ansioso. Con él los acontecimientos siempre retornaban sobre sus pasos, si bien terminaba por tener motivos para adelantarlos. Incluso cuando llegó al mundo hubo que hacerlo renacer: víctima de fiebres incomprensibles, fue reanimado gracias a los cuidados de un médico judío un poco brujo. Había conservado en su integridad ese aire arrugado, ligeramente conmocionado.

El emperador hizo sonar una campanilla para que un paje viniera a quitarle las botas, pero también para alejar este mal tema de conversación.

—Haces bien en venir a verme, pues he hecho preparar mis memorias y este codicilo que completa mi testamento... para abrir sólo tras mi muerte...

Felipe sopesó un instante el delgado paquete de hojas con una especie de pesar.

—¿Es todo lo que habéis reunido?

—¡Tranquilo! Pienso continuar en Yuste… Ahora tengo todo el tiempo del mundo…

Un silencio se deslizó entre ambos hombres como un espacio infranqueable.

—Resulta de lo más extraño despedirse esta tarde. ¡Tengo la impresión de que nos abandonáis para convertiros en monje!

El emperador alzó los ojos, con aire sinceramente sorprendido.

—Tienes mucha suerte, ninguno de los monarcas que te han precedido tuvo este privilegio: eres rey estando tu padre vivo y vas a poder beneficiarte de mis consejos siempre que los necesites.

Felipe se detuvo en medio de la habitación, las cejas, de repente, muy levantadas. A medida que el momento de la partida se acercaba, cada vez estaba más tenso.

—Temo no poder pediros consejo tan fácilmente como quisiera, ahora que estaréis tan lejos…

Esperó a que Felipe y su procesión de reproches hubieran atravesado la habitación. Siempre había un hueco en medio de ese cortejo.

—¡No tienes que imaginar que estoy muerto! No me falta mucho para estarlo —dijo tragándose otro bocado de anguila sin mirar a su hijo.

Un rastro de disgusto apareció sobre el rostro de Felipe, cuya frente pareció enrojecer y sus cabellos despeinarse.

En la capilla aneja, los monjes continuaban cantando. El eco de sus voces resonaba como una interminable misa de adiós. Felipe dio algunos pasos hacia la ventana, con una mano en el pliegue de su jubón antes de soltar su última carta.

—Acabamos de recibir esta carta de la cancillería romana.

Al ver el sello pontificio, el emperador sintió que su rostro se crispaba. Hinchado de cera y arrogancia, el emblema papal hacía relucir todas las pretensiones de la Iglesia a la vez. El nuevo papa había incluido sus iniciales en secreto: Gian Pietro Carafa. Al despegarse, el sello de cera hizo el mismo ruidito seco que una concha cuando se rompe con la mano. Un ruido que le pegaba perfectamente al remitente del pliego.

Antes siquiera de comenzar a leer un correo procedente de los Estados Pontificios, el emperador ya había montado en cólera. De hecho, no los leía, sólo veía palabras, flotando unas junto a otras en una curiosa mezcolanza: «señor feudal», «desprovistos de sus derechos», sospechas de herejía», «siempre emperador».

—¡Este crápula de Carafa no puede pretender ni por un momento que me presente en Roma para renunciar a la corona imperial! ¡Hace trescientos años que los emperadores dejaron de ser servidores de los papas!

Después apartó el correo y se quitó las gafas. Generalmente, cuando se quitaba una de ellas, la conversación estaba terminada. Observó por el rabillo del ojo a Felipe, que continuaba caminando por la habitación. Parecía estar buscando algo. De golpe, lo vio detenerse en seco delante del reloj negro colocado sobre la mesa. Olvidado por todos, la tapa de su caja no se había cerrado. El emperador se sorprendió al ver a su hijo tan interesado por ese objeto. Jamás había manifestado la menor curiosidad por uno de sus relojes.

—Hay un excelente relojero en España —murmuró Felipe al cabo de un momento—. Mario Prizilli es astrónomo en la Universidad de Salamanca. De hecho, lo hice ir a la corte de Valladolid...

El emperador enarcó una ceja.

—¿Qué dices?

—¿Podríais veros con él allí?; estoy seguro de que os ayudaría a elucidar algunas cuestiones... —Dudó un momento antes de añadir—: Voy a organizar un encuentro cerca de la fuente de San Feliz, en el extremo de una de las calles adyacentes al palacio...

El emperador permaneció silencioso, sin saber si estaba más intrigado por la observación de Felipe o por su propuesta. Sin duda quería retenerlo en la capital del reino, impedirle franquear los muros del monasterio, intentando por todos los medios posibles atraerlo a la corte.

—Abandono Bruselas un año después de la fecha prevista. No quiero retrasar más mi llegada a Yuste. No pasaré sino unas horas en Valladolid...

Una expresión de desánimo se abatió sobre los rasgos de Felipe. De repente, el emperador tuvo casi piedad de sus infructuosas tentativas.

—Pero me encantaría encontrarme con tu relojero astrónomo... No tiene más que encontrarse conmigo a lo largo del camino...

Felipe inclinó la cabeza, con aire sumiso.

—Bien, haré que vaya a encontrarse con vos.

En ese instante, una suerte de indecisión se instaló en la habitación. Ya no quedaba sino separarse.

Viendo que Felipe dudada a la hora de abandonar la habitación, su padre quiso animarlo.

—En cuanto al resto, todo irá bien. Ya lo sabes, te daré todos los consejos que necesites.

Esta última observación le pareció irrisoria, como si el abismo de la separación hubiera comenzado a crearse, precipitando sus palabras al vacío.

Decidió no seguir hablando y dejar que se inclinara para darle un beso en la mejilla. Un corto abrazo, sin lágrimas, sin palabras inútiles, una mano posada en el brazo más de lo normal. Cada vez se dejaban mejor. Era la última vez que se veían. En su existencia, las separaciones eran siempre definitivas.

Le hizo un pequeño gesto con la mano antes de escuchar cómo bajaba las escaleras y abandonaba la casa. Un silencio. Después el vacío que precede a la duda.

A pesar de la nostalgia y la emoción, otro pensamiento había surgido en su cabeza. Quizá el reloj negro debiera tomar parte en el viaje. ¿Por qué no mostrárselo a ese relojero astrónomo de gran renombre? Sólo para distraerse en ese largo camino. Permaneció sentado mucho minutos, con la boca entreabierta, como cada vez que lo asaltaba un dilema.

XXII

Tras salir de Gante por el canal de Zelanda a bordo del navío *El Espíritu Santo*, se detuvieron en Zuitburgo para esperar vientos favorables; pero así llevaban dos semanas. Ni un soplo, ni una brisa, ni un solo signo en el horizonte de una mar lisa como un espejo. En esa ausencia de viento había como un ensañamiento por parte del aire, obstinado en un vacío más peligroso que una tempestad. Un olvido del cielo que dejaba pasar los días sin esperar nada a cambio. Incluso las gaviotas renunciaban a volar, agotadas por el peso de su cuerpo. El cielo no era sino un inmenso precipicio, abismo en lo alto dentro del cual podía caer el retiro del emperador.

En ocasiones, el combate era demasiado desigual. A la caída del día, en una especie de crepúsculo del alma y del cuerpo, desde el fondo del navío del emperador resonaba un clamor extraño que iba rebotando cada vez más lejos sobre la mar inerte:

—¡Resulta increíble! Ya hace dos semanas que nos encontramos aquí. ¡Y ni un solo rizo en el horizonte!

Después, el emperador reemprendía el curso de su viaje, fijo en el silencio de las estrellas.

XXIII

28 de septiembre de 1556, puerto de Laredo, al este de Santander. Por la tarde

A pesar de la lluvia y el viento que envolvían los diques del puerto de Laredo en torno a la noche, desde la cabina situada en la popa del navío se podía ver que el muelle estaba desierto. Ni un alma, ni siquiera un pescador que hubiera olvidado su sombra en alguna parte del muelle. Nadie había venido a esperar al emperador. Martín de Gaztelu inspeccionó durante unos instantes más el lugar donde iba a acostar el navío. Desde la víspera se encontraba inquieto. Era previsible que los sucesivos informes de su viaje hacia España hubieran desmovilizado al comité de recepción. Afortunadamente, la oscuridad envolvía el vacío con una presencia sombría. Siempre se podía contar con la noche, que libraba al día de las malas nuevas.

Al cabo de un momento percibió una silueta. Unas formas que dudaban, dos o tres pequeñas llamas dispuestas a apagarse. Un obispo y dos pajes. Y también un hombre de elevada talla con un traje tan sombrío que parecía estar esperando la muerte de alguien. Chorreando de agua y esfuerzo, con la sotana negra pegada al extremo de sus piernas, el obispo esperaba bajo un quitasol, con un rosario en la mano. Con la otra se aferraba a su pasador como última insignia de su grandeza. Una especie de náufrago en tierra firme, inundable con la marea baja. Martín de Gaztelu frunció la frente al ver el viento sacudir sus hábitos. Esa insistencia en la espera, atascada en la minúscula mira de su catalejo. El comité de bienvenida era grotesco.

Miró hacia el fondo de la cabina. Tendido sobre el lecho, que estaba sujeto al suelo y al techo por tiras de cuero que atenuaban los golpes —una especie de hamaca de travesía—, el emperador había cerrado los ojos, empujado por el balanceo de las últimas olas. Desde hacía varios días, se dejaba caer en una especie de duermevela; no se sabía si estaba dormitando o si sufría algún dolor que lo obligaba a ausentarse: flotaba en algún lugar entre el sueño y la mar. Era mejor no hacer ruido ni decir nada que pudiera turbar ese extraño descanso. El secretario suspiró y cerró suavemente el catalejo, que había desplegado a hurtadillas para observar el muelle.

—¿Qué haces, Gaztelu?

El secretario particular se sobresaltó. La voz del emperador parecía llegar de ultratumba. Incluso cansado, tenía el don de hacer que las personas que lo rodeaban fueran culpables de desobediencia. Lo exigía todo y no pedía nada. Antes de que pudiera responder, el emperador abrió un ojo.

—¡Espero que los caballos de nuestro tiro hayan llegado!

Gaztelu se giró de nuevo. El muelle del puerto de Laredo sobrepasaba las esperanzas de su señor, quien no sabía nada de la ausencia que le esperaba.

El emperador se irguió sobre un codo y miró a su secretario con los ojos medio cerrados. Estaba de mal humor. El viaje sólo había durado una semana; pero si le sumaba todas las horas contadas por los cuarenta relojes de su colección, eran muchos meses, quizá incluso un año, los que se había pasado viviendo en el barco. Días enteros privado de manipular sus instrumentos.

La mar había estado demasiado mal como para instalar un taller en el navío, como había deseado. Sus piezas se habían quedado en sus embalajes, encerradas en el fondo de la cala, como provisiones de eternidad. Muchas veces se había refrenado de ir a verificar que ninguna de ellas hubiera resultado dañada por las olas. Pero el balanceo era demasiado peligroso como para descender desde el puente hasta el fondo del casco del barco. Dos de sus capellanes habían fallecido durante la travesía: arrastrados por una ola en plena oración, sus nucas habían chocado contra una ménsula.

Se sentó sobre el lecho, cuyos soportes de cuero rechinaban como si el naufragio anduviera cerca. Echó un vistazo por encima del hombro cuando el secretario se giró de nuevo hacia el muelle. Oculto, el reloj negro continuaba contando las horas y los días en el fondo de la cabina. Escondido bajo un estante, había sido colocado lejos del lecho y de su escritorio.

Se sentía vagamente culpable por haberse llevado consigo ese objeto, especie de pasajero clandestino que hubiera embarcado hacia España a su pesar. Y cuya presencia ejercía una amenaza difusa, impalpable, sobre el viaje.

Se levantó para verificar que el cofre seguía bien sellado por su cerrojo y se volvió a tender. Era el único reloj que había podido quedarse en su cabina, encerrado en su cofrecillo, atado a un poste. El permanente balanceo quizá terminara por volver a colocar los planetas en su lugar.

—Deseo que nos pongamos en ruta hacia Valladolid en cuanto lleguemos a puerto: ¡esta tarde o mañana al alba como muy tarde! —continuó el emperador, que no dejaba de repetir la frase desde el comienzo de la travesía.

Poco después de la partida desde Bruselas, Felipe le había hecho saber que su astrónomo se le uniría en Burgos en menos de una semana. El hombre debía llegar a un congreso en Dresde. No había ni un solo día que perder.

Al cruzarse con la mirada culpable de su secretario, le cogió el catalejo de las manos:

—¡Déjame ver!

Al verlo pegar el ojo al borde del aparato, Gaztelu sintió un aire molesto, como si sintiera el frío y vacío muelle penetrar en su mirada.

—Pues no se ve nada… —murmuró el emperador.

Con el ceño fruncido miraba por la ventanilla.

—Los soldados de mi hija han hecho bien en resguardarse. Y esos dos, ¿quiénes son?

Gaztelu siempre tenía un nombre presto en los labios.

—El obispo Manrique, supongo, y el otro es el jefe de la guardia real, el preboste Durango.

El emperador continuó observando, sintiendo que su mirada desaparecía en el confín de la noche. Un mal presentimiento le ponía un nudo en el estómago que le llegaba hasta la garganta. En ese muelle no había ni la sombra de una escolta.

—No veo ningún caballo. ¿Cómo es que no hay nadie en el muelle?

El emperador no escuchó la respuesta de Gaztelu, que se ahogaba en un enjambre de excusas. Agotado por esas visiones, se deslizó hacia la almohada. En su cabeza resonaban toda suerte de ruidos. Chirridos y crujidos de madera, estiramientos de final de travesía.

—¿Y qué ha sido de los señores de La Chaulx y de Rye, a los que no veo desde hace cuatro días? —preguntó por primera vez desde que salieran de Gante—. ¿No podríamos partir antes con ellos, para no perder tiempo?

Gaztelu adoptó un aire desolado:

—Fiebres tercianas, majestad…

El emperador cruzó su mirada con la de Gaztelu sin verlo. No entendía que las personas que lo rodeaban pudieran tener un cuerpo, algo que se interpusiera entre su voluntad y el mundo. En general, jamás había concedido la menor libertad a los miembros de su familia, que no eran sino fragmentos de un orden más vasto, de un destino al cual él mismo estaba sometido. Asqueado, renunció a saber nuevas de los demás miembros de su corte y volvió a sumergirse en su lecho.

Cuando desembarcaron en el muelle, la lluvia prácticamente había cesado de caer. Sentado en su silla de mano, el emperador miró hacia un lado y luego hacia el otro. Sin esperar sus saludos, preguntó al obispo y el preboste de la cancillería, que se habían acercado a él:

—¿Dónde están los caballos y los hombres para el abastecimiento y el transporte?

Los hombros de Martín de Gaztelu se hundían un poco más a cada segundo que pasaba.

El preboste avanzó hacia el emperador y comenzó a hablar con voz entrecortada, sin aliento por el temor:

—Vuestra escolta no ha tenido tiempo de llegar… Las inundaciones la han retrasado en su camino… Estará dentro de dos días… pero nosotros nos encontramos aquí para asegurar vuestra seguridad y conduciros a vuestra casa.

Las cejas del emperador se elevaron mucho sobre su frente. Observó por un instante sus figuras estropeadas por la lluvia, sus manos vacías, su aire culpable.

—Creía que hacía mejor tiempo en este país…

Un viento glacial recorrió el muelle. Por toda respuesta, las ropas del obispo flotaron indolentemente en torno a sus piernas. Nadie se movía, todo lo más la punta de sus pestañas.

—Vuestra majestad podrá ponerse en marcha en cuanto llegue la escolta… —murmuró el preboste de la cancillería, cuyas palabras salieron volando en la noche sin parecer alcanzar al emperador.

Dejando caer su carcasa de dolores sobre la silla, éste recorrió con la mirada cansada el espectáculo de sus compañeros de viaje reunidos sobre el muelle.

De repente, el grupo era tan débil que parecía a punto de salir volando con la tempestad. Como todos lo miraban sin saber qué hacer y como había comenzado a llover de nuevo, el emperador hizo un gesto de impaciencia.

—¡Conducidme hasta nuestro albergue, entonces!

XXIV

Cuando el emperador abrió los ojos, el día todavía quedaba lejos. Se había erguido en su lecho más en forma que nunca. Esta primera noche sobre tierra firme le había dado nuevas fuerzas. Levantándose sin dudar ni un instante, había dado orden de abandonar el albergue en cuanto hubiera terminado su comida. Y, antes de las primeras luces del alba, el cortejo ya había partido al asalto de la larga ruta que debía llevarlo hasta el monasterio.

El desplazamiento de un emperador, incluso retirado, era en sí una batalla. Una pequeña guerra de equipajes, utensilios y precauciones de todo tipo. Dentro del cortejo imperial había numerosos convoyes, muchos grupos de caballeros cabalgaban sobre la misma ruta en un delirio de bultos, caballos y horizonte.

Se había acomodado en una silla de mano para proteger su cuerpo de los sobresaltos de la ruta. En cuanto a la colección de relojes, había sido colocada sobre un carromato especial justo detrás de su litera, vigilado por el cochero, que había recibido orden de evitar los baches. Giovanni Torriano lo seguía de cerca; custodiaba ese taller ambulante que zigzagueaba por entre los agujeros y las matas de hierbajos al son de los carillones.

Inclinado por encima del vacío, el emperador miraba de cerca los sobresaltos de sus carruajes. No estaba tranquilo. Una desviación de los caballos, el menor resbalón en las piedrecitas lo hacían saltar con el disparo de un arcabuz. Se aferraba a los cojines, listo para abrir la cortina al menor sobresalto. No confiaba en Giovanni. En numerosas ocasiones le había sorprendido mirando al tendido cuando el carromato estaba a punto de deslizarse por la ladera de una pequeña colina.

En ese momento, un trozo de madera hizo oscilar su litera. Se volvió bruscamente.

—¡Ten cuidado, es la tercera vez que la carga de herramientas se desliza hacia ti!

El artesano sonrió con aire compungido e irónico a la vez.

—¿Qué queréis, majestad?, ¡vamos demasiado rápido! Habría que frenar un poco para evitar estas sacudidas…

Un tanto sorprendido por el comentario, el emperador cogió su catalejo y miró por encima del hombro. Más allá de su litera percibió el cortejo que se estiraba a lo largo de muchas leguas, tan extenso que parecía no haber salido todavía del puerto. En lo alto vio el centenar de alabarderos que habían sido desgajados del cuerpo de policía de la casa imperial para asegurar su seguridad hasta el monasterio. A falta de asaltantes, la tropa de soldados, de pie sobre las montañas, mantenía el cielo a distancia con la punta de sus lanzas.

—¡No puedo hacer otra cosa! Si menguamos la marcha de esta caravana interminable jamás llegaremos a Yuste antes de San Nicolás!

La larga fila de figuras que hormigueaban tras su estela alcanzaba hasta el otro lado de la montaña. La parte final del convoy rebosaba de servidores, con funciones tanto más inútiles cuanto más alejados de su litera. La caravana se aferraba a las montañas, obligándole a hacer paradas demasiado frecuentes para asegurarse de que los servidores que cerraban la marcha no se habían perdido por el camino, obligándole a apresurar el paso después para recuperar el retraso de esa larga escolta. Sin mencionar el convoy que iba detrás, el de sus hermanas, que habían querido seguirlo hasta la corte de Valladolid. No era sino unas nubes de polvo apenas visibles con el catalejo; pero era la historia que continuaba, los remordimientos que insistían, el emperador que seguía respirando. Ni siquiera su travesía por el océano le había permitido deshacerse de esos fardos; tenía que recorrer de nuevo con ellos la península para alejarse de esos rastros del pasado.

—¡No tengo necesidad de todo este ejército! ¡Esta manada de servidores me retrasa! ¡Habría debido despedir a más en cuanto partí de Bruselas!

Su confesor, su médico, su ayuda de cámara Guillaume van Male y su secretario personal Martín de Gaztelu, que cabalgaban a su altura, no decían ni una palabra. En ausencia del coronel Quijada, que había partido a encontrarse con su esposa y su hijo por unos días, todos esperaban a que los demás tomaran la palabra para calmar el nerviosismo de su señor. Ante la duda, todos reflexionaban en silencio sobre las palabras que hubiera pronunciado el mayordomo. El mal humor del coronel Quijada era irremplazable: era el único que podía responder al emperador.

El ayuda de cámara quiso mostrarse alentador:

—Majestad, estamos a algunas leguas de las primeras casas de Burgos… Llegaremos esta tarde. Valladolid no está más que a siete días a caballo.

Inclinó apenas la cabeza y cerró su cortina, para no seguir viendo los recuerdos que surgían en todos los cruces de caminos, tras la colina más insignificante. Después de trece años fuera, todas las ciudades celebraban su paso, creyendo deber dar cuentas de su fidelidad y estorbando su avance, una especie de expedición que remontara el tiempo.

Se conocía de memoria el periplo por haberlo hecho muchas veces a lomos de caballo. Tres largas estancias, más de diecisiete años pasados en total en el reino de Castilla habían hecho que cada rincón del cielo, cada vertiente de montaña le resultara más familiar que ningún otro paisaje. Episodios antiguos se alzaban en su recorrido: llegada al poder en 1516, cuando los comuneros ya se habían rebelado, y el más feliz de todos: su matrimonio con Isabel, en Sevilla.

Para dejar de pensar en ello, levantó con un dedo la tela que recubría el reloj negro; no lo había mirado desde la partida del puerto de Laredo. Instalado en su litera para mantenerlo a salvo de las sacudidas del camino, relucía en la sombra con sus agujas finas y simples.

Un ligero atraso era visible en su esfera. Nada más normal, pues no le había dado cuerda desde hacía muchos días. En cuanto al resto, todo parecía funcionar a maravilla, sin la menor lógica, con los planetas siguiendo un ritmo por completo disparatado. El encuentro prometido por Felipe al pie de la fuente de San Feliz con el astrónomo de Salamanca quizá le proporcionara la clave de este enigma: si no, se desharía del reloj antes de llegar a Yuste.

Suspiró dejando caer la tela sobre su caja y se fijó en la villa colgada de una colina. Incluso se podía escuchar a lo lejos cómo el reloj daba las cinco.

XXV

Al cabo de largas horas de sol poniente y polvo, el cortejo llegó al fin a las puertas de la villa. Una piara de cerdos negros hocicaban el suelo con unas narices asombrosamente móviles, lanzando pequeños gruñidos de placer cada vez que alcanzaban una raíz más grande que las demás.

Fascinado por el espectáculo, el emperador estuvo a punto de hacer detener el cortejo cuando percibió a una muchedumbre compacta cerca de su albergue.

Al seguir por la calle principal, el convoy hubo de ralentizarse. La litera avanzaba con dificultad, entremedias de las cabezas y brazos que intentaban verlo y saludarlo.

—¿Por qué hemos seguido esta calle? —preguntó vagamente inquieto.

El secretario no respondió. De un vistazo vio que Martín de Gaztelu había ido a buscar más guardias. Los porteadores cada vez tenían más problemas para mantener la litera en equilibrio sobre sus hombros; el palanquín imperial se bamboleaba como en un mar agitado por corrientes contrarias.

Para no resbalarse, se aferró con una mano al portante de madera que apenas estaba cubierto por una cortina y escuchó a uno de sus guardias gritar:

—¡Deteneos!

Cuando la litera se hubo parado en medio de aclamaciones, sintió de repente una presión sobre su muñeca. La mano que sujetaba la suya era rugosa y seca, pero los dedos parecían más delgados que los de un niño.

Levantando la cortina, puedo ver a un anciano cuyo frágil aspecto contrastaba con la firmeza de su mano. Una mirada muy clara se posó en el fondo de la suya mientras otras figuras se empujaban a su alrededor. El hombre deslizó algo dentro de la litera y pronunció algunas palabras en latín:

—*Mox etiam periculosum esset mundi secreta revelare.*

Antes de que pudiera captar su significado, la mano había soltado su presa y la litera se volvía a poner en marcha. El emperador se asomó, pero la figura había sido tragada por el movimiento de la muchedumbre. Se quedó inmóvil, repitiendo en voz baja las palabras que acababa de escuchar. Levantó la cortina de la izquierda y miró tras él. Un guardia cabalgaba a su lado. Su desconocimiento del latín le perseguía hasta aquí. Se mordió el labio. Se había levantado el viento, una ráfaga zarandeó las cortinas, que parecían dos viejas nerviosas por la tormenta. Las palabras *secreta* y *revelare* bailaban en el aire como dos pequeñas luces que podían apagarse en cualquier momento. Se inclinó de nuevo y preguntó:

—Dime... ¿Has escuchado al hombre que estaba aquí cerca?

Una profunda sorpresa apareció en la mirada del guardia.

Durante un instante tuvo aspecto de preguntarse si había soñado. Su boca se entreabrió en un silencio.

—Ha dicho algo, ¿verdad? —repitió el emperador para acabar con el pasmo.

El hombre enrojeció entonces bajo su casco.

—No he escuchado nada, majestad.

Irritado, le hizo un signo a su secretario, que se acercaba.

—Martín, ¿has visto a ese anciano que estaba a mi lado?

—No he visto a nadie, majestad... pero resulta inconcebible que un viandante pueda dirigirse a vos... No hay suficientes guardias para escoltaros...

Con el rostro empalidecido, no tenía costumbre de medirse al poder de su señor al aire libre, sólo a ayudarlo a remover el mundo desde el fondo de sus habitaciones.

El emperador murmuró en voz baja:

—Es posible, es posible... pero si no escuchan nada no me sirven para mucho —tras lo cual, añadió—: se vuelve urgente mandar llamar al coronel para que se encargue de estas cosas...

Dejando que sus últimas palabras calaran en el ánimo de su secretario, se volvió hacia la villa que acaban de atravesar, frunciendo los ojos, buscando un rastro de las palabras pronunciadas por el desconocido. Pero nada flotaba en el aire, la noche se había vuelto a cerrar tras su paso, borrando las figuras y el eco de ese extraño encuentro. Durante un instante pensó que quizá lo había soñado, antes de dejarse abrazar de nuevo por el balanceo de la silla de manos, al tiempo que se alegraba de que este incidente hiciera regresar al coronel Quijada cuanto antes.

XXVI

Martes, 20 de octubre de 1556

No había dejado de llover desde que el convoy abandonara los alrededores de Palencia. Parecía que las nubes conocieran su recorrido. La lluvia se lo llevaba todo a su paso, sobre todo la esperanza de llegar a tiempo a Valladolid para encontrarse con el astrónomo de Salamanca. El hombre había hecho saber que tenía que abandonar el lugar debido a un pleno sobre la mecánica celeste en los próximos días. A medida que el emperador cabalgaba bajo el cielo vasto y claro de la península, la esperanza de ese encuentro había ido adquiriendo un lugar cada vez más importante. Como si el cielo y las estrellas hubieran venido de pronto a mezclarse en esta intriga astronómica.

De un diluvio al otro, veía cómo el horizonte se perdía en la niebla. Estaba de mal humor. El viaje se veía salpicado de obstáculos imprevistos, de retrasos inventados por el destino para molestar su marcha hacia el monasterio de Yuste. Un mensaje de Carlos, el hijo de Felipe, había llegado a su encuentro para hacerle saber que deseaba encontrarse con él a varias leguas de Valladolid, lejos del resto de la corte; una petición imposible de rechazar y un nuevo alto en otra villa.

El emperador había apartado el reloj al fondo de su litera, confinándolo bajo su tela de terciopelo, como una especie de peligroso fetiche del que tuviera que alejarse lo más deprisa que pudiese.

—¿Son las luces de Cabezón?

Luis Quijada, que cabalgaba un poco más lejos, tiró de las riendas de su montura para ponerse a su lado. Se había unido al convoy la noche anterior sin disimular su contrariedad. Este convoy sin guerra no le gustaba. Peor todavía, el convoy estiraba su derrota hasta el horizonte. ¿Para qué vigilar el camino cuando cada pulgada recorrida empujaba a su bien amado señor a un retiro miserable? Arqueando el pecho, se esforzó por responder con voz tranquila:

—Sí, llegaremos en menos de una hora, majestad.

—Es tarde, visitaré a don Carlos mañana por la mañana —suspiró el emperador mientras veía aparecer las formas del pequeño burgo al otro lado del camino.

Se giró hacia su relojero, que viajaba detrás de él.

—¿Giovanni, conseguiste sacar el reloj adornado con leones?

—Por supuesto, majestad, incluso lo he limpiado… —dijo el artesano con un siseo.

El emperador se enderezó y cogió un racimo de uvas, cuyos frutos fue comiendo uno a uno con deleite. No tenía demasiada curiosidad por ese niño y, sin embargo, ¿acaso no era el heredero de Felipe? ¿Su sucesor designado? Viajando a capricho del viento, una idea brotó en su ánimo. Si se revelaba digno de ello, le regalaría el reloj de los duques de Borgoña.

A la entrada de la villa, la larga fila de coches y guardias siguió la calle principal en la oscuridad, empujando las sombras hasta la fachada de un viejo palacete. La lluvia había ahogado todas las antorchas, pero las campanas de la iglesia atravesaban la oscuridad para dar la bienvenida a su convoy.

La primera parte del grupo se detuvo ante una pequeña construcción cuyo muro se inclinaba hacia el camino. Quijada entró el primero en el albergue, dejando al emperador tiempo para descender y vigilar el trasvase de su colección de relojes, como en cada una de sus paradas. Insistía en verlos entrar antes que él, franquear el paso de la puerta de la casa donde pasaría la noche, por miedo a que los robaran o por superstición. En su presencia, el tiempo siempre había de medirse.

En el albergue, una extraña agitación recorría la estancia principal. Un hombre con los cabellos alborotados se precipitó hacia él:

—Majestad, os lo suplico…

—¿Qué sucede?

Arrodillado en una mezcla de reverencia y suplicación, quien debía ser el mayordomo del príncipe continuó:

—Majestad, el niño se niega a atender a razones. Quiere verse con vos inmediatamente. Se niega a dormirse sin haberos visto.

De repente le sobresaltó un estruendo procedente de arriba. Se escucharon gritos, ruido de sillas que caían al suelo. Un instante después, un niño bajó por la escalera perseguido por una gobernanta: dieron una vuelta a la habitación antes de detenerse cerca del mayordomo, que se había apartado para dejarlos pasar. Con el rostro sacudido por extraños gestos, miraba a su alrededor. Su cabeza, colocada sobre una gruesa gorguera de encaje, era desproporcionada con respecto a su figura débil y frágil, y parecía pertenecer a un cuerpo diferente al suyo.

—¿Eres tú quien hace todo ese ruido?

Tras él, la gobernanta parecía seguir corriendo, mientras que el niño permanecía quieto. Sofocada, intentaba llevárselo hacia la escalera. Sin responderle, el niño sacudió bruscamente el brazo y estuvo a punto de tirarla hacia atrás. Avanzó entonces hacia el emperador, con la mirada fija en la suya, con unos zapatos barnizados que parecían demasiado pequeños para sus pies.

—¿Tú eres mi padre? ¡Pensaba que eras más alto!

Una sensación de horror recorrió la habitación.

—¿Qué dices?

El emperador frunció el ceño intentando identificar a alguien, descubrir algo familiar en ese rostro endiablado cuyo espíritu parecía perturbado por algún demonio interior. Dudó al contestar:

—Don Carlos, soy el padre de tu padre.

Pero el niño no escuchaba. La vieja gobernanta se había puesto a gesticular de cualquier modo, perturbada por tanta insolencia.

Sin dilación, se dirigió a uno de los cofres y comenzó a buscar en su interior. Un extraño furor se iba apoderando de él mientras lo investigaba. Tiraba vestidos, libros y hojas al suelo, sacudiendo las toallas y las cajas de cartas. A su alrededor, nadie osaba interrumpirlo. Todos los servidores del emperador intentaban disimular su malestar en un rincón de la estancia.

El emperador seguía apoyado en su bastón, olvidado el cansancio del viaje. Observaba al niño con inquietud. Tras el encierro y la muerte de la reina Juana en Tordesillas, había creído que la locura se había quedado tras la viaja fortaleza; pero seguía viva y coleando, perfectamente libre y robusta.

De golpe, con la cabeza inmersa en sus asuntos, los hombros crispados por una tensión incomprensible, el niño se quedó quieto. Levantó la cabeza, fue a sentarse frente al emperador y comenzó a balancear unas piernas delgadas como palillos.

—¿Has hecho muchas guerras?

Miró fijamente al niño durante algunos instantes, antes de escucharse responder:

—Más de las que hubiera querido… La última batalla, la de Innsbruck, fue un fracaso. Habríamos debido evitarla…

—¿Por qué huiste? —preguntó bruscamente Carlos, cuyo rostro se había puesto rojo de cólera, con los ojos húmedos, como si fuera a llorar.

A punto estuvo de echarse a reír ante tamaña insolencia, pero después recordó que el niño era el heredero de todas las coronas que acababa de transmitir a su hijo, tan razonable y tranquilo. Y este simple pensamiento le dio vértigo, obligándole a sentarse en el taburete que le ofreció el coronel Quijada.

—¡Yo nunca hubiera huido! —exclamó el pequeño irguiéndose de forma exagerada sobre su sillón.

Después se puso de pie de golpe, con el pecho hinchado. Quizá fueran las ideas que se amontonaban en su ánimo una tras otra las que probablemente le impedían caminar derecho. Tambaleándose en medio de la habitación como un niño borracho, se inmovilizó ante el reloj de los duques de Borgoña, el cual el emperador había colocado sobre una gran mesa, frente a la chimenea, con la idea de ofrecérselo como regalo.

—¿Qué es? —preguntó desconcertado, como si nunca hubiera visto un reloj en su vida.

El emperador comenzó a levantarse, temeroso de que el niño hiciera un gesto brusco. Giovanni se precipitó hacia él para retirarle el objeto.

Furioso, el chiquillo se puso a patalear impulsado por un ataque de nervios. La gobernanta, que seguía sin haber recobrado el aliento, intentó llevárselo hacia la escalera. Rechazada de nuevo, chocó contra la mesa.

En ese instante, la mano del emperador impactó en la mejilla del niño, que lo miró fijamente durante un instante. Parecía que lo hubiera golpeado un rayo. Un instante después, un aullido atravesó las paredes de la casa. Arrastrado por su mayordomo y otros dos sirvientes surgidos de las habitaciones adyacentes, el pequeño desapareció en un torbellino de gritos y gesticulaciones.

La desaparición del pequeño príncipe dejó tras de sí un silencio mayor que el comedor del albergue. El emperador cruzó la mirada con el coronel Quijada. Vio un brillo de esperanza en los ojos del mayordomo. ¿Y si este encuentro con la locura pudiera hacer vacilar el destino, como antaño, cuando la enajenación de su madre lo convenció de hacerse cargo del poder en su nombre?

Desvió la cara, rechazando las esperanzas del coronel sin la menor piedad. En adelante no mostraría sino desolación e indiferencia ante esas decepciones.

Se apoyó sobre el bastón, se impulsó con un pie en el suelo e hizo un breve recorrido por la sala, como si quisiera reunir los gestos y pensamientos esparcidos por este curioso encuentro, estar seguro de no dejar atrás ningún fragmento de él mismo antes de volver a ponerse en marcha hacia su retiro.

XXVII

Había aprovechado una de las paradas nocturnas en el albergue de un pueblo para despedir a la mayoría de los soldados de su escolta. A fin de evitar cualquier discusión con el coronel, lo había enviado de descubierta *para asegurarse del camino*. Y entonces, con total tranquilidad, había entregado a los soldados sus pagas echando mano del arcón de oro que siempre llevaba consigo.

Había que cortar por lo sano esta zarabanda infernal, ese pasado que insistía en seguirlo y retenerlo.

Poco antes de Valladolid, el coronel Quijada retornó de su misión. Como buen soldado acostumbrado a juzgar la solidez de su ejército, percibió de inmediato que el cortejo había perdido más de la mitad de sus hombres. Sin darle tiempo de decir ni una palabra, el emperador levantó una mano antes de justificarse:

—Me doy perfecta cuanta de lo que os aflige, mi buen Luis; pero, creedme, tenía mucha necesidad de reducir nuestra caravana. Toda esa escolta me impedía avanzar.

El coronel Quijada no respondió. Nadie sabía callarse como él. Sus silencios no eran de esos que uno ignora, sino que excavaban simas. Tenía el mutismo feroz y profundo de los hidalgos, el silencio de los hombres fieles que saben lo que se les debe.

Al cabo de un momento, Luis Quijada terminó por abrir los labios:

—Su majestad viaja como un prisionero. Estos pocos hombres de armas que os quedan no son dignos de vos. Se trata de la escolta de un rico comerciante, de un pequeño marqués, o incluso de un prelado en desgracia, no de un emperador... por mucho que esté retirado.

El emperador miró a su mayordomo, a quien la edad volvía cada vez más quisquilloso respecto al ceremonial. A imagen de esa barba, de la que se ocupaba con mimo. Siempre de perfil, la nariz erguida, Quijada sospechaba del viento. Desde que el emperador le había pedido que renunciara al mando del ejército de los Países Bajos para acompañarlo a España, el coronel detectaba defectos en todas partes.

—¡Exageráis, coronel! Mi escolta sigue siendo importante...

En ese momento vieron cabalgar a su altura al grupo de seis capellanes. Vestidos con una sotana gris oscura coronada por una capucha, trotaban delante del convoy. Sus capuchones se bamboleaban sobre el horizonte como un grupo de monjas en oración.

—Vuestra capilla privada no puede haceros las veces de escolta —silbó cuando se hubieron alejado.

El emperador sonrió. No le disgustaba que su convoy se pareciera a una capilla itinerante, compuesta por un gran maestre, organistas, cantantes y una decena de capellanes. Gracias al convoy más ligero, por primera vez en su vida escuchaba claramente el ruido de los cascos de los caballos, el movimiento de los guijarros e incluso el roce del viento sobre sus orejas. Un aperitivo del silencio y la soledad del monasterio.

El coronel prefirió cambiar de tema de conversación y preguntó:

—¿Que pensáis de vuestra entrevista con don Carlos?

El recuerdo de ese extraño encuentro comenzó a flotar entre ellos. Había dejado una impresión desagradable, uno de esos restos que uno quisiera hacer desaparecer cuanto antes, para reemplazarlo por otra cosa.

—He reflexionado mucho, don Luis... Y ese encuentro con el infante sin duda no es ajeno a ello...

A su lado, el mayordomo guardaba silencio.

—... Me gustaría encontrarme con don Juan. Quisiera conocer a mi hijo...

El coronel siguió sin reaccionar. Durante un instante, el emperador creyó que sus palabras se las había llevado el viento.

Levantó ligeramente la cortina para verle la cara. Para tranquilizarlo, murmuró:

—No de inmediato… —Luego, añadió a regañadientes—: Podríais traerlo al monasterio con vuestra esposa cuando yo esté adecuadamente instalado.

El coronel había perdido su aire tranquilo y dijo:

—¿Qué le diré a doña Magdalena, que lleva criando al niño desde que tiene cinco años y al que considera como si fuera nuestro?

Sin responder, el emperador alzó la mano con gesto cansado. Hacía muchos años que no hablaban de Jerónimo. Desde el día en que había pedido al soldado que se encargara de la educación de ese niño, nacido algunos años después de la muerte de Isabel, resultado de una aventura con una música alemana. Quijada había aceptado de inmediato criarlo como su fuera su propio hijo.

El emperador sólo lo había visto una vez. ¿Se parecería a él? ¿O quizá a su madre, una bella mujer con la que se tropezó antes de la batalla de Innsbruck y cuya voz le había encantado? ¿Al niño le gustaría más las armas que a Felipe? La visión de su nieto medio loco de repente le había suscitado la curiosidad de verlo, de escucharlo hablar, de tener más contacto con él que por medio de su testamento, donde ya no era sino un recuerdo, un fantasma de la historia.

Junto a él, el coronel había terminado por inclinar la cabeza.

—Como deseéis, majestad.

Más que órdenes, los silencios del emperador eran mandamientos.

149

XXVIII

Al acercarse a Valladolid, las aclamaciones de la muchedumbre y las flores arrojadas sobre su litera se multiplicaron. El convoy entró lentamente en la ciudad, abriendo las calles a su paso. Llevaba un retraso de una semana con respecto a la fecha prevista y los habitantes de la región, con el rostro derrotado y los vestidos estropeados, parecía que lo hubieran estado esperando en el camino.

Excepto, quizá, el relojero de Salamanca.

El emperador se inclinó hacia Quijada antes de decir con voz fuerte:

—¡Haz retroceder a la muchedumbre! ¡Si no, jamás conseguiremos llegar a la fuente de San Feliz!

El coronel envió a dos de sus hombres a apartar la horda de mendigos desparramados por el adoquinado. Aferrando su rosario en la mano izquierda, el emperador había ladeado la cabeza hacia el comienzo de la oscura calle. Según la promesa de Felipe, el encuentro con el relojero de Salamanca debía tener lugar en la plaza de San Feliz, al pie de la fuente. Un rincón de la ciudad más tranquilo, lejos del camino de la caravana. Había insistido en encontrarse con él lejos del palacio, para que nadie los molestara.

Cuando por fin desembocaron en la plaza, el emperador buscó el particular tocado de los astrónomos entre la muchedumbre de mendigos inmóviles al pie de la recia muralla; pero nada. Entre la manada de pordioseros y vagamundos no había nadie que pareciera el relojero. El emperador se dejó caer sobre los cojines de su silla y lanzó un profundo suspiro. El coronel se inclinó hacia él, con una ligera sonrisa en un rincón de su barba, como si estuviera a punto de conseguir una victoria.

—Me temo que vuestro hombre no haya venido a la cita ¡y que no tengamos suficiente oro para contentar a todos esos malandrines y la muchedumbre de mendigos!

El coronel intentó calmar a su montura, cuyos cascos chocaban contra los relucientes adoquines. Cada vez más contrariado, el emperador dio orden a los porteadores de que dejaran la silla en el suelo. No podía resignarse a abandonar el lugar sin haberse encontrado con el único hombre capaz de aportarle un comienzo de respuesta a las cuestiones que le obsesionaban.

Se giró hacia Quijada y dijo con toda la fuerza de su voz:

—Haced que levanten mi tienda y lechos de campaña para los hombres. ¡Pasaremos aquí la noche!

Quijada lo miró con aire estupefacto. Después, bajó de su caballo, cuyo cuello acarició antes de atar las bridas en torno a una argolla medio oxidada, clavada entre dos piedras de la fuente. Se esforzó por mantener la calma e inspiró profundamente antes de decir:

—Pero... no podemos quedarnos aquí, majestad. ¿Cómo asegurar vuestra seguridad? Uno de esos mendigos podría introducirse en vuestra tienda, daga en mano y...

El emperador lo interrumpió bruscamente con un gesto de la mano. Se tomó un tiempo antes de responder con un tono que no admitía réplica:

—Basta, coronel. Montaremos el campamento aquí. ¡Así lo deseo!

Quijada retrocedió un paso. Hacía años que no había escuchado a su señor darle una orden de este modo. Hablaba como antaño, como jefe guerrero. En ese instante, Quijada no pudo reprimir un escalofrío de alegría. Su señor había vuelto, el comandante de hombres de armas, el todopoderoso monarca que reinaba sobre el mundo.

En silencio, el coronel se dirigió hacia el cortejo para dar órdenes, como otras tantas veces la víspera de una de esas batallas ganadas de antemano.

XXIX

C uando el emperador abrió los ojos, acababan de sonar las campanas de Prima sobre las cúpulas de la iglesia de San Pablo. De inmediato juntó las manos y musitó la oración de la primera de las horas menores del día:

Gloria a ti, señor nuestro, gloria a ti.
Rey del cielo, consolador, espíritu de la verdad,
Tú, que estás por todas partes presente y que lo llenas todo,
Tesoro de bienes, dador de vida, ven y reside en nosotros,
Purifícanos de cualquier mancha y salva nuestras almas,
Tú, que eres bondad.

Después se persignó, antes de sentarse sobre el borde de su lecho de campaña.

Dejó que regresaran dulcemente las brumas de la noche, mezcladas con el sueño y el regular ruido de la fuente. El sol de este comienzo de mañana golpeaba la tela de la tienda, cuya abertura acababa de entreabrir. Respiró profundamente ese aire fresco que tanto bien le hacía. En torno a él, los hombres seguían durmiendo. Sólo el coronel Quijada estaba ocupado ya en cepillar su caballo mientras el animal bebía con gran ruido el agua que caía de la fuente de San Feliz.

El emperador avanzó hacia el coronel para decirle:

—Quijada, ¿no habéis visto a nuestro hombre?

El coronel no respondió de inmediato. Parecía algo irritado.

—Tengo el fuerte presentimiento de que aquél a quien esperáis no vendrá jamás. Haríamos mejor en ponernos en marcha sin tardanza.

De improviso, en esa atmósfera tranquila, uno de los perros que dormía cerca de la fuente levantó la cabeza y se puso a ladrar, hecho una furia. Un hombre acababa de aparecer en un rincón de la poterna que franqueaba la muralla, en la parte inferior de la primera línea de defensa. Su figura sombría se destacaba con claridad contra los muros de piedra seca. De elevada estatura, barba larga y rostro apuntado, el emperador supo de inmediato que se trataba del relojero de Salamanca. Con el corazón latiéndole acelerado, lo miró acercarse lentamente a su tienda. El coronel se había tensado en una posición de defensa, listo para proteger a su señor del menor gesto sospechoso. Lentamente, el desconocido fue pasando por encima de los durmientes para encaminarse derecho hacia el emperador. Cuando la delgada figura llegó a la altura de la tienda, el emperador dijo, con una alegría que traspasaba cada palabra:

—¿Cuáles son las últimas noticias del firmamento? Me han dicho que se han descubierto dos nuevas estrellas en el cielo septentrional...

El astrónomo dejó escapar varios cabellos antes de volver a colocarse el sombrero sobre la cabeza.

—Veo que su majestad está bien informado. Así es, se acaban de descubrir dos astros no lejos de la Osa Mayor. Uno de mis aprendices, que tiene una vista mucho mejor que la mía, ha podido percibirlos en una noche muy clara.

El emperador se giró hacia él, tranquilizado por su voz, tan profunda que parecía estar acostumbrada a proferir verdades sobre el mundo.

—Por fortuna la observación del cielo todavía no está prohibida... —Antes de que hubiera podido decir ni una palabra, el emperador añadió—: Me ha parecido entender que el arzobispo de Sevilla no sólo perseguía a los judíos conversos, sino que también iba tras los astrónomos disidentes... Su celo no conoce límites.

—Sólo los escritos de algunos astrónomos fantasiosos —subrayó el sabio alzando un dedo hacia el cielo, como si fuera el guardián de esa ciencia oficial.

Un silencio a cielo abierto se estableció entre ellos. El emperador no estaba sorprendido por sus palabras. Era un astrónomo de corte, uno de esos hombres disciplinados y serios mediante los cuales se transmitía el saber académico. Se acercó para ver mejor el rostro de quien acababa de apoyarse sobre el brocal de la fuente. La figura del maestro de Córdoba vino de repente a atormentar sus pensamientos.

—¿Conocéis a un tal... —dejó pasar un silencio para marcar las distancias con el nombre— ... monje Della Torre? —El hombre le lanzó una breve mirada, antes de volver la cabeza hacia la muralla. Un ligero malestar flotaba entre ellos. La incertidumbre despertó su curiosidad. A medida que la mañana se iluminaba al ritmo del sol sobre el horizonte, una cuestión le quemaba en los labios— ¿No será uno de esos monjes relojeros disidentes... más conocido con el nombre de maestro de Córdoba?

Se escuchó una ligera tos.

—¿El monje Della Torre?

El relojero había repetido el nombre frunciendo ligeramente el ceño, como si acabara de descubrir algo que no le gustara. Apenas una arruga sobre la frente. Justo entre los ojos. Justo allí donde en el rostro de Giovanni se dibujaba una profunda arruga, como si todos los astrónomos y otros artesanos relojeros hubieran forzado esa línea al observar sus obras con lupa.

—Majestad, me temo no poder seros de gran ayuda... Jamás me he encontrado con ese monje... Pero no es bueno fabricar instrumentos para medir el tiempo cuando uno ha elegido consagrar su vida al único relojero que existe, es decir, Dios...

El emperador lo observó atentamente a contraluz. El hombre parecía saber mucho más de lo que decía con su discurso circunspecto. Vagamente molesto, murmuró:

—¿Según vos, los monjes no deberían fabricar relojes? No obstante, fueron ellos los que consiguieron que esa ciencia progresara...

Junto a él, el astrónomo esbozó una breve sonrisa:

—La comunidad de los relojeros reconoce que los monjes aprovecharon el silencio de sus claustros para inventar nuevos mecanismos. —Tras un momento, añadió—: Algunas de sus innovaciones han sido decisivas para nuestra profesión, pero hoy día no deberían mezclarse con unos cálculos demasiado eruditos para ellos...

El emperador se había apoyado sobre el borde del brocal. Una mezcla de temor y curiosidad se había apoderado de él. Con la boca entreabierta, su mandíbula parecía a punto de separarse del resto de la cara, lista para tragarse los secretos del cielo; porque, cuando le interesaba algo, escuchaba con la boca, para no perderse ni una migaja. Al cabo de un largo silencio, no pudo resistirse:

—¿De modo que habría fabricado relojes un tanto... peculiares?

El astrónomo miró a su alrededor, con aire desconfiado respecto a las cosas de la tierra, creyendo sólo en los signos del cielo; pero el paisaje de ovejas y vacas de Castilla se extendía a lo lejos como un inofensivo decorado. Frente a ese rostro impenetrable, el emperador no osó relanzar la conversación. Quizá la verdad estuviera allí, escondida bajo ese sombrero, en los meandros de ese encuentro lleno de sobrentendidos. De un silencio a otro, no pudo impedir preguntar de nuevo:

—¿Y... de qué mecanismo se trataba?

Los hombros del astrónomo se alzaron ligeramente.

—Mi espíritu se ha negado siempre a saber de esos inventos que alejan nuestro pensamiento de las Escrituras...

El emperador permaneció algunos instantes meditando, mesándose las barbas. De repente se acordó de la profecía de su confesor en Bruselas.

Las últimas palabras del astrónomo se abrieron camino hasta el fondo de su conciencia: le dejaron sin voz frente al misterio del cosmos, tan oscuro como el del tiempo. Su discurso resonaba todavía como un reproche, una reprimenda lejana, un comienzo de castigo. En ese instante, una golondrina dejó deslizar sus alas por el cielo. Era necesario poner fin a la discusión.

Mientras su mirada se posaba ante el puente que precedía a la reja del palacio real de Valladolid, el emperador hizo una señal a uno de sus porteadores para que le trajera la cesta de la fruta: había algunas uvas propicias para separarse sin historia.

—¡Bien, querido maestro, parece que nuestros caminos se separan! Me temo que hemos de decirnos adiós.

El astrónomo pareció reflexionar sobre algo mientras se inclinaba para besarle la mano, buscando, quizá, un medio de rectificar. Apuntando hacia el sur su fina y cincelada nariz, añadió, como si acabara de olfatear una idea nueva:

—Me parece que el monasterio donde ese monje Della Torre tenía por costumbre residir no se encuentra lejos de aquí, hacia… Villadiego… Si es que hablamos de la misma persona…

Un brusco golpe de viento hinchó la tela de la tienda hacia el cielo. Durante algunos instantes el emperador estuvo como desamparado. Después se rehízo dirigiendo su mirada a la montaña, detrás de la cual uno podía llegar a Villadiego; pero la idea misma de cruzase con ese erudito le parecía de repente poco deseable.

—Os agradezco vuestra ayuda… —murmuró esbozando un pequeño gesto con la mano para animar al relojero a desaparecer más deprisa.

Un instante después veía cómo el astrónomo caminaba bordeando el muro de una vieja construcción, llevándose consigo sus lecciones y sus reproches a la tenue luz de esa extraña mañana.

XXX

Se quedó varios días en la corte de Valladolid, atrapado por las festividades y celebraciones. Recibió por primera vez a los embajadores de Felipe, llegados para pedirle consejo sobre la guerra de Italia. Y les había recomendado no firmar el menor tratado con el papa. También había aprovechado para despedir a otra parte de su casa: los gentilhombres venidos desde Flandes, que temían alejarse demasiado de los fríos del invierno, se mostraron aliviados al no tener que continuar su viaje más al sur.

Después dijo adiós a su hija, Juana, que se encargaba de la regencia durante la ausencia de Felipe, y a sus hermanas, que habían tanto llorado en el momento de abandonarlo que tuvo la impresión de estar asistiendo a su entierro.

La litera imperial se había puesto de nuevo en marcha para recorrer la segunda mitad del camino, penetrar en las profundidades de España, allí donde el reino se perdía en bosques de olivos, donde la sequedad borraba hasta el recuerdo de los reyes. Con la única escolta de un centenar de servidores y el mal humor del coronel Quijada, cuya figura se ensombrecía un poco más cada jornada, conforme avanzaban hacia el monasterio.

El coronel levantó ligeramente la cortina que protegía la litera del emperador. Vio que estaba recostado de un modo curioso: miraba hacia atrás con su catalejos, con aire de acechar la llegada de un enemigo.

—¿Pasa algo, majestad? ¿Habéis visto alguna cosa?

El ruido del viento se arremolinó entre las ruedas del vehículo. Al cabo de un momento, la voz del emperador resonó jovialmente por entre los pliegues de las cortinas de terciopelo.

—¡No! ¡Precisamente eso, querido Luis, que no veo nada!

—Sin esperar, se volvió a sentar en la litera y cerró el catalejo:

—¡Creo que esta vez por fin se ha terminado todo! —exclamó lanzando un suspiro. Después se puso a tararear una de esas músicas escuchadas en una taberna. Estaba de buen humor.

—¿Esperabais algo diferente? ¿Acaso no habéis renunciado a la escolta de vuestra hija?...

El emperador murmuró en voz baja, los cabellos despeinados por la corriente de aire que hacía oscilar las cortinas:

—Nunca se sabe, con su manía de hacerme seguir y protegerme contra Dios y la soledad... ¡Habrían podido hacerme acompañar hasta Yuste por no sé qué ejército en paralelo!

El emperador miró hacia la parte delantera del convoy. Más lejos, un monumento de piedras grises pulidas por el viento apareció al lado de un camino repleto de matorrales y hierbas altas. Encerrado por las raíces de un árbol, apenas era visible; formaba una especie de puerta que daba a un bosque de encinas verdes que conservaban todas sus hojas.

—Se diría un arco del triunfo a la entrada del bosque...

Aunque la luz era baja, el coronel quedó deslumbrado al alzar los ojos. Se colocó la mano encima de la frente:

—Son las ruinas romanas de Cáparra...

El emperador entrecerró los ojos para ver mejor. Percibió un reloj de sol en la superficie de uno de los bloques de piedra, en la parte superior del arco. Se dio cuenta de que las cifras todavía eran legibles, grabadas en el mármol. En cuanto a los signos astrológicos, eran parecidos a los de sus relojes. Nada había cambiado sobre la esfera, salvo la precisión del objeto.

La medición del tiempo había realizado progresos. Los relojeros y los astrónomos se peleaban hoy con los instrumentos, llevados por el afán de encontrar el reglaje perfecto que diera al mecanismo el ritmo más regular, y describiera la posición de las estrellas y los planetas del modo más preciso posible.

Este sencillo pensamiento siempre lo había confortado, el del dominio del tiempo y el ritmo de los días. Pero al mirar al cielo inmenso sobre él, entrevió la existencia de otros mecanismos, de cálculos más eruditos, que el propio Giovanni no sospechaba y que, de un día para otro, podrían revolucionar la relojería.

Esa visión le hizo pensar de nuevo en el astrónomo de Salamanca y en el reloj negro enfundado en un saco al fondo del baúl de viaje. ¿Por qué motivo el sabio le había puesto en guardia con tanta firmeza contra los secretos del reloj?

De golpe, alzó la cabeza y le hizo una señal a Guillaume van Male, que cabalgaba no lejos de él:

—Guillaume, me gustaría que fuerais a Villadiego...

El brujense no pudo esconder su sorpresa:

—Villadiego está justo detrás de nosotros, ¿no es cierto, majestad?

—Sí, y me gustaría que partierais ahora mismo para no perder más tiempo. Preguntad a los monjes si saben dónde se encuentra uno de los suyos... —Esperó unos instantes antes de musitar en voz más baja—:... un tal monje Della Torre. Que me digan dónde puedo encontrarlo.

Guillaume van Malle, que estaba acostumbrado a las misiones más insólitas, se puso entonces de camino sin hacer más preguntas.

XXXI

12 de noviembre

Al atravesar la sierra de Gredos y llegar al otro lado, el cortejo se internó en la perdida región de Extremadura. En esta parte del reino ni siquiera los soberanos se aventuraban, con un paisaje cuyos senderos no eran frecuentados más que por las cabras y los perros errantes, o por pobres campesinos en busca de un pedazo de tierra algo menos duro donde sembrar algunos granos de trigo. La sequedad había borrado bajo el polvo las trazas de todos los caminos, e incluso el recuerdo de las caravanas que los habían recorrido.

Somnoliento entre dos comidas, contemplaba el horizonte infinito de Castilla, ese paisaje de matas de hierba y largas mesetas. Se podían ver algunos rebaños de ovejas al fondo de la llanura, un pueblo perdido a lo lejos y la leyenda de los conquistadores flotando sobre la superficie de estas tierras como una bruma de calor. Almagro, Pizarro, Cortés... Casi todos habían nacido en esta región recóndita del reino. Esos hombres sin fortuna se habían lanzado a los océanos para huir de las privaciones de la zona, la pobreza del suelo y de sus orígenes, empujados por un instinto más fuerte que el temor a perder la vida. El recuerdo de Hernán Cortés era el más vivo de todos. Su repentina muerte había acaecido cuando acababa de nombrarlo marqués del Valle de Oaxaca, como recompensa por sus servicios. El título no le había bastado: no había soportado su desgracia y su exilio lejos de México.

El emperador se irguió en su litera. Había elegido recorrer a la inversa el trayecto de esos aventureros: éste sería su refugio.

Miró al coronel Quijada, cuya sombra cabalgaba a su lado. La austeridad de los lugares parecía contagiosa: ya eran muchas las horas que llevaba sin escuchar ningún ruido de su escolta, que se había acercado.

—¿Es Medellín el pueblo que se ve al fondo de la llanura? —preguntó de pronto para romper ese silencio de fin del mundo.

En ese instante, el mayordomo del emperador recuperó su porte de jefe de la tropa:

—Estamos cerca de pueblo que precede al paso de Tornavacas.

El emperador lo miró con asombro:

—¿El lugar de donde vuelven las vacas?

El coronel trazó un signo en dirección al cielo, como si siguiera órdenes de un poder más grande que él:

—Sí, se trata de un paso escarpado. Los campesinos de la región han recomendado a los soldados que lo evitemos. Creo que deberíamos tomar la ruta que lo rodea, es más fácil y está bien cuidada: está bien provista de agua y paja para los caballos...

El emperador respondió con una ligera mueca, mirando fijamente la montaña, a la cual no podía hacer el menor reproche.

Acostumbrado a fabricar respuestas con el silencio de su señor, el mayordomo continuó:

—Parece que nos encontramos a sólo un día de distancia...

Junto a ellos, siempre de acuerdo para quejarse, los señores de La Chaulx y de Rye se indignaron de que se les infligiera una prueba semejante a pocas leguas de la llegada. Ambos se preguntaron cómo hacer que las mulas pasaran cargadas por ese camino. Con medias palabras, todos pensaban en el equipaje más pesado y difícil de manejar: el emperador.

—¿Cuánto supondría ese desvío?

—Tres días, majestad. Lo cual también nos permitiría esperar el retorno de Guillaume van Male...

Cuando el emperador reflexionaba no hacía ruido. Se habría dicho que el viento y el bosque se hubieran callado a la vez para escucharlo pensar.

Giró de nuevo la cabeza hacia las alturas de la montaña. Ese pequeño corredor estrecho era el último paso, la última prueba antes del asalto final. Estaba impaciente por encontrarse de nuevo con Guillaume van Male; pero tampoco le disgustaba medirse con ese último obstáculo. Ese umbral que destaca entre todos y mediante el cual se termina el viaje. Las quejas de los servidores fueron justo lo bastante airadas como para indicarle el camino a seguir. El malhumor era bastante más que un desacuerdo: era el ruido de su soledad arrancada al mundo. Una ligera sonrisa apareció en sus labios.

—Ese Puerto Nuevo no me parece que tenga un aspecto tan terrible... ¡Franqueemos el paso de inmediato! Guillaume se encontrará con nosotros al otro lado.

Quijada posó una larga mirada en su señor y después guardó silencio. Como antaño, se contentaría con obedecer. Con un gesto se volvió a montar en su caballo y dio la señal de marcha a sus hombres.

La caravana se volvió a poner en camino una hora después, bajo la lluvia. Nubes negras se acumulaban sobre la montaña.

La senda para acceder al paso era tan estrecha que dos hombres no podían avanzar con sus cabalgaduras a la vez. Los mejores jinetes se habían quedado sobre sus monturas, mientras que las demás cargaban los paquetes, los baúles y las cosas más valiosas. Para asegurarse el paso, el emperador se había subido a la espalda de uno de sus porteadores. Llevada por dos hombres, la litera que contenía el cofre de reliquias y el reloj negro lo precedía unos metros. Había insistido en que sus cosas más valiosas cabalgaran delante de él. Tenía la mirada fija en el cofre donde había sido enterrado el reloj negro para no ver el precipicio que bordeaba el estrecho camino.

Al cabo de media hora de ruta, hicieron una breve parada entre las piedras. Los rayos de una tormenta lejana comenzaban a acercarse. Llenaban el cielo de alocadas estrías de luz, que zigzagueaban por entre las montañas. El emperador miró a lo lejos, respirando el viento. Un olor húmedo se mezclaba con el aire venido de lejos. Le faltaba al menos una hora de marcha antes de alcanzar la cima.

La columna se estiraba por el flanco de la montaña al capricho imprevisible de la pared. Este paisaje vertical parecía pesar con todas sus rocas sobre los hombros de cada uno. A medida que avanzaban hacia la cima, Quijada se ponía más y más nervioso. Había desmontado y ahora guiaba a su caballo de la brida. Su gran mano enguantada palmeaba a menudo el cuello del animal, cuyo ojo izquierdo había cegado con una seda. Era una vieja regla de guarnición. Los caballos jamás debían mirar el vacío.

Cuando las primeras gotas de lluvia comenzaron a caer, Quijada alzó la visera de su casco para ver mejor. La tormenta se acercaba. Una inmensa nube violeta había ocupado todo el cielo. Daba vueltas por entre las paredes el paso, cuya cima se encontraba anegada por las volutas negras. De repente, un relámpago fulgurante, venido de no se sabía dónde, rasgó la nube. Quijada agarró más fuerte la brida de su caballo y lo acercó a la pared. Había recuperado sus reflejos de hombre de armas.

Se giró para ver si el emperador y su porteador seguían tras él. Ya hacía muchos minutos que no los veía. Se quitó el casco e hizo visera con la mano para escrutar el camino hacia abajo. No se veía a tres metros. Entre las gotas, rozando las rocas, vio bambolearse la litera del emperador, cuyas cortinas revoloteaban con el viento; ocultaban al resto de la tropa. Sólo se escuchaban los relinchos de los caballos. Deslumbrado por los relámpagos, el coronel estuvo a punto de soltar su montura e ir a ver qué pasaba cuando percibió el busto de un hombre doblado sobre sí mismo por el peso de su carga: justo por encima de su hombro se podía distinguir la figura del emperador, tocado con su gorro empapado de agua, la barba mojada, cubierto de mantas y pieles; el porteador del emperador, un gigante númida, avanzaba con paso rápido para evitar perder el equilibrio. En cuanto se tranquilizó, Quijada se volvió a poner en marcha sintiendo que el barro comenzaba a atrapar sus pasos.

Cuando por fin llegaron a la cima vio la cara sur de la montaña, todavía más abrupta. Hubiera sido necesario detenerse y partir cuando el tiempo hubiera mejorado, pero no había ningún lugar donde esperar, ni el menor terraplén para sentarse, ni siquiera bajo la lluvia. Y la tormenta se aproximaba. Las coladas de barro comenzaban a bajar la pendiente, aspirando la lluvia hasta el fondo del valle. De repente, un rayo cayó justo delante de él. Sobre ese promontorio, el cortejo atraería a la tormenta.

—¡Apresuraos! ¡No os quedéis en lo alto de esa cresta! —gritó al resto del convoy, encontrado en el fondo de su pecho su énfasis de jefe marcial.

Tras él, el convoy aceleró su marcha, pero no lo bastante deprisa. Cuando los amenazaban, los hombres ralentizaban sus pasos. Era un reflejo extraño que ya había observado otras veces. El coronel se secó el rostro cubierto de lluvia. Retrocedió para buscar al emperador y llevarlo él mismo a su espalda. De repente escuchó un grito. Después, la conmoción de un derrumbe amortiguada por el ruido de la lluvia y la tormenta. Se precipitó al otro lado de la montaña y vio la litera atrapada entre dos rocas.

—¡Coronel! —gritó uno de los porteadores mientras intentaba ayudar a su camarada.

El hombre había caído en una grieta. Se mantenía en equilibrio por encima del vacío, con el rostro cubierto de sangre. El coronel verificó de un vistazo que el emperador seguía a la espalda de su porteador antes de gritar al resto de la tropa:

—¡No podemos detenernos, es demasiado peligroso!

El emperador apenas tuvo tiempo de abrir la boca para protestar.

De repente, otro rayo atravesó el horizonte para ir a caer justo ante sus ojos en el pico que había impedido la caída del porteador. La roca se partió en dos y el hombre se precipitó al vacío, arrastrando la litera con él.

El emperador se inclinó por encima del hombro de su porteador y percibió fugitivamente su silla con cortinas, cuya tela continuaba flotando en el vacío. El hombre estuvo a punto de caerse a su vez antes de apoyarse contra la roca. Hasta donde su vista pudo alcanzar, el emperador había asistido al drama: el reloj negro desapareciendo en el fondo del precipicio. Temblando sobre sus piernas, el porteador no se movía, inmovilizado por la angustia. El emperador miró hacia el abismo sin ver nada. La estupefacción había triunfado sobre el miedo. Hizo un signo de la cruz por encima de la cabeza de su porteador sin dejar de mirar la pared barrida por la lluvia. Cuando se les unieron los demás miembros del cortejo no intercambiaron ni una palabra; pues la noche era demasiado negra y la tempestad demasiado violenta como para ahondar en el acontecimiento; el viento barría la aflicción y la tristeza.

Y, como si la muerte y la esperanza hubieran sido absorbidas por el abismo, como si nada hubiera sucedido, el convoy retomó su marcha al otro lado de la montaña.

XXXII

Algunos días más tarde, los muros almenados de la fortaleza de Jarandilla surgieron en el horizonte, dispuestos en el aire como un pequeño milagro de piedras y matacanes. La tristeza y la duda de los miembros de la caravana desaparecieron en un instante: la alegría de haber casi llegado a su destino se llevó las últimas nubes de la tempestad. Cuando estaban juntos, los hombres tenían corta la memoria.

Dos guardias habían sido enviados para dar sepultura al porteador de la litera y hacer que se dijera una misa en el pueblo vecino; pero nadie hablaba ya del accidente ni del interminable viaje.

Mientras inspeccionaba dos relojes de resorte, el emperador contemplaba el jardín de viñas y castaños; el ruido de una lejana caída de agua hacía vibrar el aire y la luz en torno a cada hoja de árbol y cada brizna de hierba. Tras haber sido un monumento de guerra, la fortaleza de Jarandilla se había convertido en un remanso de paz y silencio; piedras pesadas, muros gruesos y torres guardaban el recuerdo de la reconquista católica contra los ocupantes árabes. Este alto no debía durar sino unos días a la espera de que terminaran al fin los últimos trabajos y los preparativos en el monasterio.

Alzó la cabeza tras haber vuelto a colocar una pieza pequeña en el fondo de la caja que tenía entre las manos, y lanzó un suspiro al mirar la esfera del reloj con pesas. Círculos simples, ruedas dentadas que se arrastraban las unas a las otras sin causar problemas; la Tierra en el centro de la esfera, un Sol y unos planetas que giran al ritmo previsible de los días.

Giovanni se acercó de nuevo:

—¿Os puedo ayudar, majestad?

Había planteado la pregunta casi cantando, con un acento tan pronunciado que parecía capaz de crear autómatas sólo con su voz.

—¡No es necesario! —el artesano cremonés se sobresaltó—. Quiero decir que este mecanismo no me plantea ninguna dificultad... —dijo alejando la pieza de relojería que brillaba sobre la mesa.

La esfera misteriosa del reloj negro no dejaba de atormentar sus pensamientos. Dejó la pinza antes de mirar por la ventana. En la víspera, uno de los guardias le había anunciado que el cofre probablemente se hubiera roto al caer contra el fondo del abismo. Los restos de los objetos que contenía serían inencontrables, diseminados entre las piedras. La noticia le había afectado más de lo que había pensado. El objeto perdido había dejado una especie de vacío, como la ausencia de una persona importante. Se acabó el misterio, se terminó la esfera enigmática y, sobre todo, las esperanzas de dilucidar ese mecanismo impenetrable. Ese curioso objeto se había llevado en su caída todos sus secretos.

En comparación, las demás piezas le parecían fáciles de desmontar, sin gran interés. Descifradas con demasiada rapidez.

En ese instante, el sonido de una voz familiar se hizo escuchar; un timbre reconocible entre todos porque tenía por costumbre leerle. Alzando un ojo de la mesa de trabajo, percibió la figura de su ayuda de cámara, a quien casi había olvidado. De repente, la presencia de Van Male le llenó de alegría.

—¡Caramba, Guillaume, sí que habéis necesitado tiempo para regresar con nosotros! —No le dejó tiempo para abrir la boca—: Desgraciadamente, me temo que ya sea demasiado tarde...

Guillaume van Male estaba delante de él con su figura simple y su aire un tanto soñador.

—Majestad, perdonadme, pero hube de esperar a que el superior de la comunidad regresara de un viaje: ha sido él quien me informó sobre el monje Della Torre...

El emperador volvió a enfrascarse en su trabajo: ¿qué le importaba ya encontrar al monje Della Torre, saber qué significaba la inscripción latina del fondo de su caja? Mientras miraba con el rabillo del ojo al servidor inmóvil en medio de la habitación, dudaba si despedirlo. Tuvo casi piedad de su rostro descompuesto. Un resto de curiosidad por ese relojero tan buscado terminó por hacerle levantar la cabeza.

—¿Y qué te ha dicho?

Guillaume van Male alzó los brazos antes de dejarlos caer con desespero. Hablaba sin aliento, como si esa revelación le impidiera respirar:

—No sabe con seguridad dónde se encuentra…

Las palabras del ayuda de cámara retuvieron su atención.

—¿Está vivo entonces?

Una ceja se había curvado, cual signo de interrogación, sobre su rostro. Ya había llevado a cabo varios interrogatorios con apenas mover la frente. A menudo se aprendía mucho más guardando silencio.

—No está claro, majestad… Parece que el monje abandonó el monasterio, donde todavía se encontraba hace unos meses, para dirigirse a Córdoba… El ecónomo no ha vuelto a tener ninguna noticia…

Sintió cómo crecía en él una cólera antigua, violenta, que antaño lo llevaba a la cabeza de sus tropas, sin temer nunca resultar herido.

—¿Es todo lo que te ha dicho? —el ayuda de cámara se puso rojo—. Bueno, como te decía, ahora ya no tiene importancia. El mecanismo del que podría ser el autor ha desaparecido.

Guillaume van Male parecía contrariado. Le había cogido el gusto a esa pequeña investigación. Dio un paso hacia él.

—Podríamos enviar a alguien a Córdoba para que se informara sobre ese relojero…

A un lado, Giovanni no dejaba de fastidiar el vacío con sus trapos y sus autómatas. En voz baja, como si hablara consigo mismo, soltó:

—Es buena cosa, majestad, que ese objeto haya desaparecido… Ese reloj mal montado no puede traeros sino contrariedades.

El relojero estaba convencido de que ese objeto contenía un mecanismo defectuoso, que no ocultaba ningún secreto en el interior de su caja.

Mesándose las barbas, con la mirada azul en el vacío, el emperador permaneció un largo momento contemplando el cielo. En vísperas de entrar en el monasterio de Yuste, quizá hubiera que tomar como un signo esa desaparición.

—Sin duda tienes razón… —murmuró.

Después se volvió hacia Guillaume van Male:

—Gracias, Guillaume, eso no será necesario.

XXXIII

Al principio no se trató sino de un ligero tumulto en la superficie del aire, como una nube de mosquitas suspendidas encima del agua en verano.

Un embajador se presentaba en la puerta de la fortaleza de Jarandilla, un despacho llegaba en pleno mediodía sin hacerse anunciar, los cascos de los caballos resonaban en el patio, como los de un animal que tuviera prisa. Los asuntos del mundo hallaban su camino hasta él, buscando su consejo y su punto de vista por un motivo u otro. La musiquilla de la autoridad y el poder se dejaba oír de nuevo; tenía un sonido diferente, más sutil y lejano, pero no dejaba de estar ahí, mezclado con el silencio y la calma de los jardines de la vieja fortaleza.

Había comenzado respondiendo a las demandas más urgentes, rectificando los primeros errores cometidos en su ausencia, la cual había dado campo libre a algunas acciones nefastas. Había que calcular las fechas, tener en cuenta la nueva distancia que tenían que recorrer sus correos, adelantarse a los gestos de sus adversarios, anticipar las maniobras enemigas, remontar el tiempo a base de artimañas e intuiciones.

Había que aprovechar los últimos días antes de ingresar en el monasterio, para arreglar esos detalles; estar seguro de que su retiro no se vería perturbado por nuevas amenazas, esperar el despacho de Fernando anunciándole la convocatoria de la Dieta del Imperio que lo elegiría en su lugar.

Y entre correo y correo era necesario darle cuerda a los relojes.

Desde hacía unos minutos comenzaba a impacientarse. La suela de su zapato golpeaba contra las patas de la mesa. A un ritmo regular, pero cada vez más fuerte. Se mordía el labio hasta hacerse sangre para no perder la concentración. Era la tercera vez que intentaba enganchar el resorte en torno a la virola del reloj bizantino sin conseguirlo.

Resultó un alivio escuchar a Martín de Gaztelu entrar en la habitación.

—¿Hay correo esta mañana, Martín?

—Un despacho del duque de Alba… y una carta del responsable de la Casa de Contratación que anuncia la cantidad de oro que ha podido conseguir de los navíos cargados de oro llegados este año desde América.

El emperador miró fijamente el trozo de metal enrollado en torno a una pequeña lámina. El mecanismo no era muy distinto de esas situaciones intrincadas en las que el núcleo parecía siempre tan inaccesible tras años de litigios. Quizá hubiera debido inspirarse más en esas conexiones para desentrañar los problemas.

Frente a su silencio, el secretario añadió:

—Pero supongo que vuestra majestad no desea conocerlos antes de sus devociones de la tarde…

El emperador asintió con la cabeza sin dejar de inspeccionar el trabajo que tenía entre manos.

—¡Empieza por leerme la carta del duque de Alba!

El duque de Alba y su ejército estaban en los alrededores de Roma, donde había derrotado a los soldados del papa. Se quejaba de haber tenido que firmar una tregua, a petición de Felipe, con el capitán del ejército pontificio. Alertaba sobre las malas intenciones del pontífice, que quería aprovechar el parón en los combates para ganar tiempo, a la espera de los refuerzos del ejército del duque de Guise.

Antes incluso de que su secretario hubiera terminado la lectura de la carta, dejó lo que estaba haciendo y golpeó con el puño en la mesa, haciendo que todos los relojes colocados en un ejército de esferas a lo largo de la pared dieran un respingo.

—¿Una tregua? ¡¿Cómo es que Felipe ha firmado una tregua con ese bandido de Carafa?!

El coronel, que siempre se adelantaba a las cóleras del emperador, ya estaba en la habitación. Había percibido su cambio de humor respecto a los asuntos del mundo. Y, aunque ya no dudaba de su próximo ingreso en el monasterio, este interés renacido había hecho surgir una especie de esperanza.

—¿Qué sucede, majestad?

El crepitar de las llamas vacilaba al fondo de la chimenea. Iluminaban su rostro de un modo extraño.

—En el día que estamos, el ejército de Francisco de Lorena debe de haber invadido ya el ducado de Milán. En cuanto a los ejércitos franceses, deben de haber llegado ya a nuestras fronteras…

Con aire alucinado miraba fijamente delante de él, como si las consecuencias de esa alianza acabaran de aparecérsele sobre el muro de la habitación.

—Vuestra majestad todavía puede avisar a la regente para que refuerce las fronteras…

Seguía mirando el muro de la gran habitación que le servía de despacho.

—Deben de prepararse para una ofensiva en primavera…

Después, de golpe, alejó la bandeja. Una de las copas se cayó al suelo.

—Dame recado de escribir.

Al escuchar esas palabras, Martín de Gaztelu se transformó en una corriente de aire de plumas y pergaminos, de pequeños gestos al servicio del emperador.

Durante una hora, no dejó de redactar correos. Ordenando, releyendo, dictando frases y consejos a Felipe, a la regente, al duque de Alba, al embajador Vázquez en Valladolid, a Ruy Gómez, el embajador de Felipe.

Había que reforzar la defensa de las fronteras desde Navarra hasta África. Defender la plaza fuerte de Orán, que permitía controlar todo el Mediterráneo. Armar la frontera de los Países Bajos. Dividir el ejército de Flandes. Dejar caer algunas amenazas aquí y allí, en frentes contrarios, para engañar al enemigo.

Cuando hubo terminado de enviar sus directivas, apenas se sintió mejor, adivinando que este asunto no se detendría en las fronteras del monasterio.

En ese instante se dejaron escuchar unos pasos en el corredor, un ruido reconocible entre todos, el golpeteo de las sandalias de los monjes sobre el entablado.

El hermano Martín de Angulo, prior del monasterio de Yuste, y el hermano Juan de Regla, quien sería su confesor, penetraron en la habitación. El coronel Quijada cerraba la marcha.

Los dos monjes de la orden de San Jerónimo se aproximaron, con la espalda curvada por el peso de su recogimiento, las manos juntas en una oración perpetua. En un instante, el roce de sus hábitos grises se había expandido por toda la estancia, haciendo que el monasterio entrara en las paredes paneladas de la habitación. La simple visión de esa tela rugosa de la que emanaba tanta santidad y devoción le reconfortó.

—Hermanos, estoy feliz de veros aquí. —A lo que añadió con aire amable—: Pero pronto seré más feliz al estar entre vosotros...

El prior del monasterio jerónimo cerró los ojos antes de tomar la palabra con voz calmada.

—Majestad... —el monje se rehízo bajando los ojos al suelo, de donde parecía sacar reservas de humildad—...Hermano, estamos aquí para avisaros de que los trabajos han concluido. Podéis trasladaros en cuanto lo deseéis —hizo una pausa, dejando que su mirada recorriera las estancias ricamente decoradas—. Evidentemente, puede que nuestra modesta morada os parezca muy austera...

—Eso es, precisamente, a lo que más aspiro... El tiempo de reunir algunas cosas y estaremos con vosotros mañana por la tarde.

Un gesto hacia el coronel Quijada para verificar que todo estaba en orden. El mayordomo parecía tan abatido como si le acabaran de anunciar la muerte de uno de sus soldados. Sin mover ni una pestaña, miraba a los religiosos con su hábito; su aspecto rígido, claro y limpio parecía contradecir el de los monjes, cuya figura no era sino circunvalación y disimulo.

—Me da la impresión de que tenemos mucho que hacer como para preparar nuestra partida para mañana... —dijo.

Mientras el confesor se arrodillaba, el prior se detuvo delante de la colección de relojes, dispuesta en una mesa cerca de la ventana.

—¿Qué son todos estos objetos de valor?

El emperador se giró hacia la mesa de trabajo para contemplar las piezas de su colección y unió las manos en signo de humildad.

—Hermano, no son sino algunos relojes...

El monje no pareció satisfecho con su respuesta y continuó rodeando la mesa, como si buscara algo. Dijo con voz cautelosa:

—¿Acaso pensáis necesitar medir así todas las horas de vuestro retiro?

El emperador sonrió, con aire falsamente culpable:

—Padre, no son sino algunos mecanismos que me gusta montar y desmontar... ninguno de esos relojes me sirve para saber la hora... —antes de continuar—: Para las horas seguiré, evidentemente, la única campana de vuestra iglesia...

El prior asintió con la cabeza, inclinando el rostro con benevolencia.

—Concedemos mucha importancia a la serenidad de nuestros hermanos... Y, por el bien de nuestra comunidad, deseamos que esos objetos mecánicos no sean demasiado... visibles.

El emperador asintió dulcemente con la cabeza. Lejos de disgustarle, esos comentarios eran anunciadores de un inmenso beneficio, el de esa servidumbre voluntaria a la que aspiraba desde hacía meses.

Algunos instantes después, los dos monjes abandonaron el lugar. Contempló sus aposentos, haciendo un brusco inventario de las fuerzas presentes antes de su último viaje. Se sentía un poco al borde del mundo, a punto de llegar a un territorio de otra naturaleza, lejano y próximo a la vez.

Giovanni había comenzado a empaquetar las piezas de su colección. En la repentina calma de sus estancias, el recuerdo del reloj negro brotó de golpe en su pensamiento. Se felicitó por su desaparición providencial. Donde quiera que se encontrara, el monje no habría tenido tiempo, antes de su entrada en el monasterio, de revelarle el secreto de ese extraño objeto.

Su mirada se deslizó lentamente a lo largo de las piedras en seco de la campana de la inmensa chimenea gótica en medio de la estancia. Sólo una cosa le preocupaba. Fernando no había mantenido su promesa. Entraría en el monasterio con su título de emperador encasquetado. Respiró profundamente antes de cerrar los ojos. ¿Ya que había de renunciar a todo, debería también renunciar a esa última desposesión?

XXXIV

3 de febrero de 1557

E l trayecto para llegar al monasterio de Yuste duró más de lo que había pensado. Ya eran las cinco de la tarde cuando se aproximaban al mismo. Se sabía de la cercanía por las colinas, por el espesor de la bruma que sepultaba progresivamente el paisaje en una especie de trasmundo o de país fantasma; pero, sobre todo, por el silencio. El entorno cercano al monasterio era tranquilo, más tranquilo que todos los territorios atravesados durante ese periplo: el silencio de los monjes era contagioso, irradiaba desde las cercanías del recinto como una honda bienhechora.

Detrás del emperador, el convoy continuaba. Entre los servidores aún presentes, unos cincuenta habían sido designados para vivir a su lado. Una pequeña corte —la más modesta posible— para asegurar la intendencia: ocuparse de la casa, de la cocina, de los gastos.

En torno a ellos soplaba el viento; un viento glacial que hacía dudar de todo. Atrapada por el frío y las dudas, la guardia cercana no decía ni una palabra.

El emperador se asomó por encima de la barrera para ver mejor el color del aire, sentir el olor del sotobosque. Se volvió hacia el coronel, que cabalgaba a su lado.

—Esta región me parece magnífica... ¿no creéis?

Junto a él, Quijada no era sino un concentrado de silencio, un aliento de desaprobación.

—Ciertamente, majestad, aunque me parece que no es aquí donde encontraréis el calor que mejore vuestro reumatismo.

El comentario del coronel se lo llevó el ruido de las campanas de una capilla. El monasterio no estaba sino a unos centenares de metros. Percibió primero una forma oscura al fondo del bosque, después un halo de luz entre los árboles. Al cabo de un momento que le pareció muy largo vio una puerta de hierro forjado; después, el muro que encerraba el monasterio.

Las rejas estaban abiertas. Cuando entraron, vieron dos figuras en medio del patio, la del prior y la de su confesor. Parecían golpeadas por la oscuridad del final de la tarde, alzadas de la tierra por el roce de sus hábitos. El cuello blanco de sus capuchones se dibujaba en la sombra.

Al avanzar, otras figuras aparecieron a su alrededor. Diseminados al pie de los edificios, cerca de las escaleras o bajo los naranjos, los monjes de la comunidad llenaban el patio como un ejército en oración. Cuando la litera del emperador se detuvo, sus voces frescas y puras se alzaron en el patio, cantando un *Te Deum laudamus* al sonido de las campanas y los tubos del órgano.

El prior del monasterio avanzó tras su antorcha. Con aire emocionado, vestido con su manto, se acercó hasta él para besarle la mano, antes de añadir:

—Vuestra paternidad... os doy la bienvenida al monasterio de Yuste—el monje se contuvo al observar la mirada desaprobadora de Quijada—... Vuestra majestad...

El ecónomo había realizado un gesto amplio para señalar al resto de la comunidad que estaba en el patio, especie de ejército en hábito, listo para tomar mediante la oración el relevo de la tropa de alabarderos armados.

Comenzaron de nuevo a cantar, con las antorchas en la mano y la mirada perdida en el cielo oscuro.

Cada uno de ellos había sido elegido por el superior de la orden por sus cualidades intelectuales, pero también por su talento como músico. Nada se había dejado al azar: una especie de partitura espiritual había sido compuesta con antelación para ayudar al nuevo huésped de esos lugares a lograr su retiro y a consagrarse plenamente a la salvación de su alma.

Los alabarderos estaban cerca de la reja, sorprendidos de haber podido penetrar con tanta facilidad en la residencia final de su señor, vagamente decepcionados por este último combate que no era tal.

Un pequeño grupo de monjes robustos y rápidos se había desgajado de la procesión para dirigirse hacia él: alzándolo por encima de sus hombros lo colocaron sobre una silla alta.

A su paso, poco interesados en la descarga del equipaje del séquito, empujaron al coronel Quijada, que se aprestaba a cargar con uno de los baúles. Éste alzó la cabeza, siguiendo desconfiado el baile de hábitos, como si los monjes se estuvieran aprestando a robarle algo.

Cerca de la iglesia, el emperador se volvió hacia sus tropas. El aire de montaña había fijado las lanzas de los soldados y los hábitos de los monjes en un perpetuo recordatorio del invierno.

El viento helado que barría sus rostros le recordó las batallas, los campamentos improvisados, las noches de espera en el barro. Sólo la iglesia iluminada continuaba arrojando luz sobre el patio, aportando calidez a su despedida.

—Mis fieles compañeros, nuestros caminos se separan ahora. Ya os he dicho todo lo que os debo. No estéis tristes.

Sintió cómo se le hacía un nudo en la garganta y dejó que su mirada cargada de nostalgia recorriera a esos hombres que tan bien le habían servido. El recuerdo de todas las batallas que habían combatido juntos hizo que de golpe le entraran unas ganas fugaces de abandonar el monasterio, regresar al mundo y partir de nuevo al asalto de algún país lejano. Como durante su juventud.

Un dolor le hizo poner una mueca cuando se levantaba de su asiento. En adelante tendría que enfrentarse a un enemigo mucho más temible que todos aquellos a los que había tenido que enfrentarse. Lanzó un profundo suspiro e hizo una señal a sus porteadores. Viendo que un monje un tanto débil intentaba hacerse cargo del cofre con sus relojes, se inclino hacia él y susurró:

—¡Con cuidado! Contiene algunos recuerdos a los que todavía les tengo cariño…

Apresurados por el viento que hinchaba sus hábitos por encima del adoquinado, los cuatro monjes trasladaron al emperador hasta la entrada de la iglesia mientras los otros se reunían a ambos lados de una larga alfombra desenrollada hasta los escalones del edificio. Formaron un pasillo hasta el altar, donde se iba a celebrar una misa de inmediato.

Había llegado el momento de separarse. En ese instante, muchos guardias dejaron caer sus armas, como si de repente se enfrentaran a una inmensa derrota, una debacle sin condiciones. Para reconfortarlos, el emperador dejó que sus soldados le besaran las manos encogidas.

Sentado en su silla, pese al frío y al viento, se mantuvo mirando a sus tropas abandonar el lugar y diciéndoles adiós, una última vez, en silencio. Para asegurarse de que todos habían partido, pero sobre todo de que la pesada reja de hierro forjado se cerraba sobre él, permaneció algunos instantes observando el recinto, tranquilizado por esa espesa muralla que, en adelante, lo separaba del resto del mundo.

XXXV

Febrero de 1557

Como cada mañana desde su llegada al monasterio, el emperador esperaba la visita de su confesor y su relojero. Tenía un encuentro con sus faltas a primera hora del día para poder tener el espíritu tranquilo y seguidamente consagrarse a sus relojes.

La campana de la iglesia que anunciaba el comienzo del oficio de Laudes lo había despertado a las seis de la mañana. Un poco antes, los pasos de los monjes que preparaban la misa se habían dejado escuchar en el hueco de su oreja, entre las plumas de su almohada, como una música dichosa.

La villa había sido construida contra el flanco sur de la iglesia del monasterio. Los edificios se comunicaban gracias a un delgado tabique que le permitía seguir las ceremonias desde su lecho. Así podía vivir al ritmo de las misas, escuchar los cantos de los monjes, dormirse con sus voces, intercambiar el aliento de su respiración por el del Espíritu Santo en una especie de confesión permanente. Su lecho con dosel se balanceaba de una misa a otra como una gigantesca hamaca suspendida en un altar.

Dormitaba entre las sombras de su habitación, disfrutando de la felicidad de estar finalmente solo, lejos de todo. Cada mueble, cada cuadro, había sido elegido para acompañarlo en esa soledad: esos objetos tenían un lugar muy concreto en la geografía de sus recuerdos, esa memoria que mantenía en equilibrio en los límites de su conciencia para no turbar su viaje interior.

Las habitaciones que ocupaban eran un pequeño museo dedicado a su persona, una conmemoración de su vida: las estancias habían sido cubiertas por una tela negra como sus vestidos de duelo, mientras que tapices de Flandes con hojas de aristoloquia, retratos de Isabel, de Felipe, de Margarita y de sus hermanas habían sido colgados de las paredes. E incluso un gran cuadro de Francisco I, cuyo rostro severo, girado en tres cuartos, parecía espiarlo a lo largo de la jornada. A fin de cuentas, todos esos personajes ya le gustaban más desde lejos. Su figura bastaba para restituir su presencia: habían acaparado demasiado su existencia y sus pensamientos.

Por último, el reloj de los duques de Borgoña había terminado en medio de una cómoda de nogal como una reliquia familiar imposible de ser legada.

Unos pasos se dejaron escuchar en la escalera: se enderezó sobre su lecho y cogió su traje de terciopelo. A pesar de un dolor en las piernas hizo el esfuerzo de levantarse e instalarse en su sillón. Había que tener buen aspecto frente a ese monje cuyo rigor y severidad le impresionaban.

—Entrad, os esperaba.

Según un ritual bien definido, Juan de Regla entró en la habitación y fue a descorrer las cortinas sin pronunciar una palabra. Por la ventana se veían los fantasmas apresurados de la noche: ulular de búhos, roces de árboles y arbustos, montañas que se alzaban. El día apenas comenzaba a desperezarse, una bruma rosa se desvanecía tras los árboles: era necesario despejar el horizonte, despertar su fervor dormido.

—¿Por qué texto queréis comenzar esta mañana? —preguntó el emperador atrapando uno de sus pares de gafas para ver mejor los misterios que le iba a leer.

Cerca del lecho, Juan de Regla se inclinó hacia su Biblia, cuyas muy deterioradas páginas señalaban sus muchas lecturas.

—Un pasaje de la Epístola a los Corintios que se corresponde muy bien con nuestro sermón de ayer tarde... —susurró pasando las hojas del libro con mano experta.

El emperador observó con placer sus gestos ordenados y metódicos, su porte firme y mesurado, como si difundiera una especie de redención cotidiana. Su piel era tan transparente y fina que dejaba ver su alma. De origen modesto, este monje había ascendido a la cima de la jerarquía religiosa por su piedad y a fuerza de trabajo duro. El resto de su aspecto, sus labios delgados, sus párpados ágiles, sus mejillas hundidas, parecía haberse olvidado por completo de ese combate puramente terrestre. Había sido civilizado por los concilios, las discusiones teológicas y las lecturas bíblicas.

Quiso volver a decirle lo orgulloso que estaba de tenerlo a su lado para guiarlo en su retiro:

—Padre, no quisiera incomodaros, pero sabed que cada día me felicito de teneros como guía de conciencia...

Ni una pestaña se movió, ni un rubor tiñó el rostro del monje, cuyas mejillas eran tan incorruptibles como su alma. Trazó un breve signo de la cruz y se sentó en el borde del asiento, como al filo de un precipicio de tormentos. Impresionado por su rigor, el emperador se sintió de golpe molesto por la vanidad y futilidad de su existencia.

—Padre, todavía no hemos tenido ocasión de hablar; pero sabed que antes de venir aquí me ocupé de liberar mi conciencia de mis más pesados pecados junto a cinco teólogos canónigos... —como el prelado no pareció contento con su confesión, el emperador dejó salir otra frase de su rosario—: De modo que llego a este monasterio con el alma más ligera... —un nuevo silencio. Tomó esta ausencia de respuesta como una especie de absolución y murmuró con voz jovial—: No tendréis que ocuparos sino de asuntos corrientes...

El monje gruñó entonces con voz dulce y amenazadora a la vez:

—Sabed, hijo mío, que es en los recovecos de las cosas pequeñas donde se ocultan en ocasiones las grandes faltas...

El emperador echó hacia atrás la parte superior de su cuerpo, ligeramente sorprendido por esas palabras, las cuales encajaban perfectamente con la perfección del lugar, con su capacidad para protegerlo del mundo y de sí mismo.

Se giró hacia ese *ecce homo* que se había asentado cerca de su lecho, para después mascullar entre dientes, con voz casi apagada, por no despertar esas fuerzas oscuras que pensaba haber dejado tras él:

—¿Pensáis en algo concreto?

El confesor esbozó una pequeña sonrisa impenetrable.

—Es en el fondo de vuestra alma donde habéis de buscar esos pecados. Estoy aquí para ayudaros a expulsarlos... —el emperador sintió una mezcla de alegría e inquietud. Permaneció silencioso. El rigor de este monje iba más allá de sus expectativas. Éste continuó, casi cómplice—: El arzobispo de Sevilla ha publicado unas nuevas reglas que pueden ayudar a diferenciar el bien del mal... Podría compartirlas con vos, si lo deseáis.

El emperador no respondió. La sombra severa del arzobispo de Sevilla alcanzaba hasta aquí: le habían hablado de su dureza en muchas ocasiones. Con la edad, la radical ambición del prelado se había vuelto desmesurada. Por más que el pueblo no apreciara demasiado su nueva política, el arzobispo era muy estimado por el cuerpo eclesiástico. Tras toser, el emperador preguntó prudentemente:

—Ese misionero de la Iglesia, ¿no va un poco lejos con sus certificados de limpieza de sangre?

Por orden del arzobispo, sólo se entregaban certificados a las personas capaces de aportar pruebas de que no se podía encontrar ni un judío ni un musulmán entre sus antepasados.

—Un exceso de tolerancia concede vía libre a derivas funestas... Fernando de Valdés y Salas se enfrenta hoy a nuevas herejías que combate vigorosamente y con más severidad que sus predecesores. Era necesario volver a hacerse con las riendas.

En ese momento, el emperador se acordó del discurso de don Pedro en Bruselas, poco antes de su abdicación de la corona de Castilla. ¿Debía correr el riesgo de llamar su atención al respecto? Pese a sus temores, preguntó:

—También he escuchado hablar de su persecución de relojeros sacrílegos, autores de objetos heréticos... ¿Consideráis que se trata de medidas justificadas?

El emperador se inclinó hacia delante para acechar sus palabras.

—¡Por supuesto! Se trata de objetos demasiado ricos en ilusión material como para no alejarnos de la verdad... —El confesor había fijado la vista sobre la cómoda donde estaba el reloj de leones, adornado de oro y pedrerías—. De hecho, me parecéis muy preocupado por esos relojes...

El emperador realizó un gesto con la mano, como si buscara justificar una falta. Con voz de arrepentimiento terminó por decir:

—No se trata más que de una pieza de la colección de mis antepasados, cuyo mecanismo es de una gran simplicidad...

El monje cerró los ojos con modestia y respeto; pero el emperador no se dejó engañar por su silencio: tras esa mirada velada había todo tipo de sospechas y preguntas disimuladas.

De repente, Giovanni llamó a la puerta. Venía a colocar un nuevo reloj en la habitación del emperador y de darle cuerda al que ya estaba en ella. La entrevista había durado más de lo habitual. El emperador le hizo signo de que podía entrar. Juan de Regla dirigió una mirada sospechosa hacia el mecánico.

—Precisamente, este artesano que habéis traído con vos, ¿no está demasiado dedicado al mantenimiento de esas obras que desafían nuestro entendimiento?

El emperador se sorprendió mintiendo.

—¡Es por completo incapaz de fabricar uno de ellos! No hace más que autómatas... —El emperador sonrió con aire sumiso: no era cuestión de perder la estima de un confesor tan intratable, que tenía la llave de su alma. —Sin duda tenéis razón, padre. Me esforzaré por no permitir que esos objetos ocupen demasiado tiempo en mis pensamientos. —Cada vez más inquieto, luego preguntó—: No obstante, ¿puedo hacer alguna visita que otra a mi taller?

Por primera vez desde el comienzo de la entrevista, una expresión más conciliadora apareció en el rostro de Juan de Regla.

—A condición de no transgredir las leyes dictadas por nuestra santa madre Iglesia.

En ese instante, el coronel Quijada llamó a la puerta de la habitación para anunciar el almuerzo.

El confesor cerró su libro, no sin haber marcado la página con un pequeño pedazo de tela, a fin de regresar posteriormente, en una continua búsqueda de la verdad.

Mientras los servidores disponían los platos a su alrededor, el emperador no pudo evitar mirar al monje desaparecer por la puerta que conducía al corazón de la iglesia. La entrevista le había dejado un regusto extraño en la boca. Incluso le había quitado el apetito. ¿Sería posible que este retiro estuviera sembrado tanto de faltas como de tramas? ¿Que este claustro sombreado por los naranjos, los castaños, los geranios y los macizos de rosas no fuera el tan esperado paraíso?

Se sorprendió entonces pensando que quizá no todos los obstáculos de su retiro habían quedado fuera de sus muros.

XXXVI

Principios de marzo de 1557

Algunas semanas habían bastado para que el emperador extendiera su imperio hasta el monasterio de Yuste.
Apenas un mes para ponerse a la cabeza de este pequeño reino
de monjes jerónimos, una tropa de clérigos orando por sus
antepasados, su casa y cualquier otra cuestión que juzgara de
la mayor importancia.

Los hermanos corrían tras los oficios desde el alba hasta la
noche, precipitándose de una misa a otra, empujados por el
torbellino de conmemoraciones.

Todos los días, sin contar los oficios regulares, se decían cuatro misas en memoria de Isabel, la de sus padres difuntos y por
él mismo; en cuanto a la misa semanal del santo sacramento,
tenía lugar el jueves al alba. Si la salud no le permitía levantarse
tan temprano, enviaba a uno de sus gentilhombres; también
había misas improvisadas, decididas el día en cuestión depen-
diendo de los acontecimientos; se rezaba para agradecer a Dios
haber concedido a Felipe la fuerza y la victoria; se rezaba por
los reyes, las reinas, los papas o por los más oscuros caballeros
del Toisón de Oro de cuya muerte se había tenido noticia.

Si bien no compartía ninguna comida con la comunidad, el
emperador se daba cuenta de que su alejamiento no era sino
una diversión: el recluso más poderoso del mundo había transformado la vida diaria de los monjes. A su pesar, pese a la soledad y el recogimiento, su autoridad emanaba de los muros de
la casa, atravesaba los de la iglesia, invadía sus conciencias y sus
cantos; su poder estaba en el aire, flotando entre los perfumes
de rosas y naranjos. Todos los días caminaba junto al edificio
principal, se detenía cerca del pozo donde los monjes iban a

buscar el agua, se sentaba sobre un pequeño banco de piedra y seguía sus idas y venidas hasta el huerto.

El único momento de reposo para los hermanos era durante su siesta o sus visitas al taller de relojería, situado en la planta baja de la villa, en una antigua leñera.

No había bajado a su taller desde la discusión que tuvo con su confesor y que tanto le afectó.

Pero, a fuerza de inquietarle, la sospechas del monje habían terminado por hacer que se sintiera más atraído por su taller. Sobre todo después de que Giovanni le hubiera mostrado una esfera celeste que se parecía en algunos detalles a su reloj negro.

Precedido por su bastón, entró en la estancia tras las celebraciones de la mañana. Un cierto desorden reinaba en el taller. Los trabajos de relojería se habían retrasado. Giovanni todavía no había terminado de verificar que sus instrumentos no hubieran sufrido demasiado durante el viaje, antes de limpiarlos y volverlos a montar. Asegurándose de paso de que, internados en Extremadura, las horas transcurrían como en otras partes.

—¿Qué estás preparando? —preguntó.

Giovanni alzó apenas la cabeza de su tarea:

—Venid a ver, majestad. Estoy especialmente orgulloso de este mecanismo.

El emperador dio algunos pasos, respirando la atmósfera cerrada del taller, que transmitía la impresión de adentrarse en el interior mismo de uno de sus preciosos relojes.

Giovanni terminaba siempre por crear pequeños revoltijos de objetos insólitos, hallazgos o autómatas propicios para la creación. Astrolabios, brújulas, relojes pequeños, relojes de arena, gafas, relojes de sol de estuco: las estanterías estaban desbordadas de objetos científicos.

Junto a esos ingenios, había improvisado una pequeña biblioteca. De sus volúmenes dos libros le impresionaban especialmente: el *Almagesto* de Ptolomeo y el *Astronomicum caesareum* de Petrus Apianus. Éste era un tratado sobre el movimiento de la Luna que había hecho decorar con cinco placas de corladura para subrayar su valor. Estas dos obras eruditas, dispuestas sobre atriles, abiertas por la mitad, difundían su ciencia por el taller.

Sobre el muro, un gran mapa del mundo daba una idea de sus posesiones: esos continentes donde se podían leer otras horas, en el mismo momento. Ya no los consideraba como territorios que explorar, sino como lejanos objetos de estudio, que podían ayudarlo a penetrar en misterios más amplios, iniciarlo en alguna revelación cósmica. ¿Cuáles eran las diferentes posiciones del Sol con respecto a la Tierra, qué desfases generaban?

Cuando llegó junto al banco de trabajo vio el autómata que Giovanni había hecho. Un pequeño personaje se inclinaba para accionar una bomba que alimentaba un molino antes de hacer bailar a una chica. Era una pieza muy sofisticada, que atestiguaba la gran agilidad mecánica de su autor. No obstante, este tipo de obras le interesaba cada vez menos. No sentía ningún interés por esas figuritas ficticias, esas interpretaciones mecánicas sin sentido.

—Dime mejor dónde se encuentra la esfera celeste *con movimiento de relojería* que me enseñaste ayer...

—¡Aquí está, majestad!

Giovanni colocó la esfera sobre una mesa antes de regresar a sus figuritas. Era una pieza muy sobria, regalada por el duque de Alba al regreso de África, para consolarlo por el fracaso del Sitio de Argel. Jamás lo hubiera traído consigo de no haber habido ese conflicto con el papa. Por superstición, había temido debilitar al señor de los ejércitos, arriesgarse a llevarle desgracias, caso de descuidar su regalo.

Se inclinó hacia el globo suspendido en el vacío que le intrigaba en grado sumo: se parecía, idéntico en todo, al reloj negro.

El emperador sintió que se le aceleraba el corazón. Podía verificar la posición de los planetas; pues, aunque por desgracia el reloj de la caja oscura hubiera desaparecido, nada le impedía intentar comprender su funcionamiento, nada se oponía a que lo comparara con otros mecanismos.

Rozó con la punta de los dedos uno de los planetas para hacerlo girar dentro del círculo fijo del Sol. La pequeña esfera que representaba la Luna detuvo su movimiento a medio recorrido. Nada grave. Bastaba simplemente con limpiar los tornillos que fijaban el globo al interior de los círculos. Excepto por ese pequeño detalle, el reloj funcionaba con normalidad. Si uno lo observaba de cerca se daba cuenta de que no podía compararse en nada con el reloj negro. Se detuvo a medio levantarse:

—Vaya, ¿has visto esto, Giovanni? —El emperador se había vuelto a inclinar sobre el objeto—: Se diría que el arco dificulta la rotación de la Tierra... —pasó un dedo sobre el cilindro—.... Incluso la esfera tiene pinta de estar partida —se irguió y cogió la herramienta que Giovanni le había dado algunos días antes—. Hay que cambiar esta pieza.

Cuando se aprestaba a desmontar el mecanismo, Giovanni se acercó:

—Dejad, majestad, os podríais herir con los pedazos de cristal...

El emperador miró su mano derecha, que sujetaba torpe el destornillador. Era la que tenía los dedos retorcidos, la más estropeada, eternamente crispada por el frío, la que en otros tiempos había sujetado la brida de su caballo. Ya no era capaz de realizar esos sencillos gestos de relojería. Dejó la herramienta, que produjo un ruido sordo al caer sobre la madera. De repente le pareció cruel no poder realizar esos movimientos de precisión, ahora que tenía todo el tiempo para consagrarse a ellos.

XXXVII

23 de marzo de 1557

Atrapados en el barro y los caminos inundados de Extremadura, los asuntos del mundo habían dado un pequeño respiro al emperador: lo habían estado buscando durante algunos meses, equivocándose de camino, perdiéndose en las montañas y los bosques de robles. Después, gracias a un tiempo más clemente y a unos cielos más despejados, habían terminado por encontrar el camino hasta Yuste.

Los primeros días suaves se habían dejado sentir a comienzos del mes de marzo y, con ellos, esa vibración en el aire, presagio de otra cosa.

Ese día, el chirrido de la reja del monasterio, herrumbrosa por las semanas de lluvia y humedad, rompió el silencio de forma más brutal de lo normal. Se dejaron oír los cascos de un caballo. Una pequeña conmoción agitó el claustro como una marejada la superficie de un mar.

El emperador, que acababa de comer en el balcón de sus aposentos, se irguió sobre su sillón.

—¿Quién es?

El mayordomo ya estaba en la habitación, atisbando a cualquier visita como si ésta pudiera liberarlo del lugar.

—Voy a ver, majestad.

El emperador se asomó un poco más, intrigado por el poco habitual movimiento. Nadie iba a Yuste por casualidad. La naturaleza disuadía rápido a los paseantes, y a cualquier otro que dispusiera de demasiado tiempo libre, de continuar su marcha hasta el recinto de los hermanos jerónimos. La marcha del caballo era viva, nada que ver con esos equinos monásticos que pateaban indolentes cerca de la bodega, esperando que se descargaran las provisiones. Se dio cuenta entonces de que se trataba de una figura familiar, envuelta en unos ropajes pesados y sedosos que le parecieron por completo diferentes de la tela de lana que llevaban los monjes: Ruy Gómez de Silva, el más cercano consejero de Felipe.

Algunos instantes después, el coronel anunció su llegada.

Al verlo entrar en sus habitaciones, tuvo una sensación muy clara de haber abandonado el mundo hacía muchos años: las botas llenas de barro del viajero, sus macizos hombros y su porte lleno de seguridad contrastaban con las frágiles y austeras figuras de los monjes, cuyos gestos aéreos casi se desgajaban de sus cuerpos.

Su espeso collar de barba reposaba sobre una gorguera blanca especialmente cargada de encajes; iba vestido con un manto de terciopelo que debió de ser brillante y delicado antes del viaje a través del continente. Con el rostro deshecho, parecía haber corrido tras la mala noticia que venía a anunciarle, para que no llegara antes que él.

El emperador se situó en su sillón antes de exclamar:

—Y bien, mi buen amigo, ¡habéis de tener consejos bien urgentes que pedirme para llegar sin haceros anunciar!

El embajador disimuló su malestar con una profunda reverencia, como si se prosternara ante el altar de una iglesia.

—Majestad, perdonad esta interrupción tan repentina de vuestro retiro… pero me temo que los acontecimientos me obligan…

El emperador se sorprendió al verlo postrarse a sus pies. En sólo unas pocas semanas, esas demostraciones de obediencia y respeto se le habían vuelto extrañas.

De la figura, igual de pálida del embajador, surgió una voz grave:

—Majestad, como podéis imaginar a la vista de los últimos despachos, la situación es delicada. Nos atacan por todas partes: nuestros ejércitos son obligados a retroceder en Italia, el ejército de Francisco de Lorena ha invadido el Milanesado, y el del duque de Alba, que tenía ventaja al norte de Roma, ha debido replegarse…

El emperador asintió con la cabeza, comenzando a desatornillar la polea de un reloj que le había traído Giovanni esa mañana: un pequeño trabajo decorado con animales exóticos. Contaba con este tipo de relojes para divertirse y calmar su cólera contra las malas noticias.

—También nos vemos asaltados en la frontera de Flandes por el almirante de Coligny, que ha aprovechado la movilización de nuestras tropas en Italia...

Cuando hubo terminado de desgranar ese rosario de inquietantes acontecimientos, se interrumpió. Observó al emperador, que había mantenido la vista fija sobre su trabajo.

—Tenemos buenos motivos para pensar que Enrique II ya se ha aliado con los turcos. Majestad, sus galeras deben estar ya recorriendo nuestras costas...

El embajador se interrumpió de nuevo, por miedo a haber ido demasiado lejos.

El emperador acababa de volver a montar el resorte antes de deslizarlo al interior del orificio que dirigía el mecanismo: una serie de gestos que siempre le hacían bien. Esta vez, el objeto detuvo su recorrido a mitad del mismo.

—En efecto, la situación me parece muy peligrosa; pero nada de esto es irremediable. Bastaría con reunir cincuenta mil hombres para defender la frontera de los Países Bajos y reforzar los otros frentes de Italia. La segunda entrega de la Casa de Contratación debería facilitarlo...

Un silencio se abrió entre ellos, apenas turbado por el ruido de la pequeña fuente del patio. El emperador no había alzado los ojos, pero el embajador veía que lo escuchaba.

—Desgraciadamente, majestad, la Casa de Contratación no ha entregado las sumas esperadas...

El emperador detuvo su gesto, con el rostro repentinamente más encarnado que la tela de su mantel.

—¿Qué?

—Menos de una décima parte del oro que debía llegar ha sido entregado...

El emperador alzó mucho las cejas, muy por encima de sus gafas. Algunas arrugas aparecieron sobre su frente; pero por el color de su mirada, por la deformación de su boca se desprendía que algo no marchaba. Algunas palabras, casi gruñidos, se dejaron entender en español:

—Los ladrones… Vaya un atajo de ladrones y embusteros las gentes de la Casa de Contratación… Juana habría debido enviar a personas de confianza para escoltar el cargamento procedente de las Indias.

Después, inclinándose sobre el reloj, murmuró:

—… ¿Y cuánto queda de los cinco millones que esperábamos?

En ese instante, el embajador se encontró con la mirada del coronel Quijada. Respondió con voz casi baja para intentar atenuar el golpe que iba a propinar al emperador:

—Todo lo más quinientos mil ducados, majestad.

El emperador soltó el reloj, cogió la mesa con ambas manos para no tumbarla y dio un golpe seco con el puño.

La cólera había enturbiado su mirada, dándole un aire salvaje. Antes de que el embajador hubiera podido decir ni una palabra, se levantó con un vigor desusado. Rechazando con el codo al coronel Quijada, que se había precipitado hacia él, blandió la pinza para relojes como hubiera hecho con un puñal:

—¡Me roban las riquezas que han amasado gracias a mí! ¡Osan poner en peligro a mi hijo, que así no puede pagar un ejército para defenderse! ¡Y con ello deshonrarnos ante los ojos de Europa!

El coronel Quijada intentaba arrastrarlo hasta su sillón para evitarle una caída que hubiera podido ser fatal.

De pronto se dio cuenta de su reloj caído en el suelo y se dejó vencer sobre su silla, con la mirada vacía, agotado por ese acceso de ira que lo había empujado más allá de sus fuerzas. El coronel Quijada se había acercado para darle a beber algunos buches de agua y secarle la frente llena de sudor; pero el emperador lo rechazó. De repente, una pregunta sencilla se escapó de sus labios:

—¿Por qué no habéis venido antes si la cuestión era conocida por mi hijo desde hace semanas?

Ruy Gómez suspiró. Al punto, sus rasgos parecieron cansados, fatigados.

—Su majestad Felipe no quiso que os molestáramos en vuestro retiro… Cuando nos dio su permiso he venido lo más deprisa que he podido: de hecho, tomé por el escarpado paso de Tornavacas... donde uno de vuestros hombres perdió la vida...

El emperador asintió con la cabeza con aire afligido. No le gustaba que le recordaran ese incidente; pero el embajador no se detuvo ahí.

—Lo único que quizá pudiera revertir la situación... —la mirada del emperador continuaba perdida en la sala—... podríais abandonar vuestro retiro por algunos meses nada más, el tiempo de impresionar a los ejércitos enemigos y preparar nuestra respuesta...

El emperador alzó los hombros.

—Me sorprende que hayáis hecho todo este camino para proponerme tal cosa.

Después, carraspeó y bebió un vaso de agua.

—En estas circunstancias excepcionales no me queda sino pedir a los de mayor fortuna del reino que contribuyan al esfuerzo de la guerra...

Ruy Gómez dio un paso adelante para añadir algo, pero el emperador lo interrumpió con un gesto seco. El asunto estaba zanjado.

Cuando abandonaba la habitación, el embajador se detuvo en el umbral de la puerta, como si acabara de acordarse de algo. Tras un breve momento de duda, regresó sobre sus pasos:

—Majestad, estas malas noticias me han hecho perder un tanto la memoria. Durante mi travesía por la sierra de Gredos me dio la impresión de haber percibido uno de vuestros cofres entre las piedras: pese a la lluvia seguían visibles las armas imperiales.

En ese instante, la mirada del emperador se cruzó con la del coronel Quijada; después se concentró de nuevo con fuerza en Ruy Gómez:

—¿Qué decís? La guardia que envié me dijo, sin embargo, que nada quedaba de la caída.

El embajador de Felipe parecía seguro. Erguido bajo su manto violeta y sus botas de cuero oscuro, le sostuvo la mirada con un vigor que nunca hubiera sospechado tener dentro de él:

—Estoy seguro de haberlo visto, majestad. De hecho, tomé nota con detalle del lugar, que puedo indicar a alguno de vuestros servidores.

El cofre parecía haber desaparecido para siempre en un abismo insondable, invadido por rocas y piedras. El recuerdo de esa travesía era tan oscuro como la tempestad y la tormenta que ese día desgarraban el cielo. ¿Sería posible que la guardia hubiera buscado mal y que el reloj negro hubiera podido escapar a una caída de muchas decenas de metros? El emperador sintió que su corazón le latía con fuerza. Miró al coronel Quijada con repentina intensidad, como si una información de la mayor importancia acabara de serle anunciada. Una noticia que barría de golpe todas las palabras del embajador, así como las amenazas de las que era mensajero.

XXXVIII

Mayo de 1557

Durante algunos días, el monasterio de Yuste se asemejó a una fortaleza asediada: la amenaza del ejército francés estaba allí, próxima al recinto, rondando en torno a la iglesia, perturbando los oficios. Los mismos monjes estaban febriles, inquietos al sentir esas ondas malignas propagarse hasta sus celdas, rozando su silencio, apoderándose de sus oraciones. Desde la partida del embajador, el emperador les había pedido celebrar muchas misas para ayudar a Felipe y sus hombres a reunir las tropas que permitieran defender Flandes y el ducado de Milán.

Dirigía esta batalla desde su huerto, a la sombra de los limoneros, rodeado de un tropa de plantas de patata y de tomate, tallos de puerro y zanahorias a punto de salir de la tierra.

Mientras los monjes se dirigían a la misa del mediodía, él reunía una especie de consejo de guerra a cielo abierto en torno a Quijada y Martín de Gaztelu. Había tenido que renunciar a asistir a la mayoría de los oficios para dedicarse a esta colecta. Con las únicas armas del recuerdo de su autoridad, del título de emperador con el que todavía sellaba sus pliegos y, quizá, de la sombra de este retiro que planeaba sobre sus gestos. Más de un centenar de correos fueron enviados a todos los personajes de gran fortuna del reino. Embajadores llegados de Valladolid fueron movilizados para colocar esos pliegos entre las manos de banqueros, negociantes, profesores de universidad y miembros de la nobleza y el clero. El recinto del monasterio no era sino un constante ir y venir de portadores de cartas, que hacían chirriar la pesada reja muchas veces al día; una danza de recomendaciones y directivas orquestada por el coronel Quijada.

Como cada mañana, los pasos del mayordomo se dejaron oír sobre los guijarros del pasillo de rosas y claveles. Por el ritmo de su marcha, el emperador supo que la cosecha de despachos había sido buena. Los efectos de esta ofensiva desde el fin del mundo habían comenzado a dejarse sentir: los prelados de Córdoba y Toledo, los más ricos de Castilla, habían donado cada uno cien mil y cuatrocientos mil ducados respectivamente. Todos los grandes de España le habían asegurado que contribuirían al esfuerzo general.

—Decidme, coronel, ¿cuánto hemos conseguido?

Al verlo acercarse pudo ver la empuñadura de su espada relucir al sol, como si acabara de ser lustrada.

—Más de seiscientos mil ducados, majestad. Numerosos baúles con oro han llegado ya al puerto de Laredo. Serán embarcados en el primer barco que parta con destino a Flandes.

El emperador suspiró. Felipe iba a poder reclutar soldados y defender la frontera de Flandes, quizá incluso la de Italia; pero no era cuestión de detenerse ahí. La victoria había de ser plena y completa. Sólo así quedaría tranquilo sobre el destino de este reino: había que acabar de una vez por todas con la amenaza francesa. Para eso, las oraciones de los monjes no bastaban: era necesario más dinero, mucho más.

—¿Puedo ver la lista?

En torno a ellos, el ruido de las campanas de la iglesia había llenado el silencio del monasterio.

Cuando llegó a la letra s, sintió una pequeña arcada. El inquisidor general, el mismo que se había negado a levantar la excomunión al monje Della Torre, continuaba haciéndole frente.

—Seguimos sin noticias del arzobispo de Sevilla...

El coronel ya esperaba que tropezara con ese nombre que se resistía a todo.

—Me temo que no, majestad...

El emperador lanzó un pequeño suspiro.

—No me sorprende nada...

El inquisidor había seguido sordo a sus peticiones; más interesado en la persecución de sus herejías que en las guerras del otro lado del continente. Ese hombre de Iglesia a quien él mismo había nombrado se creía por encima de todo. Había que darle una lección.

—¡Vamos a escribir una nueva carta a monseñor Fernando de Valdés, el inquisidor general y arzobispo de Sevilla!

Martín de Gaztelu se acurrucó un poco más sobre su escritorio. No le gustaban esos correos donde uno corre el riesgo de acabar en el tribunal, esas líneas que te llevan directas a la hoguera.

—El arzobispo no es el más rico de todos, majestad. ¿Merece la pena escribirle de nuevo?

El emperador golpeó el atril con su bastón.

—¡Escribid!

Las líneas de la carta llegaron solas:

He tenido noticias de que no sólo no habéis proporcionado la suma que se os ha pedido, sino que habéis dado escasas esperanzas de hacerlo. Estoy no poco sorprendido con vos, que sois mi criatura, mi antiguo servidor, que desde hace tantos años disfruta de los ingresos episcopales y en quien me hubiera hecho feliz encontrar las pruebas de esa buena voluntad que siempre me habéis dicho ponéis en las cosas de mi servicio. Por eso creí tener el deber de rogaros en su nombre que tomarais parte decidida en una causa que vos reconocéis tan justa, en unas circunstancias tan apremiantes como son las de ayudar a mi hijo. Sé que si queréis podéis hacerlo, al menos en su mayor parte. Además de que estaréis haciendo lo que debéis, y algo cuya obligación tenéis, me estaréis haciendo con ello, siempre que actuéis con presteza, placer y servicio. Si fuera de otro modo, el rey no dejaría de ordenar que se ocupen de ello ni yo de aconsejárselo.

En cuanto hubo terminado, fue casi feliz al usar una vez más la firma: *Yo, el emperador.*

Con la yema de los dedos, Martín de Gaztelu cogió el pergamino y se marchó a su despacho para lacrar un correo que podía quemarle los dedos.

El emperador se volvió hacia su mayordomo:

—Me parece que ha sido un buen día de trabajo, ¿no es cierto?

Una sonrisa iluminó brevemente el rostro del coronel. Sin duda la primera desde su llegada al monasterio. En torno a ellos, el canto de los pájaros se mezclaba con el de los monjes, que atravesaba los muros de la iglesia, haciendo bailar las hojas y los limoneros. Sin apartar los ojos de él, el emperador se bebió un vaso de cerveza helada. El mayordomo había recuperado su porte de soldado. Habían bastado unos cuantos correos para que retornara al servicio.

¿Era su nuevo vigor o bien su desconfianza respecto a esos relojes lo que alojaba esa duda en la cabeza? Desde que regresó de su recorrido por la montaña sin haber encontrado el baúl perdido, el emperador no conseguía alejar esa sospecha, esa idea extraña: Quijada no había puesto demasiado empeño en encontrar el reloj negro en lo hondo del precipicio. Quizá había pensado que era mejor dejarlo allí donde estuviera, que era mejor para él, para protegerlo de no se sabía qué peligro.

Se secó la barba, mojada por la espuma blanca, antes de volverse hacia Quijada para decirle, con una media sonrisa:

—De todos modos, resulta extraño que no vierais nada en el fondo de ese barranco…

El coronel alzó las cejas por encima de los correos y los despachos urgentes que ocupaban su pensamiento, poco sorprendido por el comentario. Estaba acostumbrado a las obsesiones de su señor. Sobre todo cuando se trataba de relojes. No había tenido ocasión de hablar de la desaparición del baúl. No obstante, había ido él mismo a mirar por el caminillo escarpado, por el cual había creído ver desaparecer el convoy. Repitió con una voz tan tranquila y dulce como le era posible:

—No había nada, majestad, sólo algunas matas de hierbajos movidas por el viento.

Un nuevo silencio apareció entre ellos.

—Ruy Gómez no es tonto… Algo vio…

El mayordomo no se desanimó:

—Quizá se equivocara… En ocasiones las sombras son traicioneras en estas montañas.

El emperador bebió otro trago de cerveza, antes de mirar fijamente la capa de espuma que empezaba a desaparecer en el fondo del vaso, como si pudiera leer en ella el porvenir.

—Es posible…

El reloj negro se le escapaba de nuevo. El embajador había hecho nacer una falsa esperanza. Sin duda habría que esperar.

XXXIX

En opinión de los más ancianos de los habitantes de Cuacos, esa primavera fue una de las más calurosas que la región hubiera conocido nunca. Nada se movía entre las colinas de Extremadura. Una bruma alteraba el campo, llevándose al horizonte en una humareda de nubes y praderas desérticas. En las avenidas de árboles frutales, las naranjas se desprendían y caían una a una como piedras. El mismo monasterio de Yuste se veía golpeado por el trastorno de esas largas jornadas de sol. Los monjes sólo pensaban en confesarse, buscando la frescura de la iglesia mediante el subterfugio de un remordimiento. Nunca el alma de los hermanos jerónimos había sido tan ligera. Pasaban como figuras sin espesor, sopladas por las oraciones y las acciones de gracia en el patio del monasterio. Aplastados por la luz, los muros de la iglesia se apoyaban en la colina para no hundirse. Grandes sombras, cortadas rectas por los muros del edificio, servían de abrigo camino del confesionario.

Sentado en su balcón, el emperador respiraba las raras corrientes de aire que cruzaban, cuando el sonido de una voz desconocida se escuchó en el patio. El eco de una discusión un tanto viva resonaba cerca de la huerta. Acechó los sonidos y después se giró hacia su ayudante de cámara, que recogía los utensilios del barbero.

—Guillaume, ¡esta vez se acabó! ¡No quiero volver a saber nada de esas embajadas! ¡Diles que no quiero ver a nadie, que estoy enfermo!

No era cuestión de abrir la puerta a nuevos emisarios, entregar instrucciones a uno de los miembros de su familia hasta nueva orden. Algunos días antes, un despacho había anunciado el repliegue del ejército de Felipe hacia la frontera de Flandes. Pese al dinero recaudado y las tropas reunidas y las maniobras efectuadas desde lo más profundo de su retiro para ir en su ayuda, éste se había revelado incapaz de llevar su ventaja más allá de San Quintín. Había perdido su oportunidad y preferido batirse en retirada antes que invadir París y acabar de una vez por todas con la amenaza francesa. Esa debilidad era imperdonable. Las medias victorias eran peores que las derrotas.

Al cabo de un momento, Guillaume van Male regresó de puntillas.

—Majestad, no es un embajador... —murmuró mirando hacia la puerta—. Es un pastor de ovejas que ha venido con su rebaño...

Asomándose por la ventana vio las bestias de blanco pelaje que se revolvían inquietas detrás de la reja.

—Tiene algo para vos... pero no ha querido decir nada. ¿Queréis que lo mandemos de vuelta por donde ha venido?

El emperador hizo signo de hacerlo entrar.

El hombre apareció en el umbral, pues las puertas de las habitaciones consecutivas habían quedado abiertas, dejando el camino libre hasta el corredor. Avanzó lentamente hacia él. Su rostro estaba marcado por profundas arrugas, casi pliegos en la superficie de la piel. Una sombra cubría sus ojos, pues había olvidado retirar su sombrero de paja.

Sus zuecos de madera resonaban en la estancia e incluso más allá. Restos de tierra seca cubrían su pantalón y su camisa había sido deteriorada por el sol y el viento. Traía un paquete en sus brazos. Éste estaba rodeado de una tela de fibra grisácea que se asemejaba a la de las sotanas de los hermanos.

Se detuvo en medio de la habitación. Un curioso silencio se había propagado por las paredes. Ninguno de los servidores osaba hacer un gesto. Todos observaban al imprevisible visitante con extraño respeto. La irrupción de un guardián de ovejas en medio de las alfombras y bajo la mirada de un retrato de Francisco I.

En ese instante, el emperador distinguió mejor su rostro, que parecía casi mineral, tanto lo habían secado el sol y las horas pasadas guardando las bestias en la montaña.

—¿Queréis un poco de agua? —le preguntó.

El hombre no respondió. Parecía no haber entendido y querer seguir concentrado en su tarea.

Se inclinó y depositó el paquete sobre la mesa que tenía ante él. Después retrocedió unos pasos.

Desde su sillón, el emperador observó el extraño bulto. Antes de que hubiera podido deshacer el envoltorio que lo cubría supo lo que había en su interior. Un trozo de esfera un poco dañada había aparecido por entre los pliegues. El color de la caja era reconocible entre mil. El reloj negro había vuelto a encontrar su rastro.

Durante un instante, el emperador fue incapaz de realizar ningún gesto, dejando pasar por entre sus labios todos los silencios posibles; después levantó la mirada hacia el pastor de figura tan maciza como una roca.

—¿Dónde lo habéis encontrado?

Algo parecido a una sonrisa se dibujo en los labios del visitante.

—La montaña está repleta de secretos para quienes no la conocen —farfulló con voz sorda.

El emperador apartó la tela que disimulaba el resto del reloj.

El coronel Quijada había fruncido el ceño; no le gustaba ver reaparecer a los viejos relojes del pasado. Se inclinó hacia su señor.

—¿Estáis seguro de que es el vuestro, majestad?

El emperador no se atrevía a tocar el objeto. La caja se había abarquillado un poco debido a la humedad; pero estaba claro que era el que se había caído por el precipicio antes de su llegada a Yuste.

—No es un reloj como los demás, coronel…

Acercó una mano hacia la caja y se inclinó sobre su esfera de bronce. El tiempo había oscurecido el fondo de la pieza, la madera había sufrido con la lluvia, algunas ralladuras habían dañado la cubierta de cristal, pero no cabía duda de que era el mismo. Con su agujero negro en medio de la esfera de los astros. Los planetas colocados de un modo curioso. Con el rostro casi pegado al reloj, percibió su reflejo, como si las agujas pudieran girar en torno a su mirada. Lo observaba tan de cerca que, pese al calor, una nube de vaho apareció sobre la caja de cristal. Con la manga limpió la condensación mezclada con suciedad. ¿Por qué circunstancia había terminado ese extraño objeto en manos de aquel pastor?

Era un milagro que hubiera encontrado el camino hasta aquí. ¿También encontraría él su camino hasta él?

XL

A la mañana siguiente el emperador se vio paralizado por una crisis de gota más violenta de lo habitual. Instalado en el sillón fabricado por Giovanni para aliviar sus miembros, era incapaz de realizar el menor gesto. Una mera mirada bastaba para hacerlo sufrir. La servidumbre había sumergido la habitación en la penumbra, como si la oscuridad pudiera aliviar su cuerpo, lanzarlo a una especie de supresión de sí mismo y de los demás.

Esta crisis venía de más lejos que las otras. Desde el comienzo del verano había ido sintiendo cómo progresaba la enfermedad: los dolores de antaño encontraban más rápidamente su camino a través de él. Se había convertido en una de esas fortalezas demasiado fáciles de conquistar. Creía conocer todas las trampas y todas las maniobras; pero, en realidad, no sabía cuánto tiempo duraría esta ofensiva invisible. Este enemigo no era como los demás. Llevaba un asedio de larga duración, lento y taimado, a base de pequeñas deserciones, minúsculas rendiciones y traiciones inesperadas.

Guillaume van Male estaba llevándole una cucharada de sopa a la boca cuando Quijada entró en la habitación. En la sombra, le chocó la palidez de su rostro. Sorprendido él también, Martín de Gaztelu interrumpió su lectura.

El coronel llevaba los brazos caídos, los hombros hundidos, como si acabara de perder la armadura: las palabras salieron solas de su boca.

—Majestad, acabamos de recibir la carta de su majestad, vuestro hermano... —un instante suspendido entre dos alientos—: ... los electores han elegido a Fernando emperador del Sacro Imperio Romano Germánico.

Los gestos de Martín de Gaztelu y de Guillaume van Male quedaron interrumpidos un instante; después, sin esperar, retornaron al trabajo. Para ellos, el emperador seguía en la habitación. Esa elección en el fin del mundo no cambiaba nada.

El emperador levantó la vista. No era cuestión de dejar que se desvaneciera la tan esperada noticia. Había atravesado sus miembros, dándole una especie de vigor. A costa de un inmenso esfuerzo, como si depositara su cetro, se quitó la servilleta anudada al cuello, antes de doblarla él mismo y dejarla sobre la mesa.

—¡Llama a mis otros servidores, a mi confesor y a todos los monjes del monasterio!

Las nuevas tropas del emperador se reunieron más rápido que las antiguas: algunos minutos más tarde todos los servidores de su casa estaban reunidos en sus habitaciones, mientras que el padre Juan de Regla, Martín de Angulo, el ecónomo y los demás hermanos encargados del coro se mantenían un poco más lejos, sin mezclarse con ellos.

—Hermanos míos, la Dieta del Imperio acaba de descargarme de mi título y de elegir a mi hermano Fernando en mi lugar. Ya sabéis cuánto deseaba eso…

Suspiró para expresar su alivio.

—A partir de hoy deseo que retiréis mi nombre de vuestras oraciones y que lo reemplacéis por el de mi hermano.

Después se giró a su guardia cercana:

—Martín, quiero que hoy mismo escribas a Valladolid para informar a la corte de que no se me vuelva a llamar *el emperador* ni nada por el estilo en ninguna de las cartas que se me dirijan… pues ya no lo soy. Por ese motivo, quiero que se me manden de inmediato dos sellos sin corona, sin águila, sin toisón y sin escudos de armas ninguno.

Fuera había empezado a llover de nuevo, más fuerte. Era un día para barrer el pasado, para deshacerse de un emperador.

Cuando todos los miembros de esa pequeña corte monástica hubieron recibido su parte de renuncia, el emperador los mandó retirarse.

El coronel Quijada se quedó solo en la estancia, como una vieja roca inmutable, a la cual el movimiento de las cosas nunca consigue arrastrar. No había dicho ni una palabra tras el anuncio fatídico.

El emperador se volvió hacia él. La cesión de la corona era el momento que estaba esperando para ir más lejos; pues esta renuncia no le bastaba. Además había que desaparecer, acabar con todas las turbulencias de la existencia. Tenía que acallar a esa figura demasiado penosa. Ese resto de soberano que reñía demasiado rápido, que lo exigía todo, comía demasiado, bebía litros de cerveza y quería traspasar todos los secretos de los relojes y del tiempo.

—Coronel, me gustaría hablaros de una cosa...

Ante esas palabras, a Quijada le dio un vuelco el corazón. El emperador añadió sin esperar:

—Desearía que organizarais... —dudó antes de continuar susurrando, echando un vistazo por encima de su hombro—... mi ceremonia fúnebre.

Un silencio. Después, el mayordomo se puso colorado, su mirada se alteró. Con una voz grave que se hundía en recuerdos y lamentos en el fondo de su pecho, murmuró:

—Por supuesto, majestad... pero todavía no es hora...

El emperador retrocedió.

—¡Pues claro que no, mi querido amigo! Aunque mi salud se deteriora día a día... —Ante la expresión sorprendida de su mayordomo, se inclinó hacia él y, protegiendo sus palabras con la mano, soltó una procesión de murmullos—: Necesitaría que pusieras en marcha la ceremonia dentro de algunos días.

El mayordomo se mantenía más rígido que nunca, dispuesto a ofenderse.

—¿Se trataría de una especie de... repetición?

—¡Sí, sí, por supuesto! —exclamó el emperador con una chispa en los ojos, encantado de que una palabra tan sencilla viniera al rescate de una petición tan incongruente. Sin esperar su respuesta, sintiéndose cada vez mejor, continuó—: ¿No es tonto que a aquél a quien se entierra no pueda nunca disfrutar del recogimiento de quienes deja atrás y las oraciones que se rezan por él?

A su lado, el coronel Quijada se había quedado sin palabras, intentado aprehender el significado exacto de lo que escuchaba.

—Tengo una idea clara del modo en que deseo se desarrolle todo, y me gustaría verificar por mí mismo que todo se hará exactamente como quiero. ¿Es posible organizarlo rápidamente?

El coronel no conseguía disipar el malestar que le había invadido. Frunció la frente, arrugada por las muchas demandas de su señor.

—Ciertamente, majestad; pero todo depende de vuestra salud, si puedo decirlo, y del número de personas que deseéis invitar...

Al escuchar esas palabras, un silbido se le escapó. El emperador cerró los ojos, moviendo la mano con coquetería.

—Me siento mucho mejor de repente, un verdadero milagro... ¡Además, se tratará de una ceremonia muy sencilla! Nada más que los monjes, servidumbre y algunos huéspedes de paso que puedan encontrarse por aquí... —Añadió, frunciendo el ceño—: Es sólo una ceremonia entre nosotros con el mayor recogimiento.

Empujado por los deseos de su soberano, el mayordomo salió de la habitación para ir a prevenir al maestro de capilla y al ecónomo de la extraña propuesta.

XLI

Muy temprano, esa mañana, en esa hora clandestina del día y la noche, la sombra de una oración se desplazaba por encima de los bancos de la pequeña iglesia del monasterio. Un ataúd vacío había sido colocado delante del altar, en una especie de receptáculo de madera cuyas tallas ilustraban los grandes hechos del emperador. Los muros de la iglesia habían sido cubiertos de tela negra y los cirios remojados en una tintura igual. Un manto de terciopelo donde estaban bordadas las armas imperiales con hilo de oro recubría el féretro.

Dos filas de monjes avanzaban desde el fondo de la iglesia hacia el coro, con una vela en la mano; sus figuras se paseaban entre el humo de los cirios. Lo hacían con paso lento poniendo sus sandalias sobre las losas con una cadencia un tanto blanda, arrastrando sus sombras como fantasmas. En los últimos meses habían celebrado tantas misas a petición del emperador que apenas les habían preocupado los motivos de esta nueva ceremonia. Habituados a rezar por numerosas circunstancias, iban y venían de la vida a la muerte y de la muerte a la vida ya sin emociones.

Se sentaron en los bancos de la iglesia, apretados unos contra otros, mezclando sus cálidos alientos con el aire frío del lugar.

Un pequeño camino de velas encendidas se había dispuesto en torno al altar y en los nichos.

Cuando el emperador entró en la iglesia, un silencio mortuorio ya se había apoderado del lugar. La decoración era tan perfectamente fúnebre que se sintió incluso sorprendido, vagamente inquieto. Cuando se acercó al coro echó un vistazo al altar, donde se encontraba su despojo falso: los pliegues de la cobertura de terciopelo dibujaban una extraña silueta aplastada en el fondo del ataúd. Frunció el ceño al percibir bajo la tela, al nivel del cuello, el contorno redondeado de un reloj enorme cuyas pedrerías estaban en relieve. No le gustaban esas piezas demasiado ricamente adornadas.

—¿No habéis cogido el reloj negro? —murmuró al acercarse a la parte del suelo de la iglesia que había sido excavada bajo dos losas, allí donde quería ser enterrado. La visión de esa fosa sombría, tan cercana, que se abría como un abismo silencioso, le provocó un escalofrío en la espalda.

—No, Giovanni me dio el reloj más digno, según él, de acompañaros en este último viaje…

La explicación no le convenció. Tendría que indagar más sobre la cuestión.

Sin esperar el comienzo de la celebración, se sentó un poco más lejos, cerca del altar, en el sillón especial que le serviría de promontorio para seguir el buen desarrollo de la ceremonia. Durante la noche apenas había dormido. Una mezcla de excitación y aprensión se había apoderado de su ánimo. Su confesor, Juan de Regla, y el coronel Quijada se habían sentado a ambos lados de su sillón, evitando ponerse demasiado cerca el uno del otro.

—Podemos comenzar —susurró el emperador con impaciencia al prior del monasterio.

El órgano se dejó escuchar y un torbellino de cantos y voces se elevó hacia las alturas de la iglesia. Enterrando sus rezos en los capuchones de sus sotanas, los monjes se inclinaron casi al mismo tiempo delante del ataúd antes de componer el signo de la cruz en el aire.

Alzando los ojos hacia la bóveda celeste, el emperador escuchó la celebración cuyos menores detalles había fijado. Dejando flotar su mirada por entre las oraciones, se sentía constantemente atraído por ese mausoleo que le habían confeccionado los carpinteros del pueblo cercano.

—Es una obra notable…

A su lado, el prior del monasterio, que se había disputado con el coronel el honor de encargar el pequeño monumento, no pudo impedir subrayar:

—¿Habéis visto, majestad? Los artesanos han trabajado bien y con mucha rapidez.

Cuando el prior llegó a la oración fúnebre, se volvió hacia la asamblea de monjes orantes para vigilar un poco más de cerca su recogimiento. Sus hombros estaban encorvados, sus rostros enflaquecidos y sus cantos parecían menos fuertes, casi menos justos, como si se hubieran dejado ir desde el comienzo del oficio.

Al sonido del órgano, que entonó el réquiem, el emperador cogió sus gafas para ver mejor el fondo de la iglesia. Cerca del nicho donde se encontraba la estatua de la Virgen, el hermano Anselmo acababa de cerrar los ojos.

El emperador hizo entonces un signo al hermano Juan de Regla, que seguía la ceremonia con inquietud.

—Id a despertar al hermano...

De puntillas, para no perturbar el canto, Juan se deslizó hasta el coro y sacudió el hombro del hermano adormecido.

El emperador continuó acechando las notas en falso, percibiendo los silencios y los fallos en la disciplina sagrada. El hermano Martín iba a comenzar su homilía fúnebre: roces de tela, algunos ruidos de toses y suspiros señalaban el comienzo de un recogimiento más profundo. Quiso sentir mejor su silencio, ver de qué pesares estaban hechas sus miradas; pero para disfrutar de esa corriente de oraciones y dejarse llevar por ella había que estar entre ellos, sentado en los bancos de madera.

—¿Puedo bajarme del sillón? —preguntó al coronel, sentado cerca de él.

Los dolores que le encogían las muñecas le desanimaban de hacer el menor gesto.

A pesar del recogimiento y del triunfo del rito fúnebre, había algo que le molestaba. La ceremonia se desarrollaba casi demasiado bien. Faltaba una emoción. Una lágrima. Un temblor. Por mucho que mirara a los monjes, observara las expresiones de sus rostros, la punta de sus narices enrojecidas por el frío, sus labios agrietados, sus ojos estaban secos, sus bocas carecían de expresión.

El coronel se inclinó hacia él:

—¿Algo os disgusta, majestad?

—Encuentro el oficio muy frío...

El canto cubrió sus palabras. Se dejó acunar durante largos minutos, paseándose entre las notas, olvidando la inquietud de los últimos días. Cuando las voces callaron, miró a los monjes, que se inclinaban delante del féretro y lo rociaban con agua bendita con ayuda de un hisopo. La procesión duró un largo momento, tras el cual los monjes abandonaron la iglesia sin darse la vuelta. Era todo. La ceremonia fúnebre había terminado. El emperador miró al coronel y luego se volvió de nuevo hacia el ataúd, buscando ponerse de acuerdo con ese doble de sí mismo.

El coronel Quijada le ofreció el brazo:

—Venid, majestad.

Al pasar cerca de su caja, su mirada rozó el terciopelo que cubría la madera. Tras haber asistido, *estando vivo*, a su propia desaparición, se sentía de golpe extrañamente ligero. Como si en adelante su entierro no tuviera ya ninguna razón de ser. Después de todo, como *ya* estaba muerto, ¿que sentido tenía morir de nuevo?

En el momento de descender los escalones de la iglesia, se giró una última vez y miró hacia el interior. El espectáculo del final de una ceremonia siempre tenía algo de desesperante. El altar vacío, los ramos de flores colocados sobre los escalones en torno al mausoleo y algunos cirios encendidos al fondo de las capillas. Los humos del incienso y de los cirios apagados se disipaban suavemente en el aire. El fantasma de quien había ocupado su existencia, atormentado sus noches, arrancado sus fuerzas a la nada no terminaba de consumirse. Durante un instante estuvo casi triste.

Fuera, el tiempo era claro; pero se dejaba sentir ya que el verano terminaba. ¿De qué color sería el cielo el día de la ceremonia de *verdad*? ¿Habría que encender todas las lámparas para iluminar la iglesia o bien, por el contrario, apagar las bujías por miedo a que hiciera demasiado calor? Esa diferencia, de golpe, le intrigaba.

Tras la perfección de esta ceremonia, costaba hacerse una idea de la escena de verdad.

Con un golpe de bastón le dio la espalda a esa sensación desagradable y se puso en marcha hacia sus aposentos.

XLII

Se había quitado de las habitaciones toda referencia a su título, los objetos familiares que llevaran la cifra *V* se habían retirado. Tampoco había ya ningún emblema de la realeza en sus paredes, sólo las armas de España y de la casa de Borgoña. Incluso de las esferas de los relojes se había borrado toda insignia imperial; los que no pudieron ser modificados fueron desechados y colocados en una estantería, de cara a la pared, para no importunarle la vista. De una estancia a otra sólo había un hombre llamado *Carlos*. Un viejo caballero ocupado en perseguir los últimos vestigios de su reinado, las trazas de esa autoridad que seguía presente en los muros, bajo los tapices y los objetos que había poseído.

Descendió a su taller en cuanto hubo terminado con la caza de la insignia. Una nueva euforia aligeraba sus pasos. Liberado de su corona imperial, de esa grandeza molesta que lo había perseguido hasta el monasterio, se sentía de repente más ligero. Casi aéreo, liberado de sus obligaciones, de sus juramentos de confesionario. Podía invitar a quien quisiera sin miedo a deshonrar su grandeza imperial, incluso a personas de reputación un tanto demoníaca, cuyo nombre apenas se osaba pronunciar.

Ahora podía dedicarse a su búsqueda. Tenía que conocer los detalles del reloj negro, hasta el núcleo del misterio que guardaba en lo más profundo de sus ruedas dentadas.

Lo primero era desmotar la caja para contemplar de nuevo la frase latina en oro. Acababa de agarrar su lupa más poderosa cuando, de repente, unos golpes se escucharon en la puerta del taller. Se volvió, con aire contrariado:

—¿Qué pasa ahora?

El relojero fue a subirse al estribo, detrás de la lucerna.

—Dos monjes vienen hacia aquí…

Se quitó las gafas.

—¿Monjes?… ¿Qué monjes?

Con aire avergonzado, el artesano murmuró:

—Unos monjes que no conozco… No son del monasterio.

Ningún monje penetraba nunca en esta habitación, que era un territorio aparte en el seno mismo del monasterio, un pequeño reino sustraído a la vida en comunidad. La norma se había impuesto sin que ninguna prohibición se hubiera formulado nunca.

El emperador miró a su relojero, atravesado de golpe por una inquietud apenas velada. El presentimiento de un peligro muy cercano acababa de apoderarse de él. Sin reflexionar, cogió el reloj con las dos manos y lo colocó dentro del pequeño cofre de la cátedra pontificia. Era un escaño finamente tallado en madera de nogal. Había preferido traerse este regalo papal antes que otros porque podía sentarse encima; pero también porque estaba hueco, como todas las promesas de los papas, y disponía de un pequeño nicho para esconder objetos y documentos secretos. Echó la cerradura con dos vueltas y deslizó la llave en su bolsillo. Era mejor ser prudente. Con todas esas historias de relojes heréticos de comportamientos desviados, había que desconfiar de las visitas inoportunas. El escaño, que le había sido ofrecido por el papa Clemente VII, mantendría a raya a los visitantes demasiado curiosos.

Después se irguió y pidió a Giovanni que abriera la puerta interior, cerrada con llave.

El ecónomo entró el primero. Habló con voz inquieta, sin aliento.

—Majestad, perdonad mi intromisión… pero tenemos visita de los representantes del inquisidor general, el arzobispo de Sevilla, Fernando Valdés y Salas.

El emperador se levantó las gafas sin dejar ver su turbación.

—Y bien, recíbelos como es debido…

Martín de Angulo se había puesto rojo.

—Tuvimos una inspección hace cerca de dos años, justo antes de vuestra llegada… Esta vez parece que los servidores del Santo Oficio están aquí para hablar con vos…

El emperador se acordó entonces de la carta con amenazas que le había enviado al inquisidor general para reclamarle dinero. Había terminado por recibir dos arcones con oro para ayudar al ejército de Felipe contra los asaltos franceses. El arzobispo había esperado a que dejara de ser emperador para enviar a sus fieles servidores al objeto de pedirle cuentas. Ese hombre no dejaba nada al azar.

Apoyó las manos en la mesa para levantarse.

—Los recibiré en mis habitaciones...

El intendente hizo un gesto con la mano y añadió con voz todavía más baja:

—Vienen a encontrarse con vos aquí mismo...

Antes de ser invitados a entrar, los dos monjes penetraron en el taller al tiempo que se quitaban las capuchas, como dos sombras de un mismo gesto. No se parecían a los monjes de la comunidad. Tenían el aire hostil y lejano.

Ni un guardia, ni un soldado en torno a estos dos hombres encargados de controlar la obediencia a la regla jerónima. Unas simples vestiduras gastadas, unas sandalias llenas de tierra. Una desnudez de la que emanaba algo amenazador. Poseedores de cierta sabiduría sobre el mundo, habían venido de lejos para darlo a conocer.

El primer monje, el de más edad de los dos, era quien debía sondear las almas: la espalda encorvada bajo su hábito, con una sonrisa casi acariciadora, en forma de confesión. El otro, alto y delgado, con el rostro seco y amarillento, ponía en ejecución las intuiciones de su acólito: desde lo alto de su figura detectaba el relajamiento más allá de las tonsuras.

Golpeados por su misión como por un rayo, los servidores de la Inquisición permanecían sin moverse en medio del taller. Uno de ellos llevaba bajo el brazo un libro viejo. Permanecieron un momento sin hablar; poseían el arte del silencio. Todo tipo de procesos habían tenido lugar al aire libre, sin tribunal y mazmorra, una especie de misas de acusación espontáneas que dejaban expandirse bajo su estela. El monje de cierta edad fue el primero en tomar la palabra:

—Majestad, perdonad esta visita imprevista; pero deseamos hablar con vos de ciertos temas de relevancia...

El emperador abrió los brazos en gesto de bienvenida:

—Es un placer recibiros...

Después, ambos monjes depositaron un silencio lleno de sobreentendidos entre las paredes de la estancia. El que llevaba el libro comenzó a observar los objetos que los rodeaban, mientras que el otro se mantuvo siempre frente al emperador, con una sonrisa enigmática en los labios. Dio algunos pasos por el taller, escudriñando as estanterías, levantando con la vista las tapas de las cajas de los relojes, insinuándose entre las agujas y los tornillos. La sombra en hábito pasó sin detenerse ante el ilustre reloj de los duques de Borgoña y sus dos leones, indiferente a esa pieza tallada en cobre y oro, inclinándose sobre el reloj que contaba con un globo terrestre, con una arruga de desconfianza en la comisura de los labios. Hizo su recorrido a paso lento, sin dejar de observarlo.

—¿De qué se trata esa pieza, majestad?

Giovanni avanzó con aire altanero:

—Se trata de un reloj con esfera terrestre.

El monje fulminó a Giovanni con la mirada y después, tras un largo silencio, continuó su inspección. En el otro extremo del cuarto, rebuscó en su bolsillo y sacó una pequeña libreta oscura, protegida por una funda de terciopelo mantenida en su sitio mediante un cordón que se parecía en miniatura al que rodeaba su cintura, por miedo, probablemente, a que las confesiones se escaparan o que un secreto se revelara. Lo abrió delicadamente y apuntó algo con su pluma.

El monje miró la obra de astronomía de Petrus Apianus, *Astronomicum caesareum*, que estaba colocada, cual talismán, en medio del escritorio del emperador. Encuadernado en terciopelo negro, el libro estaba adornado con placas de corladura. Detallaba, con una precisión sin igual y con ayuda de cálculos muy eruditos, las múltiples correspondencias entre los astros y la Tierra, las relaciones entre la curva terrestre y la inclinación de la Luna.

—¿Vuestra majestad se interesa, por tanto, por el movimiento de los astros?

Al mirarlo, el emperador se dio cuenta de que el monje tenía el cráneo tan liso como un globo terráqueo, lo que permitía adivinar, por medio de los delgados vasos sanguíneos que afloraban bajo su piel, continentes inexplorados. Esos espacios infinitos y ocultos de la conciencia bajo los cuales abrigaba la esperanza de poder incrementar su juicio y la autoridad de su orden. Si bien él partió como jefe de guerra a la conquista del Nuevo Mundo, la Santa Inquisición pretendía conquistar y controlar mundos interiores de contornos desconocidos, y quién sabe si no pretendía controlar también esa medida de tiempo que escondía en su cofre. Sin dejar de reflexionar sobre esos acercamientos, el emperador bajó los ojos con aire sumiso:

—Me intereso por los cálculos que han permitido a los navegantes ir a llevar la palabra de Cristo a otros continentes... —Después, levantando la cabeza hacia el monje de más edad, preguntó—: Hermanos ¿en qué puedo serviros?

Los monjes no respondieron. El emperador se dio cuenta de que sus vistazos se habían vuelto más rápidos. El que estaba dando la vuelta por la habitación regresó hacia él. Al cruzarse con el *tic-tac* de un reloj astronómico de resorte, se hizo a un lado. Ya frente a él, lo miró profundamente a los ojos antes de murmurar en voz baja:

—¿Qué necesidad tenéis de estos objetos en un monasterio, majestad? ¿Acaso la única hora que cuenta no es la del Juicio Final?

El emperador sintió cómo sus hombros se hundían contra el fondo del sillón. El monje se inclinó sobre el grueso manuscrito que tenía entre sus manos.

—Estamos buscando un objeto muy particular... Se trata de un reloj... Como sois un gran amante de los relojes, hemos pensado en pediros consejo...

Mientras hablaba, el otro monje, en las sombras y en silencio, continuaba observando el taller del emperador, inspeccionando cada autómata con sus ojillos negros, tan vivos como suave era su rostro. Rodeó el escaño pontificio sin detenerse. El emperador dudó antes de preguntar de nuevo:

—¿También inspeccionáis relojes?

El monje hizo oscilar el cordón de cáñamo que colgaba de su cintura antes de responder:

—Ejercemos control sobre todo lo que pueda desviarse de la orden monástica y alejarse del Santo Oficio.

El rostro de ambos monjes permaneció impasible. El emperador vio que el de más edad entrecerraba ligeramente los ojos, hasta no mostrar sino dos rayas de luz. Sacó entonces una de las láminas manchadas por la humedad y la situó delante del emperador.

—Se trata de este objeto. ¿Quizá haya estado ya en vuestras manos?

Al querer cogerlo, el emperador tiró al suelo las gafas que le servían para descifrar los pequeños mecanismos de relojería más complejos. Con mano temblorosa agarró otro par. Adivinaba qué reloj iba a descubrir en esa lámina, qué objeto misterioso habían venido a buscar.

En el pergamino que el monje tenía entre las manos percibió el boceto de un reloj de caja muy oscura, compuesto por una cara con muchas esferas y, sobre todo, con un agujero oscuro allí donde tendría que estar la Tierra. Excepto por algunos detalles, era el reloj negro…

Permaneció inclinado un momento, no sabiendo cómo reaccionar sin mostrar su turbación. Tomó entonces una lupa para observar el croquis con mayor detalle. Los monjes estaban atentos a su mirada. A su vez, dejó pasar el silencio, apenas roto por algunos *tic-tac* y otros ruidos lejanos. Giovanni se había aproximado para observar el reloj por encima de su hombro.

Al cabo de un momento, devolvió la lámina con un golpe seco y frunció el ceño con aire contrariado:

—Jamás he visto semejante objeto… Lo siento.

Frente a él, ninguno de los monjes se movió. Un ligero temblor apareció en la ceja izquierda del más alto, el que no separaba los labios y cuya figura entera parecía estar a las órdenes de la experiencia del silencio.

El más viejo se había acercado a él para recoger el trozo de pergamino.

—Existen tres relojes de igual naturaleza, majestad, y creemos que podéis estar en posesión de uno de ellos…

El coronel Quijada, que había entrado silenciosamente en la habitación, se mantenía apartado cerca de la puerta. Esperaba el momento propicio para hacer un comentario. Intentando hablar con el tono más bajo posible, preguntó:

—¿No estaréis osando poner en duda la palabra del emperador?

Un ligero temblor perturbó la sonrisa permanente del monje.

Para cortar de golpe el interrogatorio, el emperador alzó las manos antes de dejarlas caer blandamente sobre la mesa:

—Me hubiera encantado seros de alguna ayuda, hermanos; pero no tengo la menor idea de lo que buscáis…

Junto a él, el artesano cremonés asintió dulcemente con la cabeza con tristeza y resignación.

Los monjes no respondieron. Pese a sus figuras impenetrables, un malestar alteraba sus siluetas. Una mezcla de sorpresa y contrariedad aparecía en sus miradas. Por primera vez en su carrera de inspectores de la Santa Inquisición se encontraban ante un sospechoso más poderoso que sus amenazas. Un emperador retirado que se negaba a responderles. A falta de intimidaciones, persiguieron su inspección en silencio, mirando a su alrededor, buscando el reloj prohibido entre las piezas de la colección.

El emperador los observó con inquietud; no era cuestión de dejarlos partir sin haber conseguido sonsacarles alguna información sobre el objeto. Era posible que el secreto de ese reloj, incluso de su autor, se encontrara muy cerca de él, al alcance de sus palabras. Aprovechó la mirada de connivencia que intercambiaron entre ellos para interpelarlos:

—Perdonadme, hermanos; pero habéis picado mi curiosidad, ¿por qué motivo unas personas como vosotros, representantes de la más alta jurisdicción eclesiástica, han partido en busca de ese reloj…? —Continuó con tono irónico—: … ¿acaso el arzobispo de Sevilla se ha vuelto un coleccionista también?

El monje gordo metió las manos en la boca de sus mangas. Tras su mesa, el emperador observaba la figura del otro, que parecía autorizar a dar alguna información sobre el reloj negro. Desde el fondo de la habitación, éste se volvió con una especie de sonrisa en la comisura de los labios o de luz en la mirada. En ese instante, el emperador acababa de entrever una brecha en su actitud, quizá incluso el comienzo de un camino hacia el reloj negro.

—Se trata, majestad, de un reloj muy particular. El arzobispo de Sevilla no desea que caiga en malas manos. Un alma que pudiera malinterpretar el saber del que es portador...

El monje de la sonrisa fija quiso añadir algo:

—No hay sino tres relojes semejantes en nuestro continente... El primero se perdió, el segundo fue regalado al papa Pablo III y el último... del cual podríais haber estado en posesión, desapareció en Alemania después de haber sido regalado a Lutero...

El monje se interrumpió bruscamente. El otro le había lanzando una mirada reprobadora.

El emperador vio que el coronel Quijada alzaba los ojos:

—¿El reloj pretendía poner al unísono a la Iglesia romana y al monje luterano?

El monje demasiado hablador había bajado los ojos; el otro, con las mejillas tan secas y áridas como un pergamino viejo, miraba para otra parte. Convenía no decir demasiado. Se acercaban a esa zona infranqueable más allá de la cual los hombres y sus conciencias no debían penetrar más. El emperador se encogió de hombros:

—Parece haber fracasado... —Preguntó después con voz indiferente—: ... ¿Y cuál es el mecanismo que vuestro inquisidor juzga tan inquietante?

El monje murmuró con aire impenetrable:

—El reloj ha sido puesto bajo sello en uno de los lugares más secretos del Vaticano. Nadie puede estudiarlo.

El emperador interceptó la mirada burlona del coronel Quijada. Esos dos monjes eran bien misteriosos. Inmóvil sobre su sillón, no atreviéndose a moverse, comenzaba a sentir como hormigas que recorrían el interior de las piernas; pero la curiosidad fue más fuerte que él.

—¿Se trata... de un reloj impío?

Ningún sonido salió de la boca de los monjes. No era posible acercarse mucho más al misterio del reloj negro. Sólo quedaba una pregunta que plantear:

—Si esa obra demuestra ser peligrosa para las conciencias, ¿no sería más bien su autor el que debería ser encontrado?

Los relojes del taller parecían estar esperando las palabras de los religiosos. No se escuchaba la sombra de un ruido en el taller. Incluso el *Ite missa est* que se escapaba de la iglesia se había interrumpido.

—No sabemos con certeza dónde se encuentra, o si está vivo todavía. Sólo sabemos que se trata de un monje cuya reputación es grande entre los relojeros…

Al emperador le resultó difícil conservar su aire de desinterés. Esas palabras confirmaban lo que presentía desde un comienzo. No pudo evitar llevar un poco más lejos la discusión.

—Resulta extraño, no obstante, que no tengáis ninguna noticia sobre su paradero…

—Se pierde su rastro en alguna parte al sur del reino… —dijo con un soplido el monje parlanchín.

—¿Del lado de Córdoba? —preguntó el emperador cada vez más interesado.

El otro se interrumpió bruscamente, barriendo el aire con el revés de la mano con gesto despreciativo.

—Quien concibió ese objeto merece ser olvidado…

El coronel Quijada esperaba en las sombras, emboscado en un rincón del taller. Era tiempo de interrumpir el interrogatorio.

—Hermanos, el emperador está fatigado, os ha concedido el tiempo necesario por ahora. Si lo consideráis necesario, reanudaremos la entrevista más tarde.

Las dos figuras comenzaron a girarse en silencio, buscando el indicio de una confesión que hubiera precipitado su interrogatorio hacia otro final; pero, frente a ellos, el emperador los miraba a su vez con rictus impenetrable.

—Me temo, en efecto, hermanos, que nos tengamos que ver más tarde…

El más austero de los monjes le lanzó una vez más una mirada llena de sobrentendidos.

—Bien, majestad, si no habéis recuperado el recuerdo de ese objeto no nos queda sino retirarnos…

Había pronunciado esas palabras como si se tratara de una pregunta, para dejar abierta la eventualidad de una confesión, o de una posible culpabilidad.

Pero la pregunta retumbó. Empujadas por los relojes, las dos figuras se eclipsaron, llevando sus extrañas preguntas hacia otras rutas. El emperador se levantó entonces y se apoyó sobre el brazo del coronel Quijada para ir a reunirse con el doctor Mathys. Quería verlos abandonar el monasterio. Estar seguro de que desaparecían a la vuelta de ese recinto protector.

Tras haberlos visto atravesar la reja, se giró hacia el interior del taller, lanzando una sola mirada por encima del hombro hacia el lugar donde había dejado el reloj negro. No lo había sacado de su escondrijo, por miedo a que los religiosos retornaran sobre sus pasos.

¿Qué enigma encerraba? ¿Quién era ese inaccesible relojero? ¿Debía continuar buscando la explicación a ese mecanismo? Durante un instante vaciló, antes de sentir la mano del coronel Quijada en su brazo.

XLIII

A l día siguiente, convocó a su mayordomo justo antes del oficio de las siete de la mañana. Escabullirse por entre los cantos de los monjes, deslizarse por entre las primeras luces del día, escapar a la vigilancia y al sermón del confesor: la disidencia del monje Della Torre estaba en el aire; había franqueado el recinto del monasterio, contaminado la atmósfera amortiguada de sus aposentos. El propio emperador se había convertido en uno de sus cómplices, una especie de discípulo clandestino, disimulado en la sombra de esta villa pegada a la iglesia del monasterio de Yuste. A pesar del temor a desobedecer a la Santa Inquisición, no era cuestión de renunciar, de batirse en retirada ante las amenazas y las sospechas. Al contrario, la resolución del enigma nunca había parecido más cercana, tan próxima, tan palpable. Las insinuaciones de los inquisidores habían dado realidad —incluso existencia— a ese fantasma al que perseguía desde hacía meses.

Se giró hacia el reloj negro, instalado en un nicho cerca de su lecho. No lo había limpiado después de que el pastor de las montañas se lo trajera y, sin embargo, nunca había parecido tan bonito. Las amenazas y las sospechas de los monjes le conferían un resplandor particular, como si emitiera una especie de saber o de ciencia prohibida.

Un escalofrío le recorrió la espalda. Se ajustó el chal de lana de llama que le había traído desde América uno de sus aventureros, del cual ni siquiera se acordaba ya. Todo eso quedaba muy atrás y le importaba mucho menos que ese objeto tan cercano y, sin embargo, inaccesible. Fuera, el aire ya era tibio y el viento de la montaña le alcanzaba como una presencia benévola;

pero un frío llegado de lejos le impedía estirar las piernas fuera de su protección. Más que una corriente de aire era una impresión desagradable.

Entre sus manos, colocadas sobre las rodillas, un rollo de pergamino en cuero de Córdoba. Uno de sus servidores lo había encontrado en el fondo de uno de los baúles salvados del precipicio. No formaba parte de los recuerdos llevados durante su travesía. La imagen del anciano con el que se cruzaron en el camino de Valladolid le vino entonces a la memoria. Nadie más hubiera podido introducir el rollo por el montante de su litera. ¿Quién era? ¿Por qué le había entregado ese pergamino? El pequeño fragmento de piel estaba recubierto de inscripciones y dibujos enigmáticos. Por un motivo inexplicable, el emperador tenía la impresión de que el rollo estaba relacionado, de un modo u otro, con el reloj negro.

Desde el promontorio, esperaba al coronel mirando las bien delimitadas avenidas del huerto. Los surcos de tierra estaban alineados como oraciones dichas a una hora fija o como los versículos del libro santo, cuyas frases, unas tras otras, liberan al hombre de su condición. Bastaba con entregarse de una vez por todas a esas avenidas de tallos de legumbres, a las figuras de las plantas de tomates, al arrullo de las misas y los salmos, a la luz que se filtraba entre las ramas de los árboles frutales.

El mayordomo se había acercado sin ruido, como si sus pasos no tocaran el suelo. Poseía el curioso don de aparecer en cuanto una orden o una misión iban a serle encomendadas, adelantándose a las palabras de su señor.

—Tengo una misión que confiaros, don Luis.

Tras la mirada azul claro, nada se movía. El soberano apretó un poco más el rollo de cuero. La misión que iba a confiarle era la más extraña de todas, quizá la última.

—Ese relojero del que hablaban ayer los monjes…

El coronel frunció el ceño frente a ese recuerdo que no le gustaba.

El emperador dudó. Girado hacia el jardín, su mirada se vio atraída de golpe por los movimientos del religioso encargado del huerto, que se ocupaba concienzudamente de sus plantaciones. Antes incluso de que se levantara el día, su figura experta iba y venía por el huerto arrancando las malas hierbas, vigilando los brotes, añadiendo algunas paletadas de estiércol. El otoño era una estación delicada. Había que estar atento a cada planta, aprovechar los últimos calores y no arriesgarse a estropear las frutas y legumbres de las que se estaban aprovisionando para el invierno. El fervor del monje no era muy diferente a su pasión por los relojes. Y, sin embargo, nadie criticaba esa voluntad por cultivar la tierra, nadie se inquietaba por su deseo de conocer todos los secretos en orden a conseguir las mejores cosechas. Tampoco había nada malo en que quisiera dilucidar el mecanismo astronómico para extraerle todos los signos y mejor comprender esa extraña materia de la que está hecha el tiempo. Ningún mal en que quisiera conseguir también su última cosecha de cálculos eruditos antes del invierno.

—Me gustaría que fuerais a Córdoba para hacerlo venir aquí.

El coronel no pareció demasiado sorprendido. Una delgada sonrisa apareció entre los pelos de esa barba por lo general llena de objeciones y suspiros. Desafiar la autoridad de los monjes inquisidores, saltarse sus reglas y prohibiciones, eso bastaba para ponerlo de buen humor.

Antes de que pudiera plantearle ninguna pregunta, el emperador añadió:

—No os preocupéis de nada, yo personalmente recibiré a doña Magdalena.

El coronel asintió con la cabeza; el emperador era la única persona que aceptaba le derrotara.

—¡Poneos de inmediato camino de Córdoba!

El coronel se inclinó ligeramente antes de murmurar:

—Espero encontrar eso que buscáis con tanta determinación.

El emperador le tendió el pergamino que conservaba sobre sus rodillas.

—Llévate este pedazo de cuero contigo… Quizá te ayude.

Lo observó abandonar la habitación, llevándose consigo la esperanza de resolver, por fin, el misterio del reloj negro.

Córdoba estaba a dos días a caballo. Si ese relojero existía finalmente y vivía allí, Quijada no necesitaría más de un día para encontrarlo y, todo lo más, algunas horas para convencer al hombre para que emprendiera el camino hacia el monasterio. Una semana, apenas.

Tras haber amasado los meses y los años, atravesado las semanas a lomos de caballo sin el menor esfuerzo, le parecía que esos pocos días eran más lejanos, más inaccesibles que todos los mares que había surcado. Y esa simple idea le helaba los huesos.

XLIV

Agosto de 1558

Hacia el final del verano, la llanura de Yuste exhalaba bocanadas de humedad, suerte de miasmas llegadas de las marismas infestadas de mosquitos cercanas al río de Plasencia. En este final de estación, el tiempo podía jugar malas pasadas. Tras el sol, la tierra y el agua empezaban a tomar posesión de nuevo de la región. Una epidemia de malaria, extinguida desde hacía años, había reaparecido cerca del monasterio. Había golpeado al pueblo de Cuacos. A la sombra de los muros de las pequeñas construcciones encaladas, la fiebre se llevaba a los más débiles. El aullido de un lobo, cada tarde al caer la noche, hacía resonar el temor a una epidemia más peligrosa, como un mal presagio.

La epidemia atravesó el cercado que separaba a la comunidad de Yuste del resto del mundo. Se abrió camino hasta la celda de un monje, contaminando el aliento débil de sus oraciones. Encontrado desvanecido en el suelo una mañana, se intentó proporcionarle algunos cuidados en un refugio dentro del bosque. Había que alejar las miasmas, proteger al emperador y al resto de la comunidad. Incluso se mantuvo en secreto la muerte del hermano, por miedo a que el rumor fuera contagioso.

De una enfermedad a otra no había más que franquear el patio del claustro. Dentro de su villa, el emperador estaba poseído por otro pensamiento. Ya hacía una semana completa que el coronel Quijada había abandonado el monasterio. ¿Pudiera ser que hubiera encontrado el rastro del relojero de Córdoba?

A pesar de los reproches de su médico, todos los días se sentaba en el balcón. Agitada por las corrientes de aire por encima de la sábana de agua infestada de mosquitos, la pequeña terraza era el único punto desde donde se podían ver la reja y el camino de más allá.

Pero esa mañana, igual que todas las que la habían precedido, no había nada ni nadie. Cada movimiento del follaje, cada golpe de viento repetía la misma espera, al modo de una marea que se lanzara incansable contra los muros de su casa. Un monje atravesando el patio con un paso demasiado rápido, un pájaro interrumpiendo su canto, el menor detalle inhabitual hacía temblar el vacío: al cabo de cada jornada seguía sin haber relojero.

Para distraerlo, Martín de Gaztelu incluso había comenzado de nuevo la lectura de los despachos que continuaban llegando hasta el monasterio, pese a haber entregado la corona imperial. Indiferentes a todo, persistían en hacer de él una especie de soberano oculto, de erudito final. Una amenaza planeaba sobre sus antiguos reinos. Como si lo hubieran estado esperando, los franceses habían aprovechado la retirada de Felipe para rearmar y recuperar las villas perdidas cerca de los Países Bajos. La ciudad de Calais había caído en manos francesas. Era un verdadero desastre, un trastorno de consecuencias incalculables. Más allá del símbolo, el paso de ese puerto a las fuerzas enemigas amenazaba la frontera de Flandes, abriendo camino a una larga serie de derrotas y repliegues, quizá incluso al retroceso de la frontera histórica. En cuanto al Mediterráneo, estaba infestado de galeras turcas.

Lanzó un suspiro, siempre el mismo, con el codo apoyado en el reposabrazos de su sillón, la mano soportando la mejilla. No obstante, eso ya no tenía importancia.

—¿Deseáis que continúe, majestad? —preguntó el secretario.

Omitió responder, pues su atención había sido captada repentinamente por una nube de avispas que libaban de una manzana podrida, con ese encarnizamiento, esa voluntad ciega de vivir que caracteriza al mundo animal. Y, de repente, esa insistencia le pareció por completo excesiva.

En ese instante, otro ruido atrajo su atención. Vio algo por entre los arbustos que rodeaban la reja del monasterio.

—¡Chist! ¡Calla!

Los cascos de un caballo golpeando el suelo con ritmo irregular. Alzó la cabeza y se irguió para ver mejor: ya había confundido antes la figura del coronel con la de visitantes de paso. El ayuda de cámara apareció entonces en la entrada del balcón.

—Majestad, doña Magdalena y Jerónimo han llegado... ¿Deseáis que entren ahora?

Con el ceño fruncido, el emperador lo miró con sorpresa antes de comprender lo que decía. La espera del coronel lo había absorbido tanto que se había olvidado de su llegada. De un rápido vistazo, se dio cuenta de que el retraso del reloj con la esfera de corladura de los duques de Borgoña lo había equivocado de nuevo.

Miró las agujas de cobre finamente cinceladas.

Ya eran las cuatro. Se giró hacia su médico, que ponía drogas en un almirez de plata. Se sentía cada vez más cansado y el calor húmedo que ascendía desde las marismas cercanas al monasterio le daba náuseas.

—Sí, hazlos entrar...

La campana de la iglesia sonaba cuando escuchó la voz de un niño, que no era muy diferente a la de los monjes: su aliento era puro, no había conocido ningún dilema.

Tras el ayuda de cámara, percibió la figura de la esposa del coronel. Avanzaba lentamente, casi con prudencia, como si quisiera evitar las miradas demasiado curiosas. Se agachó para besarle la mano. Detrás de ella, un niño se acercaba con paso entusiasta.

—Majestad, os agradezco el honor que nos hacéis al acogernos cerca de vos. Estamos muy dichosos de saludaros en vuestro retiro.

Se volvió hacia el niño y añadió en voz baja, como si temiera revelar un secreto.

—Jerónimo...

El niño se inclinó a su vez, haciendo que cayeran sus bucles rubios a ambos lados de su rostro. Era alto para un niño de doce años. Tenía los ojos azules y la nariz un poco respingona, lo que le deba un aire descarado. No era diferente a los pequeños campesinos hirsutos de Cuacos que se aventuraban en su jardín para robarle frutas.

—Soy yo quien os da las gracias por haber venido hasta mí con Jerónimo.

La frase era simple, pero las palabras que la componían decían otra cosa. Se habían formado en el aire y su sonido todavía flotaba. Doña Magdalena sonrió con aire sumiso. Su figura era la de una mujer que llevaba una existencia tranquila. Y su rostro, su aspecto un tanto fuerte y caluroso, expresaban ausencia de engaño y desconfianza. Pese a lo cual, no era estúpida y debía sospechar algo.

El emperador hizo un gesto hacia el niño. Lo observaba con curiosidad, buscando algo. Un parecido. Un detalle familiar que le recordara a alguien. El chico volvió entonces la cabeza hacia el reloj de péndulo y sus estatuillas en forma de león.

—¿Te gusta? —le preguntó el emperador.

El muchacho no dijo nada. Permanecieron un instante en silencio en la calma del pequeño claustro, que entraba por la ventana abierta hacia las colinas. Al observar con más detenimiento el rostro agraciado del niño, el emperador vio aparecer el de Bárbara, esa mujer tan bella que había conocido en Ratisbona.

El emperador sonrió con una ternura insospechada. Contrariamente a lo que había dispuesto en su testamento, de golpe tuvo la certeza de que este hijo secreto no entraría jamás en la vida religiosa. Había nacido algunas semanas antes de su última gran victoria contra los protestantes, en Mühlberg. No había que desdeñar ciertos presagios. Eran portadores de una verdad a la cual no se puede acceder. Y esa idea le complació de repente, como si todas las derrotas fueran a ser vengadas por este desconocido con rostro infantil y anchos hombros.

—Es un objeto de gran valor... —continuó—, aunque no de buena hora. —Dudó un pequeño instante antes de continuar—: ¡Te lo regalo!

Jerónimo se acercó al reloj, apenas sorprendido por el inesperado presente. Acarició el objeto con admiración. Antes de que pudiera decir algo, doña Magdalena se vio sumergida aún más en la confusión y la simplicidad.

Jerónimo no parecía turbado: fue a besarle la mano.

—Os agradezco el regalo, majestad...

Frente a él, doña Magdalena pareció vacilar sobre sí misma.

Al verlo coger el objeto de la estantería, el emperador se sintió de golpe más ligero. Jerónimo había aceptado el regalo con la inocencia de un niño. Y pasar el reloj le había hecho bien.

Como observaba por la ventana las avenidas de árboles en flor, preguntó:

—¿Podrías ir a cogerme una cesta de cerezas? Acabo de ver algunas muy maduras.

Jerónimo echó un vistazo desde el balcón.

La joven figura se fue por las escaleras; sus rápidos movimientos contrastaban con los de los monjes, que desaparecían en las holgadas telas de sus ropajes. No era sólo su cuerpo el que se desdibujaba bajo sus hábitos, empujados por la uniformidad de la vida monástica, sino sus existencias, que habían sido sumergidas en una misma marea de oraciones.

Al quedarse solo con doña Magdalena, el emperador musitó:

—Volved tan a menudo como lo deseéis, doña Magdalena.

Ella sabía que las amables palabras del emperador eran órdenes.

—Por supuesto, majestad.

No sabiendo qué más decir, se deshizo en agradecimientos y reverencias; pero el emperador ya no la veía. Se dejó caer sobre el sillón mientras doña Magdalena se inclinaba para besarle la mano.

El cansancio llevó sus pensamientos hacia otros horizontes. En ese momento comenzó su viaje inmóvil con la ventana abierta, respirando el perfume de los naranjos y los limoneros en flor, que ascendía en oleadas en el aire tibio.

XLV

Los días siguientes, pese a las idas y venidas y los gritos de Jerónimo, que rompían el silencio del monasterio en pequeños estallidos de alegría, el emperador estuvo inquieto. La espera se había transformado en un mal casi físico, una especie de fiebre que le impedía respirar.

Guillaume van Male había llamado al médico de la reina para que viniera a examinarlo.

Cornelius van Baesdorp llegó esa tarde al monasterio con su bolsa repleta de remedios y certidumbres. Tenía la costumbre de cuidar los males de las personalidades más ilustres y de soportar sus numerosos caprichos. Y esa ciencia de los cuerpos y las almas le daba una cierta altura pese a su pequeño tamaño. Franqueó sin aprensión la puerta de la villa pegada al monasterio.

El emperador no había salido de la cama desde la víspera. El reloj negro estaba colocado sobre su mesilla de noche, al lado del retrato de Isabel. Guillaume van Male lo había descolgado para distraerlo de su inmovilidad: ninguna conversación erudita, ninguna lectura podía tener lugar en su presencia. Los restos de su desayuno estaban dispuestos sobre la mesa: un capón a la olla preparado con leche, azúcar y especias, que le servían nada más despertarse.

Con aire cansado, pinchaba de vez en cuando un pedazo de carne con el tenedor.

—¡Ah, ahí estáis!…

Tendido sobre la cama, observaba al hombre de corta estatura que avanzaba con seguridad por la habitación. Los médicos siempre le habían producido una cierta desconfianza. Una sospecha que recientemente se había transformado en hostilidad. Según pasaba el tiempo y los síntomas se agudizaban, se hacía evidente que no podían remediar los inconvenientes de la naturaleza, la degradación del cuerpo. Peor, su pretendida sapiencia no servía sino para castigar todavía más a los hombres por sus malos hábitos y ayudarlos a abandonar este mundo sin el menor pesar.

Cornelius no terminaba de entrar en la habitación, observando los tapices con el aire experimentado de quienes expulsan a la enfermedad fuera de las paredes. Fue a inclinarse a los pies de su lecho.

—Majestad, es un honor para mí poner mi ciencia a vuestro servicio...

Con la cabeza apoyada contra la almohada, los ojos medio cerrados, el emperador no respondió. Era preferible hablar lo menos posible para acortar la visita. Durante un instante, estuvo a punto de señalarle el reloj negro, que también sufría un mal extraño.

El médico dejó su bolsa y se acercó a la mesilla de noche, donde se encontraba el reloj justamente. Comenzó a colocar allí algunos de sus frascos e instrumentos. El emperador frunció el ceño: no le gustaba ver toda esa panoplia desplegada delante de él. Su mesilla de noche parecía la de un boticario a punto de proceder a algún oscuro experimento.

El hombre se volvió hacia él con una especie de agitación en la punta de los dedos y, en el fondo de su mirada, la excitación de quien va a disecar un nuevo organismo y quizá descubrir una nueva especie viva: la del emperador retirado.

—No tardaremos mucho, majestad...

Con la barba recortada en punta y sus gafas redondas, el médico de la reina parecía saber lo que se traía entre manos. Comenzó a trastear en torno al lecho. Con una arruga de preocupación en la frente, le inspeccionó primero la boca y la garganta, antes de estudiar las pupilas con ayuda de una pequeña lupa. Con una mueca en la cara, se puso a levantarle los miembros con circunspección y método. Cuando se aprestaba a darle golpecitos en el vientre, el emperador se cubrió bruscamente las piernas con las sábanas.

—¡Acabad ya con esa inspección ridícula!

El hombre había retrocedido, vagamente asustado, tropezando con el mueble donde se encontraban todos los recuerdos y fetiches del emperador.

—Majestad…

Impulsado por la cólera, el emperador señaló con el mentón al reloj negro:

—¡Mejor haríais en auscultar ese reloj! ¡Dado que sabéis curar a los hombres, deberíais saber qué mal aflige a ese objeto!

Vagamente sorprendido, el médico dudó antes de continuar con voz baja, por miedo a provocar la cólera de su paciente:

—¡Majestad… tenéis fiebre!

Esas palabras hicieron temblar a toda la casa. Guillaume van Male, que erraba inquieto entre dos habitaciones, se precipitó a añadir algunos leños al fondo de la chimenea para calentar los muros.

—¿Desde cuánto hace que tenéis estos síntomas? —continuó.

El emperador se dejó caer contra la almohada.

—La gota me da fiebre en ocasiones… se pasará en algunos días…

Recuperando seguridad, el médico intentó lanzarse de nuevo al asalto del paciente dando algunos pasos hacia su cama.

—Me temo que no sea sólo la gota, majestad… Es necesario comenzar una dieta de inmediato y haceros una sangría…

A su lado, un servidor vino a traer la colación de media mañana: un plato de anguilas blancas regadas con cerveza.

El médico se volvió bruscamente:

—¡Devolved de inmediato esos platos a la cocina! ¡Traed agua, nada más que agua!

Subyugado por la autoridad de ese hombrecillo vestido de negro, el emperador vio cómo el servidor retiraba los platos recién preparados. Extendió el brazo hacia la caja del reloj negro cercana a su lecho para asegurarse de que no lo iba a confiscar también.

—Majestad, la epidemia de malaria está a las puertas del monasterio… La atmósfera de esas marismas no es sana. Deberíais abandonar este lugar durante algunas semanas, el tiempo de que la epidemia se termine.

El emperador se había levantado sobre un codo:

—¿Qué decís?

Cornelius adoptó un aire grave, con los ojos cerrados y un dedo en el aire, cual oráculo seguro de los malos presagios.

—En vuestro estado, este mal os será fatal. Necesitáis ir a la corte de Valladolid unas semanas. A partir de octubre la región será más sana.

—¡En modo alguno abandonaré el monasterio! —Después, con voz todavía más fuerte, que le hizo soltar perdigonadas sobre las sábanas, se dirigió a un servidor—: ¡No he abdicado de estos reinos para morir con buena salud! ¡Dile a este médico que abandone el lugar!

La voz del emperador resonó tan fuerte en la habitación que el hombre pareció sorprendido de que se dirigiera sólo a él. Oscilando sobre sus pies, tardó unos instantes en recuperar el ánimo. Encadenó de nuevo sus metódicos gestos, pero esta vez en orden inverso, haciendo desaparecer sus pociones y sus elixires de misteriosas propiedades.

—¡Quitad de mi vista esas medicinas de las que no tengo necesidad!

Cornelius van Baesdorp abandonó la habitación con una velocidad sorprendente, alzando apenas su sombrero y tropezando con los servidores que se apelotonaban cerca de las habitaciones para detectar los signos de una curación.

La cabeza del emperador produjo un ruido apagado al caer sobre la almohada; tenía el rostro sudoroso. Guillaume van Male se acercó para ponerle una manta sobre las piernas y fue a abrir la puerta, el remedio final, para que la misa del mediodía fuera visible desde su cama.

Lentamente, casi inmóviles entre las paredes, los cantos de los monjes llenaron el aire de una música lejana y dulce.

El emperador cerró los ojos y murmuró en voz baja:

—No es un médico lo que necesito.

XLVI

Se había dormido durante las Vísperas, sin volver a abrir los ojos ni una sola vez. Una noche sin luna, opaca y cálida, que no dejaba pasar ningún sueño.

Tras el último oficio, los monjes se habían retirado a sus celdas tambaleándose en la noche. La oscuridad se había echado sobre ellos, llevándose sus murmullos y sus figuras. Nada se movía en la villa pegada a la iglesia. Tras la celebración, la casa no era sino un refugio de silencio. Un retiro dentro del retiro. El sueño de los monjes soldaba el aire del valle con una sola y única oración.

El emperador se había sumergido en un sueño agitado, revuelto por dolores desconocidos. Hacía mucho tiempo que no disfrutaba sino de este sueño ligero y profundo a la vez que lo liberaba de todo. Las noches se habían vuelto momentos de vigilancia, de largos períodos de espera mezclada con inquietud; pero no era como esas noches de guerra, cuando acechaba las maniobras enemigas. Esta vez era *a él* a quien observaban. Algo había allí, como una sombra a la cual no se podía dejar acercarse demasiado.

Estaba acostumbrado a esos insomnios dulces, a esas figuras medio humanas que poblaban sus noches. Se las sabía de memoria y mantenía con ellas extraños diálogos.

No escuchó de inmediato los pasos en la habitación. Una especie de crujido a lo largo de los muros, como si el entarimado comenzara a moverse. Abrió los ojos; la puerta que comunicaba con la iglesia se abrió con un chirrido tan ligero que parecía escapado de un sueño.

Con los ojos abiertos, vigilaba la sombra que se deslizaba por entre los tapices. No distinguía más que un movimiento.

Una duda de gestos en busca de algo. Tanteando, merodeando, pero sabiendo lo que buscaba.

Al cabo de un momento, vio a la sombra arremolinarse en torno a la cómoda donde estaba colocado el reloj negro. Se apoderó del objeto y comenzó a retirarlo de entre el terciopelo. Alzó el reloj de péndulo y comenzó a mirarlo desde todos los ángulos. Viendo desde su cama relucir el disco de corladura, dijo con voz grave apartando las sábanas:

—¿Quién está ahí?

Al escuchar su voz, la figura giró un segundo sobre sí misma antes de devolver el objeto precipitadamente.

Un momento después, como una bobina de hilo que se enrolla a toda velocidad, la figura y su sombra desaparecieron por la estrecha puerta que conducía al altar de la iglesia.

XLVII

El resto de la noche había pasado a lo largo de los muros sin hacer ruido. Con las primeras luces del día había mirado encima de la mesa: el reloj estaba en su sitio, bien tapado con su tela de terciopelo, como si nada hubiera ocurrido. Las visitas de su confesor y después de su relojero se habían sucedido como de costumbre, sin que dijera ni una palabra de lo que había visto; pero, ¿qué había visto? Más que una visita se trataba de una sensación nocturna. Apenas una visión. Tras los monjes inquisidores, quizá fuera el turno de las sombras para hacerse con ese misterioso reloj negro. A menos que la fiebre fabricara ladrones de relojes.

Valía más no hablar demasiado, evitar provocar la inquietud de los monjes y arriesgarse a hacer que volviera ese médico tan emprendedor. Y esperar, aguardar. El regreso del coronel era inminente, vendría al monasterio con ese monje Della Torre que podría explicarlo todo. Quizá incluso esa extraña visita. A fuerza de esperar, le parecía que el monje relojero tendría la respuesta para todo como si se tratara de un ser sobrenatural, cuyo saber desbordara esa esfera y su mecanismo incomprensible. Mago, filósofo, devoto demoníaco y genio de la mecánica celeste: terminaba por concederle extraños poderes, por creer que podría curarlo de esa fiebre que no acababa de acosarlo, que quizá pudiera explicarle el misterio del mundo.

Suspendido por encima de los días, esa mañana escuchó el galope del caballo del coronel Quijada. Era un ruido solemne que atravesaba el silencio como el redoble de un tambor, un sonido que daba órdenes, más allá de la calma de la montaña. Al acercarse, los árboles frutales y las flores retenían su aliento.

Los hombros del mayordomo aparecieron lentamente entre las ramas de los álamos. Estaba solo. Nadie lo acompañaba. Desde el cenador donde se había situado el emperador vio que el paso del soldado parecía curiosamente frágil, casi dubitativo entre las sombras de esa jornada de otoño. Su barba era más blanca de lo habitual, como si el viaje hubiera durado mucho tiempo.

Al verlo aproximarse, el emperador escrutó en vano el rostro del coronel, intentando distinguir en los rasgos la expresión de un triunfo o de una derrota; pero no vio sino la fatiga.

El mayordomo se inclinó profundamente, como si se excusara por haber regresado sin aquél a quien habría debido llevar al monasterio.

—¿Cómo se siente vuestra majestad? ¿La fiebre ha bajado desde mi partida?

El emperador hizo un gesto para interrumpirlo.

—Mejor dime qué tal ha ido tu estancia en Córdoba.

El coronel soltó una tosecilla.

—Tuve que recorrer toda la ciudad muchas veces y preguntar a numerosos artesanos de Córdoba antes de encontrar el rastro de aquél a quien buscáis…

Quedó colgado de sus labios:

—Entonces, ¿lo has encontrado?

El coronel lanzó un suspiro para darle aire a su relato. Continuó con voz más baja:

—Majestad, encontré en Córdoba el rastro de un hombre que podría ser el relojero que buscáis, pero…

El emperador había soltado los reposabrazos del sillón. Con la boca entreabierta, esperaba:

—¿Pero qué?

El coronel había vuelto la cabeza, huyendo de la mirada de su señor. Un silencio se formó entre los árboles. El emperador sintió una gota de sudor deslizarse fríamente por su codo. Apenas esbozada, la figura de ese maldito relojero se ocultaba de nuevo, ante sus propios ojos, en los rasgos de su mayordomo.

Preguntó con mayor firmeza:

—¿Sigue allí?

El coronel Quijada alzó sus pesados párpados, llenos de desprecio, por encima del horizonte. Señaló con gesto vago al bosque que los rodeaba.

—Sin duda…

El emperador esperó un momento; pero nada seguía. El relato se terminaba allí, en el silencio indiferente de las montañas.

—¿*Sin duda*? ¿Nada más? ¡Parece que tú también has adoptado el culto al secreto!

Un rubor inusual inflamó las mejillas del coronel. Desde los lejanos tiempos en los que había entrado al servicio del emperador, éste no lo había tuteado sino en raras ocasiones. En el furor de los combates, frente al enemigo, cuando estaban a punto de ganar o de perder una batalla.

Se irguió antes de continuar con voz más segura:

—… Si queréis realmente mi opinión, majestad, creo que… el maestro de Córdoba no es la persona que esperáis. Menos aún la que podría aportar la menor ciencia…

Una borrasca llegada de ninguna parte atravesó la huerta, trayendo con ella un enjambre de sospechas y dudas. De repente, la campana del refectorio anunció la hora de la cena. Los monjes de la comunidad surgieron uno tras otro de los rincones más alejados del monasterio, como insectos de secreto y misterioso comportamiento a punto de alcanzar el nido. El emperador esperó a que hubieran pasado todos antes de preguntar:

—¿Qué quieres decir?

El coronel había cambiado de mirada. De repente parecía casi asustado.

—Se cuenta en Córdoba que este hombre oculta un espíritu astuto. Y que está demasiado cerca del diablo como para atreverse a pasar cerca de una iglesia. —Esperó a que los últimos retrasados entraran en el refectorio antes de proseguir con voz de conspirador—: Parece que este *maestro de Córdoba* es el servidor de ritos profanos y cultos prohibidos. —Sin dejar a su señor tiempo para responder, continuó, hablando con rapidez—: Creo que vuestra majestad no tendrá mucho interés en acercarse a ese secuaz de las fuerzas oscuras.

El emperador observó al coronel, sin saber qué pensar de esa extraña descripción llena de amenazas y sacrilegios posibles. El mayordomo parecía cada vez más incómodo.

—No habéis respondido a mi pregunta: ¿estaba o no en Córdoba?

El coronel se encogió de hombros:

—De fiarnos de los rumores, parece que allí se encontraría aún, majestad…

El mayordomo bajó los ojos. Esos momentos de confusión eran raros en su rostro serio, grave; tan poco frecuentes que daban a su semblante una expresión inusual. No le pegaba eso de ceder a las supersticiones. Se giró hacia el horizonte para conseguir de él una especie de consejo u opinión.

Al cabo de un silencio todavía más largo que los demás, el emperador bajó a su vez los ojos. El sacerdote portugués, su confesor o los inquisidores le habían advertido con voz unánime. Lo habían exhortado a olvidarse de ese funesto reloj. ¿Acaso no podía morir en paz en la quietud del pequeño claustro? Para eso había venido. No para descubrir el secreto de un reloj maldito. Su mirada se deslizó hacia el taller, donde estaba encerrado el reloj negro. No había ido a visitar a Giovanni desde que cogió la fiebre; pero el simple hecho de saber que estaba allí, tras esa puerta, bastaba para agitar sus pensamientos. Le era imposible renunciar tan cerca del final.

—Todo eso que me dices me conforta en la idea de que ese maestro ha de venir aquí para responder de su creación…

El coronel no se movió. El emperador veía mezclarse en sus ojos el recuerdo de las batallas que habían dirigido juntos, las cargas contra las tropas enemigas y las victorias, la angustia de las derrotas; pero observaba también, en el soldado, el deseo de volver a ver a su esposa, de descansar tras tantos años de combates.

Atravesando de golpe sus dudas, el emperador reunió sus fuerzas para dar más autoridad a sus palabras:

—¡Regresa de inmediato a Córdoba y tráeme al monasterio a ese maldito relojero, cueste lo que cueste!

La mandíbula del emperador estaba tan cerrada que las últimas palabras estuvieron a punto de quedársele en la garganta para no vibrar jamás en el aire. Aturdido por lo que acababa de oír, el coronel comenzó a mascullar de repente. Con una mano contra el pecho, no ocultaba más su miedo a volver a abandonar el monasterio.

—¿Estáis seguro, majestad?

El emperador desvió la mirada y golpeó la mano contra el sillón como si quisiera convencerse a sí mismo.

—¡Tráemelo!

El coronel lanzó un ligero suspiro antes de dirigirse lentamente hacia el patio. No necesitó nada más para recuperar sus viejos reflejos de soldado y partir al asalto de esa última batalla.

El emperador lo miró alejarse y volver a montar sobre su caballo, absorbido por el calor repentino de ese final de mañana. La espera comenzaba de nuevo. Como si ese nuevo retraso formara parte de su poder sobre los relojes, de la complicidad secreta que mantenía con el tiempo y los astros.

XLVIII

Al final de la noche, unos profundos espasmos habían comenzado a ir y venir como olas por el interior de sus entrañas. Más fuertes de lo habitual, esos dolores habían conducido sus pensamientos hacia otros sueños.

Sus servidores se habían acercado a su lecho para escuchar el veredicto del doctor Mathys.

Cerca de la cama con dosel, el hombre se irguió con aire preocupado, buscando las palabras y el ánimo entre las miradas inquietas:

—Su majestad presenta todos los síntomas de la malaria...

Guillaume van Male abrió del todo sus ojos azules, dejando aparecer una fila de arrugas en su frente. Junto a él, Martín de Gaztelu miraba al médico con sospecha, con aire ofendido por esa enfermedad de las marismas y los pastores de ovejas, que era peor que un crimen de lesa majestad.

—¿Qué decís?

—Definitivamente, se trata de la misma epidemia que ha golpeado a los pueblos vecinos... El enfermo está afectado en el vientre y la fiebre no desaparece. Hay que darle un preparado de plantas...

El ayuda de cámara avanzó algunos pasos hacia la cama del enfermo, cuyos ojos cerrados se abrían de vez en cuando, debido a un espectáculo interno que nadie podía interceptar.

—¿Podemos esperar que se reponga...? —preguntó volviéndose hacia el médico.

Éste acababa de coger su bolsa y colocarse el sombrero. Susurró con la voz apagada por el temor:

—Está muy afectado, su estado no es el mejor... No podemos decir nada más... Volveré esta tarde para tomarle el pulso.

El secretario murmuró algunas palabras al médico respecto al coronel Quijada. Al cabo de un instante, como para tranquilizarse, añadió para sí mismo:

—Este enfermo no es como los demás...

Un instante después, el médico había desaparecido por la escalera dejando a los servidores solos con su desasosiego, sin saber qué hacer con ese día, que giraba en torno al vacío dejado por el emperador.

—¡Y bien, no os quedéis ahí sin hacer nada! Continuad con vuestro trabajo... —resopló el secretario a los servidores que habían venido a traer la bandeja con el almuerzo.

Se esparcieron por entre las paredes como moscas aturdidas. Cuando estuvo solo, el ayuda de cámara se acercó al lecho para dar un poco de agua al enfermo. El emperador le agarró entonces la mano y susurró algunas palabras casi inaudibles.

—No hagas que vayan a buscar al coronel... Tengo fuerzas suficientes como para aguantar el tiempo que sea necesario...

Agotado por esas pocas palabras, el enfermo giró la cara hacia las cortinas de su cuarto, con los labios entreabiertos por una palabra inaudible.

XLIX

Por la mañana, un rocío de otoño había aparecido por primera vez sobre las flores y hojas del jardín. Se diría que retenía el aliento, como si esperara algo de ese día.

A pesar de las órdenes dadas por el emperador, un mensajero había ido a buscar al coronel Quijada para prevenirle del estado de su señor. Tras dos días de ausencia y búsquedas inútiles, el coronel Quijada deshizo el camino para regresar a Yuste. Los alrededores del monasterio seguían igual de tranquilos que siempre; pero al atravesar la reja del pequeño claustro vio el caballo y el servidor de un desconocido que esperaba en el patio.

Al subir la pequeña escalera al pie de la villa, el coronel se cruzó con un grupo de monjes que apenas lo saludaron. El ecónomo de la comunidad y el confesor del emperador inclinaron la cabeza a la vez, sin detenerse. Se dirigían hacia las habitaciones del emperador con aire ocupado. Desaparecieron como conspiradores por una puerta baja que daba a la iglesia, llevándose con ellos sus cuchicheos y sus oraciones por el corredor oscuro. El mayordomo sujetó un momento la puerta. Había algo nuevo en sus miradas. Otro brillo. Un rayo de desafío. Se aprestaban a apoderarse de los últimos momentos del emperador.

Con el corazón latiéndole un poco más rápido, el coronel subió hasta la habitación, donde vio de inmediato el retrato de Isabel y el *Ecce Homo* pintados por Tiziano colocados en el suelo, mirando a la cama. El emperador había debido pedir que los descolgaran para verlos mejor. Parecía que los lienzos estuvieran esperando a ser embalados para ser transportados, como hacía año y medio en las estancias de Bruselas.

En la habitación no había nada. Nada excepto formas y sombras. Un olor a decocción de plantas y a cerrado. Y, en medio, una cama con dosel cuyas cortinas se habían corrido ligeramente. No se atrevió a mirar a la forma apenas perceptible que lanzaba su respiración sobre la colcha. Un servidor estaba sentado cerca de la estufa. Junto a la cama, un hombre secaba su frente. El coronel se dirigió hacia las ventanas.

—¡Vamos, abrid esas cortinas! ¡Dejad que entre la luz! ¡Está oscuro como dentro de un catafalco!

Había puesto un vigor desmesurado en su voz y sus gestos, como si fuera necesario despertar al emperador, sacudir ese brazo que acababa de percibir, posado blandamente sobre un cojín, presto a ser sangrado. Había que hacer retornar la vida al interior de esa piel blanca, transparente casi, ya encaminada a la muerte.

Quijada hizo un signo al monje confesor para que abandonara la habitación y dejara entrar al secretario imperial. Al pasar junto a él, Juan de Regla murmuró:

—Ha llegado el momento de darle la extremaunción al emperador, mi señor Luis. No podemos esperar más…

El coronel asintió con la cabeza antes de responder.

—Me gustaría esperar un poco más, eso tendría un efecto desastroso en él…

El monje suspiró antes de desaparecer por la escalera, llevándose con él sus reproches y su crucifijo.

En la cama, el emperador susurró:

—Estáis aquí, coronel…

El coronel se acercó a la cama con ruidosos pasos, para dar tiempo al emperador a despertarse de esa mala enfermedad.

Se giró hacia la mesilla de noche y buscó un gesto apropiado. Percibió entonces la taza de plata y la llenó de agua. En la mesa, los objetos de recogimiento habían sustituido a las medicinas: junto a una pequeña cajita de madera que el emperador siempre llevaba consigo estaba el crucifijo de la reina Isabel, el que había tenido en sus manos en el momento de su muerte. Y el reloj negro, cuyo brillo parecía extenderse un poco más lejos, con un resplandor casi sobrenatural. Ayudó al emperador a beber algunos sorbos cuando las palabras se le escaparon de los labios…

—Majestad, tengo buenas noticias para vos…

Estaba dispuesto a todo para reanimar esa figura irreconocible. Sin saber cómo, las mentiras salían de su boca; dijo:

—El relojero de Córdoba llegará al final de la semana. No he podido hablar con él, pero su aprendiz me dijo que el maestro se había retrasado en la reparación de un muy viejo reloj en Sevilla… pero que estaría en Yuste antes de cuatro días.

Un suspiro se escuchó entonces, casi una queja.

—Esta fiebre va a desaparecer y aquél a quien esperáis no tardará en llegar…

El emperador cerró los ojos.

El coronel Quijada permaneció todo el día en la habitación: montaba guardia; no sólo a la entrada de las habitaciones para deshacerse de los servidores indeseables, sino para vigilar los malos pensamientos, las miradas que entierran, los suspiros que sepultan. No quitarles los ojos de encima a los monjes que se sucedían a la cabecera del emperador, siempre dispuestos a dar la extremaunción y bendecir algunos suspiros. A la espera de representar el papel principal.

L

Extrañas cosas se tramaban en la oscuridad.

Connivencias y alianzas *contra natura* podían sellarse en ella. La noche era cómplice de los enfermos, de sus sufrimientos y de su sueño. Ella sabía cómo aliviarlos, cómo precipitar su desaparición. Envolver su cuerpo con un velo de alivio, una remisión engañosa.

Esa mañana, Guillaume van Male señaló que el emperador tenía ese aire culpable de los enfermos que han comenzado a pactar con sus dolores. El sufrimiento seguía allí, más agudo y abrasador y, pese a todo, había como un consuelo repentino. La serenidad de un consentimiento. En medio de la fiebre y de los dolores en la cabeza, la perspectiva de una *entente* posible, de una solución próxima.

LI

A l día siguiente por la mañana, en la alcoba de oraciones formada por los monjes de Yuste, el confesor del emperador seguía con los ojos los movimientos de arzobispo, llegado a darle la extremaunción. El coronel se mantenía apartado para dejar clara su hostilidad hacia la ceremonia. Habría querido continuar esperando la llegada del relojero cordobés; pero el intendente de la comunidad se había interpuesto, por miedo a que el emperador falleciera en el monasterio de Yuste sin haber recibido los últimos sacramentos.

Encima del lecho imperial, el tiempo se había detenido. Sobrevolaba los gestos de la servidumbre y del médico, sin que ninguna visita, ningún incidente consiguiera hacerse con él, interesarle en la escena que se desarrollaba entre esas paredes. Nada se movía en el aire estrecho y vigilado de la pequeña habitación del emperador.

¿Quién podría saber qué se tramaba en los meandros de ese cuerpo febril, entremezclado con las sábanas y las medicinas inútiles? El emperador estaba a punto de huir una vez más.

Guillaume van Male, Martin de Gaztelu y Luis Quijada se aferraban con ambas manos a sus velas, que iluminaban sus rostros preocupados. Otra fila de servidores se mantenía detrás. Algunos dudaban si bajar a la iglesia. Otros se sentaban en el corredor para comentar el menor suspiro y dejar de oír la lectura del breviario. Todos acechaban los gestos del emperador, una mirada que se recogía a los pies del lecho, una expresión que intercambiar por un suspiro.

Con el pecho jadeante, exclamó con una voz casi inaudible, que parecía venir del lugar más recóndito de su ser:

—Martín…

Su secretario, que releía en voz baja el codicilo añadido al testamento unos días antes a su dictado, se acercó más.

—… quisiera que me instalaran en esta iglesia… —cogiendo fuerzas, terminó—: … convendría que también estuviera la emperatriz…

El secretario, que consignaba palabra a palabra las últimas voluntades del emperador, no osó alzar la cabeza para no cruzarse con la mirada del coronel, que acababa de penetrar de nuevo en la habitación. El emperador había realizado esa petición escandalosa, cuando su lugar se hallaba en el panteón de Granada, donde se encontraban sus abuelos, su madre, Juana la Loca y su padre, Felipe el Hermoso.

Después volvió a dejar descansar la mejilla contra la almohada, con su gorro de dormir, de repente demasiado grande, cayéndole sobre los ojos.

En el humo de los últimos instantes, la llegada del relojero no era sino una bruma, una esperanza que se confundía con las bocanadas de fiebre que lo sumergían a cada instante.

—¿Qué día es hoy?

—Es el 20, majestad —dijo el secretario inclinándose muy profundamente, como si esa respuesta pudiera curar a su señor.

El emperador guardó silencio un largo rato, escrutando el horizonte del final de la semana. La figura del relojero de Córdoba se desgajaba de sus pensamientos, paseando su sombra por el fondo de su mirada.

—Dadme el crucifijo de Isabel y la imagen de la Virgen…

El emperador cogió el crucifijo que su esposa había tenido entre las manos durante sus últimos instantes y lo aferró con sus últimas fuerzas.

En torno a ellos, el humo de los cirios había invadido la habitación, difundiendo un brillo grisáceo entre sus muros.

Un arzobispo sospechoso de herejía le había dado la absolución ante la mirada recelosa de los monjes. El dominico, arzobispo de Toledo, había pronunciado palabras que no habían gustado a los demás religiosos, celosos por la pureza de estos últimos momentos.

A lo lejos, en el campo, se escuchó el ulular de un búho. El monje confesor continuó leyendo el breviario; pero ya sus palabras se iban lejos, sin tocar al emperador, que permanecía quieto, a punto de su último aliento.

Más cerca, en la iglesia aneja, los monjes continuaban cantando. Incansablemente, sus voces sonaban desde que le fuera administrada la extremaunción. Nadie se atrevía a detenerse por miedo a que la vida del emperador no pendiera más que de sus cánticos.

LII

Antes del alba, mientras la servidumbre que velaba su sueño se había quedado dormida, el emperador abrió los ojos. ¿De dónde había sacado la inusitada fuerza necesaria para apoyarse sobre un codo? Con la cabeza inclinada a un lado, se esforzaba por ver. Con el corazón latiéndole deprisa, acababa de percibir una figura desconocida en la habitación. Algo como una sombra borrosa, entremezclada con los colores de las paredes. Entrecerrando los ojos hasta casi tocarse las pestañas, lanzó una mirada fija a la izquierda de los travesaños de la chimenea. Pese a sus esfuerzos, no conseguía distinguir el rostro del misterioso visitante; pero tenía el pálpito de conocerlo y de saber por qué se encontraba allí.

Deslizándose hacia él, el hombre, que vestía una larga toga azul, parecía escapar a su mirada, volverse cada vez más indefinido según se acercaba. Cuando le vio sacar una brújula de su bolsillo y una diminuta herramienta que servía para desmontar cajas, el emperador pensó que el relojero de Córdoba debía sin duda tener ese aspecto. Reuniendo sus últimas fuerzas en la punta de sus labios, murmuró:

—¿Es ahora… cuando llegáis al fin?

El hombre no respondió nada; pero el emperador le escuchó hablar del largo camino que había tenido que recorrer hasta él, como si viniera de otro mundo. Después se dirigió sin dudar hacia el reloj negro situado cerca de su lecho.

Había algo extraño en la figura: estaba justo a su lado, pero continuaba pareciéndole lejana, transparente, como si fuera de una materia ni verdaderamente humana ni tampoco verdaderamente terrestre. Hubiera bastado con extender la mano para saber si de verdad había un cuerpo en esa forma; pero le faltaban las fuerzas para mover el brazo y quizá también ganas de agarrar ese roce y correr el riesgo de hacerlo desaparecer.

—¿Qué hacéis? —soltó con voz débil para intentar acercarse.

El desconocido se limitó a desmontar el precioso reloj, rozando la cubierta y la esfera con gestos tan precisos y seguros que parecían hablar en su lugar.

Sin siquiera pensar en ello, de improviso el emperador tuvo la extraña intuición de que *comprendía* el mecanismo del reloj. Le bastaba con escuchar los débiles sonidos de las ruedas dentadas de cobre. El orden de los planetas sobre la esfera le pareció, de golpe, secundario, casi superfluo. Sus dedos delgados, tan expertos, no podían equivocarse; *sabían* lo que era, mejor que todos los hombres de ciencia con los que se había tropezado.

Un instante después, con la cabeza ligeramente inclinada hacia un lado, el emperador vio los largos dedos del relojero volver a montar todo el mecanismo antes de colocar de nuevo el objeto justo a su lado, con un movimiento amplio que barrió el horizonte y los campos de zarzamoras que se percibían a lo lejos. El reloj negro funcionaba perfectamente, bastaba con desplazar los nombres de los cuerpos celestes. Dejar que el Sol ocupara su puesto en el centro del mecanismo. Ahí, delante de él, el emperador distinguía ahora todo el cosmos. El cortejo planetario se desplegaba con una gracia y una precisión infinitas en torno al astro solar. Apoyó la cabeza contra la almohada y contempló el cielo sobre él. Recordó entonces las diferentes teorías que corrían desde hacía algunos años y sobre las que había pedido le instruyeran. Una de ellas no había captado demasiado su atención: situar el Sol en medio de los mundos celestes. Darle tanta importancia, cuando la religión había expulsado esa idea impía hacía algunos siglos. Apenas había prestado atención cuando un sabio llamado Copérnico había comenzado a hablar de tales teorías. Sus escritos habían quedado rápidamente ahogados y la guerra contra los protestantes había arrasado con todo a su paso.

Respiró un poco más fuerte. ¿Pudiera ser que el reloj contuviera otra visión del mundo? ¿Qué más podía esperar aprender hoy?

Este descubrimiento inesperado le dio una especie de vigor. De repente, quiso plantear una pregunta a ese relojero que finalmente había venido hasta él.

Pero el roce suave de la extraña túnica azul había desaparecido. Ya no había nadie.

El emperador soltó entonces un grito ronco hacia la puerta. Con los ojos enrojecidos por la noche sin sueño, un servidor entró con paso incierto en la habitación.

—¿Dónde ha ido el visitante que estaba conmigo? —preguntó el emperador con una voz *recuperada*, repentinamente tan poderosa como en el pasado.

El servidor miró a su alrededor inquieto, cómo si lo hubieran sorprendido en falta, antes de balbucear:

—Pero... no había nadie, majestad. No hemos abandonado la habitación y ningún visitante se ha acercado a veros.

El emperador quiso responder; dudó un instante antes de derrumbarse casi sin fuerzas en el hueco de su cama. Después hizo un gesto lento con la mano para despedir al criado.

Dejó entonces que el cansancio invadiera de nuevo su ánimo. Agotado por el esfuerzo, cerró dulcemente los ojos. Extrañamente, sin siquiera sorprenderse, podía ver todavía, más allá de sus ojos cerrados, el reloj negro y el recorrido deslumbrante de los mundos celestes en torno al Sol.

Exhaló entonces un largo suspiro y dejó a la noche que se ocupara de ponerle, muy suavemente, una enigmática sonrisa en la comisura de los labios.

LIII

21 de septiembre de 1558

Las campanas de la iglesia sonaron largo tiempo a través del campo. Como una misa interminable que quisiera penetrar en los árboles, las montañas, y darles a conocer la desaparición de un hombre.

El emperador había expirado a las dos de la madrugada.

Algunos servidores estaban allí, aferrados a sus cirios, con la mirada apoyada en los restos de su señor. Incapaces de separarse los unos de los otros, como se recogen las últimas voluntades, esas que no se pronuncian; pero se habría dicho que estaba solo en la noche, que había ido a continuar su misterioso encuentro con la oscuridad.

Una especie de locura se apoderó entonces del coronel, del secretario y del ayuda de cámara, que desde hacía años vivían para el emperador. Esos desorientados servidores vagaron durante dos días de un extremo a otro del monasterio, sin saber ya de quién aceptar órdenes, qué deseos adivinar.

Al día siguiente, el ataúd de plomo fue colocado en la iglesia, bajo una tela de terciopelo negro en la que estaban bordadas las armas de los Habsburgo y de los duques de Borgoña. Las exequias duraron tres días. El coronel Quijada apareció vestido con ropajes y ánimo sombríos, llevando del brazo a Jerónimo. Llevaba sobre los hombros el peso de una derrota incomprensible, negándose a sentarse mientras se desarrollaron los largos oficios, para evitar una enésima capitulación.

Algo más lejos, en un banco cerca de Martín de Gaztelu, Giovanni había traído el reloj negro, como recuerdo de las horas perdidas, pasadas desmontándolo. El emperador quiso ser enterrado con el reloj de bolsillo de Francisco I y le pidió que guardara el reloj negro. En contra de su voluntad, lo puso a un lado para no olvidarse.

Una muchedumbre desfiló durante muchas semanas por el largo camino rural, tortuoso y lleno de maleza. Gentes de los pueblos y los monjes de otras comunidades habían surgido de los alrededores. La procesión de homenajes y oraciones duró semanas, tan larga como el convoy que había servido para traerlo al monasterio.

Un día, el ecónomo de Yuste, por miedo a que el recogimiento de los monjes se perdiera con tanto ajetreo, decidió cerrar las rejas.

La vida del pequeño claustro regresó a la calma que tenía antes de la llegada del emperador. Los árboles y los arbustos sólo temblaban ya bajo el soplo del viento. El patio aparecía de nuevo desierto.

EPÍLOGO

Doce años después

Al final de una tarde de primavera, un caballero precedido de cuatro guardias y seguido de un cortejo discreto se hizo anunciar ante la reja del monasterio. El hombre iba vestido de negro, una gola blanca rodeaba su mentón cubierto por una barba, mientras que un sombrero recto, colocado ligeramente sobre un lado de su cráneo, prolongaba su figura. Tenía aire descontento, pero esa expresión de enfado formaba parte de sus rasgos.

El padre Juan de Regla avanzó por mitad del patio, seguido de cerca por dos monjes. Le habían avisado algunos días antes de esa visita concreta, que había sido retrasada en numerosas ocasiones. Tras la muerte del emperador, algunos monjes requeridos para formar parte del coro de la iglesia quisieron unirse a otras capillas, a fin de poner sus voces al servicio de la corte de Valladolid o más allá. Sólo se quedaron cinco en el monasterio. Monjes llegados de otros monasterios de la orden jerónima vinieron después para unirse a ellos y velar los restos del emperador. En el seno de esta nueva comunidad, los religiosos que habían acompañado el retiro imperial formaban un grupo aparte, unido por una complicidad indescriptible: eran de la época del emperador.

—Majestad, os esperábamos —murmuró el padre De Regla desde su barba gris, que añadía a su voz una gravedad imprevista.

El monje no había podido evitar un ligero temblor al observar al regio visitante, tan austero y grave parecía su aspecto. Ya había visto su efigie en estatuas y cuadros, pero parecía mucho mayor que en ese recuerdo pintado: el peso de su carga parecía comprimir sus espaldas como una armadura invisible.

Y, sin embargo, el rey de España no había venido con toda su corte, sino acompañado sólo por algunos guardias y poco equipaje. Un séquito modesto para el más grande rey de Occidente. Parecía haber huido para venir a recogerse ante la tumba de su padre. Siempre se abdicaba un poco cuando uno se acercaba a un lugar tan aislado; uno tenía que deshacerse de su brillo para atravesar las colinas y paisajes áridos de Extremadura.

Tras pronunciar las palabras de rigor, miró largamente alrededor suyo, como si quisiera impregnarse de la atmósfera del lugar; después, se quitó el sombrero. Una expresión juvenil apareció en su rostro, la de un hombre que buscaba el recogimiento junto a la tumba de su padre. Había perdido la seguridad de los primeros momentos. Incluso muerto, el emperador siempre estaba presente; no había lugar para otro soberano.

—¿Podéis mostrarme la villa? —preguntó con aire sumiso. El ecónomo esbozó una sonrisa breve, pero penetrante—. Iré a recogerme sobre su tumba después —continuó como para justificarse.

Visitaron la villa pegada a la iglesia: nada había cambiado desde la muerte del emperador. Ninguna tela se había colocado sobre los muebles para protegerlos. Los objetos, los cuadros y las alfombras se habían conservado como si el antiguo señor acabara de abandonar sus aposentos y fuera a reaparecer apoyado en su bastón para sorprender a los monjes y sus servidores.

Felipe recorrió las habitaciones cuyo plano él mismo había concebido, pero que nunca había visto construidas.

No se atrevió a tocar los objetos traídos desde Bruselas, ni siquiera a sentarse en la cama.

—Un monje se encarga de limpiar estas habitaciones y de mantenerlas en buen estado, majestad —murmuró el ecónomo como si hubiera adivinado sus pensamientos.

Se había quedado a la entrada de la habitación como ante la puerta de los recuerdos de su regio huésped.

—Marcho a la misa, majestad. La iglesia está justo al lado. Podéis acceder a la tumba del emperador mediante esa puerta, al fondo de la habitación.

Felipe asintió con la cabeza, con una arruga de preocupación sobre la frente. Continuó con lentitud, casi con apego, esa reunión solitaria. Tocó las cortinas de terciopelo y la colcha apenas usada, antes de dirigirse hacia la chimenea. Quería ver todos los objetos, interrogar a las sombras, rozar las corrientes de aire, los olores; sentir cómo se habían desarrollado los últimos momentos de ese reinado imposible de interrumpir. Retuvo el aliento durante algunos instantes.

En la habitación no se escuchaba ningún ruido; reinaba un silencio perfecto, como el que se sueña a veces. Le parecía que en esa calma había, mientras se preparaba la próxima celebración del día, un acceso más directo que nunca al emperador. Una especie de pasaje hacia esa figura inaprensible, ese misterio tan presente en sus últimos encuentros.

El retrato de Tiziano estaba sobre una silla, a la espera de que un visitante se hiciera con él. Como si esos objetos inanimados, esos recueros abandonados allí por su desaparición ocasionaran una complicidad mucho más poderosa que todas las conversaciones que habían mantenido ellos dos: las directrices que había recibido se iluminaban con una luz diferente, tan dulce como ese final de tarde en plena Extremadura.

Para no alterar esa inesperada proximidad y poder regresar a ella, Felipe salió de la habitación y se dirigió a la losa bajo la cual estaba depositado el ataúd.

***

Pasó dos noches en el monasterio, pero no quiso instalarse en la habitación del emperador; durmió en la pequeña estancia donde lo hacía el coronel Quijada; encontró allí una de sus espuelas. Había pasado los días en silencio, entre los aposentos de su padre, la iglesia y los jardines. Había puesto a un lado, para llevárselos, los cuadros de Tiziano, pero también los crucifijos y otros objetos piadosos.

Al abandonar la villa, pasó cerca del taller de relojería y se fijó en la pequeña puerta comida por la humedad y la herrumbre.

—¿Qué habitación es ésa? —preguntó al padre ecónomo sin recordar los planos de la villa.

Éste adquirió un aire confuso, como si se tratara de un lugar clandestino.

—Es el taller de relojería… El relojero dejó allí numerosas piezas para las que no tenemos aquí uso…

—¿Podemos abrirla? —preguntó Felipe acercándose a la puerta, que parecía sellada al muro.

Tras haber mandado buscar un gran manojo de llaves que parecía capaz de poder con todas las cerraduras del mundo, hubo que probar con algunas de ellas.

Largo rato transcurrió entre tintineos de llaves hasta que la puerta se abrió finalmente, dando acceso a una estancia fría que no había sido visitada desde hacía años. Ni un soplo humano había penetrado entre esas paredes. Un resto de orden llegado de otro tiempo alcanzaba aún a los objetos de la estancia. Algunas figuras de autómatas estaban colocadas en las estanterías como insignificantes esqueletos, abandonados desde hacía tiempo por su creador.

Felipe pasó por entre las mesas cubiertas de polvo y telas de araña. Sin saber dónde iba, caminaba lentamente evitando rozar los muebles carcomidos por la humedad y la suciedad. En un momento dado, sus pasos lo condujeron por azar ante un caballete donde estaban dispuestos numerosos relojes, cuyas esferas quedaban ocultas por una espesa capa de polvo. Soplando una de ellas, se acordó entonces del reloj custodia de los duques de Borgoña que su padre llevaba a todas partes. Se había sentido decepcionado cuando no se lo regaló durante su última entrevista. Era uno de los raros objetos con valor sentimental. No pudo evitar la pregunta:

—¿Os acordáis del reloj coronado por dos leones que mi padre siempre llevaba consigo? No lo he visto arriba.

El monje pareció sorprendido:

—Lo cierto es que no prestamos realmente atención a esos relojes… —vagamente avergonzado, el monje se balanceaba cambiando el peso de un pie a otro, haciendo ondular los bajos de su hábito—. De hecho, majestad, ¿qué deseáis que hagamos con todas esas figuras y relojes? Nos gustaría poder disponer de esta habitación para meter en ella nuestras herramientas de jardinería, nuestro cobertizo se inundó el invierno pasado…

El rey no respondió. Estaba ocupado mirando los autómatas y los relojes, cuyos mecanismos estaban oxidándose dentro de sus cajas. Tras un último vistazo a las paredes del taller, se disponía a dirigirse hacia la puerta cuando su pie tropezó con un objeto en el suelo. Distinguió entonces, medio disimulado por las sombras, un reloj cuyo marco desaparecía bajo un depósito grisáceo de salitre. Se inclinó y sopló con todas sus fuerzas para liberar al objeto de la mayor parte de su capa de polvo y telas de araña. El cuadrante y el pedestal eran de bronce, pero hacía mucho que no funcionaba. Inclinándose todavía más para verlo mejor, recordó entonces que ese reloj debía ser la pieza que ocupó a su padre durante los últimos años de su vida. Después de todo, un objeto bastante común, en cuya esfera los cuerpos celestes aparecían extrañamente dispuestos. Frunció un poco más el ceño y después se irguió sacudiéndose las manos. Jamás había comprendido el interés de su padre por semejantes objetos. Y esa incomprensión fue un motivo más de alejamiento entre ellos.

No había necesidad de conservar esa reliquia sin valor, testigo final de las inútiles obsesiones de su padre.

Se dirigió hacia el ecónomo y salió de la habitación sin decir palabra. Cuando estuvieron fuera, respondió:

—Podéis darle esos relojes a quien los quiera. O destruirlos, si consideráis que es lo mejor…

Sin decir una palabra más, se dirigió hacia la reja y montó a caballo. Un sol difuso iluminaba los árboles, enturbiando el horizonte, a imagen de esta visita que mezclaba los recuerdos y los arrepentimientos. Abandonó el monasterio de Yuste cargado con algunos objetos, siempre con esa arruga de contrariedad en su frente, imposible de borrar.